SYLVIA DAY

Obstinada

São Paulo
2022

Ask For It
Copyright © 2006 Sylvia Day

All Rights Reserved. No part of this book may be reproduced in any form or by any means without the prior written consent of the publisher, excepting brief quotes used in reviews.

© 2014 by Universo dos Livros

Todos os direitos reservados e protegidos pela Lei 9.610 de 19/02/1998.

Nenhuma parte deste livro, sem autorização prévia por escrito da editora, poderá ser reproduzida ou transmitida sejam quais forem os meios empregados: eletrônicos, mecânicos, fotográficos, gravação ou quaisquer outros.

Diretor editorial: **Luis Matos**
Editora-chefe: **Marcia Batista**
Assistentes editoriais: **Cássio Yamamura,**
Nathália Fernandes e Raíça Augusto
Tradução: **Felipe CF Vieira**
Preparação: **Ana Luiza Candido**
Revisão: **Natália Guirado** e **Viviane Zeppelini**
Arte: **Francine C. Silva e Valdinei Gomes**
Capa: **Zuleika Iamashita**

Dados Internacionais de Catalogação na Publicação (CIP)
Angélica Ilacqua CRB-8/7057

D275o
 Day, Sylvia
 Obstinada / Sylvia Day; tradução de Felipe CF Vieira. – 2. ed. –
 São Paulo: Universo dos Livros, 2022.
 304 p.

 ISBN: 978-65-5609-274-4
 Título original: Ask For It

 1. Literatura americana 2. Literatura erótica 3. Ficção
 I. Título II. Vieira, Felipe CF

14-0070   CDD 813.6

2ª edição – 2022

Universo dos Livros Editora Ltda.
Avenida Ordem e Progresso, 157 — 8º andar — Conj. 803
CEP 01141-030 — Barra Funda — São Paulo/SP
Telefone/Fax: (11) 3392-3336
www.universodoslivros.com.br
e-mail: editor@universodoslivros.com.br
Siga-nos no Twitter: @univdoslivros

Para minha mãe, Tami Day, por nutrir meu amor por romances e por ser uma incrível relações-públicas (ela promove meus livros como ninguém!). Eu te amo, mãe.

AGRADECIMENTOS

Quero agradecer muito aos juízes dos prêmios IRW Golden Opportunity e Gateway to the Best, ambos de 2004, por premiarem esta história com o primeiro lugar e ranqueá-la entre as melhores das melhores. Ser nomeada como uma das vencedoras finalistas nas duas premiações me deu confiança tanto na história quanto nas minhas habilidades como escritora.

Um grande abraço para minhas companheiras de crítica: Sasha White, Annette McCleave e Jordan Summers. O apoio, a assistência e a amizade de vocês me ajudaram (e à minha história) incomensuravelmente.

Minha gratidão eterna vai para a minha fabulosa editora, Kate Duffy. Ela é absolutamente maravilhosa. Tenho muita, muita sorte por ser sua autora.

E para os autores da Allure Authors (www.allureauthors.com), meus amigos e colegas, pelo apoio, encorajamento e ambição. Vocês formam um grupo incrível de mulheres, e sou muito feliz por ser parte da Allure!

PRÓLOGO

Londres, abril de 1770

– Está com medo de que eu vá atacar a mulher, Eldridge? Admito a preferência por viúvas em minha cama. Elas são muito mais solícitas e decididamente menos complicadas do que virgens ou esposas de outros homens.

Olhos cinzentos e inteligentes se ergueram da pilha de papéis em cima da escrivaninha de mogno.

– *Atacar*, Westfield? – a voz grave soava repleta de exasperação. – Aja com seriedade, homem. Esta missão é muito importante para mim.

Marcus Ashford, o sétimo Conde de Westfield, desfez o sorriso malicioso que escondia a sobriedade de seus pensamentos e soltou um profundo suspiro:

– E você deve estar ciente de que isto é igualmente importante para mim.

Nicholas, o Lorde Eldridge, recostou-se em sua cadeira, pousou os cotovelos no apoio dos braços e juntou os longos dedos finos formando uma concha com as mãos. Era um homem alto e vigoroso, com um rosto marcado por muitas horas passadas no convés de um navio. Tudo nele era prático, nada era supérfluo, desde o jeito de falar até a estatura física. Ele exibia uma presença intimidante, com uma movimentada rua londrina como cenário. O resultado era deliberada e altamente eficaz.

– Para ser franco, até este momento, não, eu não estava ciente. Eu queria explorar suas habilidades com criptografia. Nunca imaginei que você poderia se voluntariar para cuidar do caso.

Marcus devolveu o olhar penetrante mostrando sua firme determinação. Eldridge era o chefe de um grupo de agentes de elite cujo único propósito era o de investigar e caçar piratas e contrabandistas. Trabalhando sob a proteção da Marinha Real Britânica, Eldridge era um homem extremamente poderoso. Se Eldridge recusasse seu pedido para participar da missão, Marcus teria pouco a argumentar.

Mas não seria recusado. Não neste caso.

Com os músculos do maxilar apertados, ele disse:

– Não permitirei que você empregue outra pessoa. Se Lady Hawthorne está em perigo, eu mesmo cuidarei da segurança dela.

Eldridge o cobriu com um olhar perceptivo:

– Qual a razão desse interesse tão impulsivo? Depois do que se passou entre vocês, estou surpreso por você querer estar próximo dela. Não compreendo seus motivos.

– Não possuo nenhum motivo oculto – ao menos, nenhum que estivesse disposto a compartilhar. – Apesar de nosso passado, não quero que mal algum aconteça a ela.

– As ações dela o arrastaram para um escândalo que durou meses e que até hoje ainda é discutido. Você sabe fingir muito bem, meu amigo, mas carrega cicatrizes. E, talvez, algumas feridas abertas?

Permanecendo imóvel como uma estátua, Marcus manteve o rosto impassível e teve dificuldades para conter o ressentimento que o corroía. Aquela dor era profundamente pessoal e apenas dele. Não gostava quando tocavam nesse assunto.

– Você me considera incapaz de separar minha vida pessoal de minhas obrigações profissionais?

Eldridge suspirou e balançou a cabeça:

– Muito bem. Não vou me intrometer.

– E nem me recusar neste trabalho?

– Você é o melhor homem que tenho. Foi apenas essa história que me fez hesitar, mas, se você está confortável com a situação, então não tenho objeções. Porém, aceitarei o pedido de substituição, se ela o quiser.

Assentindo, Marcus escondeu seu alívio. Elizabeth nunca solicitaria outro agente; seu orgulho não iria permitir.

Eldridge começou a bater as pontas dos dedos:

– O diário que Lady Hawthorne recebeu estava endereçado a seu falecido marido e está escrito em código. Se o diário estiver envolvido em sua morte... – ele fez uma pausa. – O Visconde Hawthorne investigava Christopher St. John quando conheceu seu destino.

Marcus ficou estático ao ouvir o nome do famoso pirata. Não havia outro criminoso que ele quisesse prender mais do que St. John, e essa hostilidade era algo pessoal. Os ataques de St. John contra a Ashford Shippings foram seu ímpeto para se juntar à agência.

– Se Lorde Hawthorne manteve um diário de suas atividades, e se St. John quiser obter essas informações... mas que inferno! – suas entranhas se apertaram com a ideia do pirata estar perto de Elizabeth.

– Exatamente – Eldridge concordou. – Na verdade, Lady Hawthorne já foi informada sobre o diário desde que tomei conhecimento da situação, apenas uma semana atrás. Para segurança dela, e para a nossa, o diário deve ser retirado de suas mãos imediatamente, mas isso é impossível no momento. Ela foi instruída a entregá-lo pessoalmente, por isso a necessidade de proteção.

– É claro.

Eldridge deslizou uma pasta pela escrivaninha.

– Aqui está a informação que juntei até o momento. Lady Hawthorne irá inteirá-lo do resto durante o baile de Moreland.

Coletando os detalhes da missão, Marcus se levantou e deixou o recinto. Assim que alcançou o corredor, ele permitiu que um sorriso de satisfação se curvasse em seus lábios.

Marcus esteve a poucos dias de procurar Elizabeth. O fim do luto dela significava que a espera interminável havia acabado. Embora a questão do diário fosse perturbadora, a situação estava a seu favor, tornando impossível que ela o evitasse. Depois da maneira escandalosa como ela o abandonou há quatro anos, Elizabeth não ficaria nada satisfeita com a nova aparição de Marcus em sua vida. Mas também não recorreria a Eldridge, disso ele tinha certeza.

Em breve, muito em breve, tudo o que ela um dia prometera e depois negara seria finalmente dele.

CAPÍTULO 1

Marcus avistou Elizabeth antes mesmo de pisar no salão do Moreland. Preso na escadaria enquanto colegas e dignitários queriam cumprimentá-lo, ele se perdeu completamente no breve instante em que a vislumbrou.

Ela estava ainda mais encantadora do que antes. Como isso era possível, Marcus não sabia. Ela sempre fora exuberante. Talvez a distância tenha tornado seu coração ainda mais afeiçoado.

Um pequeno sorriso irônico surgiu em seus lábios. Obviamente, Elizabeth não compartilhava os mesmos sentimentos. Quando seus olhos se encontraram, ele permitiu que seu prazer em vê-la se mostrasse em seu rosto. Em resposta, ela ergueu o queixo e desviou o olhar.

Elizabeth o esnobou deliberadamente.

Foi um golpe direto, perfeitamente executado, mas incapaz de tirar sangue. Ela já havia provocado a laceração mais grave anos atrás, deixando-o imune a novas agressões. Marcus ignorou seu descaso com facilidade. Nada poderia alterar o destino deles, por mais que ela desejasse o contrário.

Ele havia servido por anos como agente da Coroa, e nesse tempo levou uma vida que rivalizaria com qualquer romance melodramático. Enfrentou inúmeros duelos de espada, foi atingido por dois tiros e se esquivou de mais disparos de canhão do que poderia contar. No processo, perdera três de seus próprios navios e afundara meia dúzia de outros antes de ser forçado a permanecer na Inglaterra devido às obrigações de seu título de nobreza. Ainda assim, a única coisa que lhe fazia sentir uma súbita explosão de adrenalina era estar na presença de Elizabeth.

Avery James, seu parceiro, chegou ao seu lado quando ficou óbvio que Marcus estava paralisado no lugar.

— Aquela é a Viscondessa Hawthorne, meu senhor — ele apontou com um leve movimento do queixo. — Está de pé à direita, na beira da pista de dança, usando um vestido púrpura de seda. Ela é...

— Sei quem ela é.

Avery o olhou, surpreso:

— Não sabia que vocês se conheciam.

Os lábios de Marcus, conhecidos por habilmente encantar as mulheres, curvaram-se em óbvia antecipação:

— Lady Hawthorne e eu somos... velhos amigos.

— Entendo — Avery murmurou, franzindo a testa e indicando o contrário do que dissera.

Marcus pousou a mão no ombro do amigo:

— Vá em frente, Avery, enquanto lido com estas pessoas, mas deixe que eu cuido de Lady Hawthorne.

Avery hesitou por um momento, então, assentiu relutantemente e seguiu para o salão, desviando da pequena multidão que cercava Marcus.

Acalmando sua irritação com os convidados importunos bloqueando seu caminho, Marcus laconicamente se engajou nos cumprimentos e perguntas direcionadas a ele. Esse tipo de tumulto era a razão pela qual não gostava desses eventos. As pessoas que não tinham a iniciativa de procurá-lo em horário comercial sentiam-se livres para abordá-lo num ambiente social mais relaxado. Mas ele nunca misturava negócios com prazer. Ao menos, essa era sua regra até esta noite.

Elizabeth seria a exceção. Como sempre fora.

Girando seu monóculo, Marcus observou enquanto Avery atravessava com facilidade a multidão e seu olhar logo recaiu novamente para a mulher que deveria proteger. Tomou um gole diante de sua visão como se fosse um homem sedento.

Elizabeth nunca gostou de perucas e não usava uma nesta noite, como a maioria das outras mulheres. O efeito das plumas brancas contrastando com seus cabelos escuros era de tirar o fôlego, atraindo fatalmente todos os olhares em sua direção. Quase negros, seus cabelos emolduravam olhos tão incrivelmente coloridos que até lembravam o esplendor de ametistas.

Aqueles olhos encontraram os dele por apenas um momento, mas o choque de seu magnetismo permanecia, a atração era inegável. Isso o impelia à frente, despertando-o no mesmo nível primitivo de sempre, como a mariposa e a chama. Apesar do perigo de se queimar, ele não podia resistir.

Ela tinha um jeito próprio de olhar para os homens com aqueles olhos incríveis. Marcus quase acreditou que era o único homem no salão, que todos haviam desaparecido e não havia nada entre onde ele estava preso na escadaria e onde ela esperava do outro lado do salão.

Imaginou cruzar a distância entre eles, puxá-la em seus braços e levar sua boca à dela. Sabia que seus lábios, tão eróticos no formato e na espessura, iriam se derreter em seu beijo. Queria percorrer com a boca sua delicada garganta e lamber entre os vales de seu peito. Queria mergulhar em seu corpo exuberante e saciar sua fome infinita, uma fome que se tornara tão poderosa que quase o levara à loucura.

Um dia, ele quisera tudo – seus sorrisos, sua risada, o som de sua voz, a visão do mundo por meio de seus olhos. Agora, sua necessidade era mais básica. Marcus não se permitia mais do que isso. Queria sua vida de volta, a vida livre de sofrimento, raiva e noites em claro. Foi Elizabeth quem roubou essa vida e também seria ela quem a devolveria.

Seu queixo se apertou. Era chegada a hora de cruzar a distância entre eles.

Apenas um olhar foi suficiente para abalar seu autocontrole. O que aconteceria quando a tivesse em seus braços?

Elizabeth, Viscondessa de Hawthorne, ficou parada por um longo momento em estado de choque, sentindo um calor se espalhar por seu rosto.

Seu olhar cruzou com o homem na escadaria por apenas um instante, e, ainda assim, durante esse breve momento, seu coração acelerou a um ritmo alarmante. Sentiu-se paralisada com a beleza masculina de seu rosto que, por sua vez, mostrava claramente o contentamento em vê-la mais uma vez. Surpreendida e assustada com sua própria reação ao encontrá--lo após tantos anos, Elizabeth forçou-se a cortá-lo e a desviar o olhar com um desprezo altivo.

Marcus, atual Conde de Westfield, ainda era magnífico. Ele continuava a ser o homem mais bonito que já encontrara. Quando seus olhares se cruzaram, ela sentiu a eletricidade passar entre eles como uma força tangível. Uma intensa atração sempre existiu entre os dois, e Elizabeth ficou profundamente perturbada ao perceber que ela não diminuíra nem um pouco.

Depois do que ele fizera, Marcus deveria desprezá-la.

Elizabeth sentiu um toque em seu ombro, trazendo-a de volta ao presente. Ela se virou e encontrou George Stanton ao seu lado, observando--a com preocupação:

— Está se sentindo bem? Parece um pouco corada.

Ela ajeitou a renda na manga do vestido para disfarçar sua inquietude:

— Está calor aqui dentro — abrindo seu leque, ela se abanou rapidamente para refrescar o rosto.

— Acho que uma bebida é uma boa ideia — George ofereceu e ela retribuiu sua gentileza com um sorriso.

Assim que ele partiu, Elizabeth voltou sua atenção para o grupo de cavalheiros que a cercava.

— O que estávamos discutindo mesmo? — ela perguntou a ninguém em particular. A bem da verdade, ela não havia prestado atenção na conversa pela maior parte da última hora.

Thomas Fowler respondeu:

— Estávamos discutindo o Conde de Westfield — ele fez um gesto em direção a Marcus. — Estamos surpresos com sua presença. O Conde é conhecido por sua aversão a eventos sociais.

— De fato — ela fingiu indiferença enquanto as palmas de suas mãos se umedeciam dentro das luvas. — Eu esperava que a predileção do Conde se fizesse verdade nesta noite, mas pelo visto não tive tanta sorte.

Thomas se ajeitou, com o semblante revelando seu desconforto:

— Minhas desculpas, Lady Hawthorne. Tinha me esquecido de sua antiga associação com o Lorde Westfield.

Ela riu suavemente:

– Não é preciso se desculpar. Sinceramente, eu agradeço. Estou certa de que você é a única pessoa em Londres que teve a sensibilidade de esquecer esse assunto. Não dê atenção a ele, senhor Fowler. O Conde tinha pouca importância para mim na época, e hoje possui menos ainda.

Elizabeth sorriu enquanto George retornava com seu drinque e os olhos dele se acenderam de prazer quando ela lhe agradeceu.

Enquanto a conversa ao seu redor continuava, Elizabeth lentamente se reposicionou para assegurar vislumbres furtivos da movimentação de Marcus pela escadaria lotada. Era óbvio que sua reputação libidinosa não havia afetado seu poder e influência. Mesmo no meio de uma multidão, sua presença era irresistível. Vários cavalheiros de alta estima corriam para cumprimentá-lo em vez de esperar que ele descesse até o térreo do salão. Mulheres, vestidas em ofuscantes arranjos de cores e rendas excessivas, flutuavam dissimuladamente em direção à escadaria. O fluxo de admiradores movendo-se até ele mudava o equilíbrio de todo o salão. Em sua defesa, Marcus parecia indiferente para toda a bajulação que lhe direcionavam.

Descendo para o salão, ele se movia com a arrogância casual de um homem que sempre conseguia exatamente o que desejava. A multidão ao redor tentava pará-lo constantemente, porém, Marcus conseguia driblar a todos com facilidade. Ele cumprimentava alguns com atenção, outros sem cerimônia, e para alguns apenas erguia a mão imperiosamente. Comandava as pessoas ao seu redor com a pura força de sua personalidade e elas ficavam felizes em obedecê-lo.

Sentindo o quanto ela própria se inquietava com sua aproximação, seus olhares se cruzaram novamente. Os cantos da boca generosa dele se ergueram quando compartilharam a percepção um do outro. O brilho nos olhos dele e o calor de seu sorriso prometeram o que ele, como um homem, jamais poderia manter.

Havia uma aura de solidão sobre Marcus e uma energia incansável em seus movimentos que não existiam há quatro anos. Eram sinais de alerta, e Elizabeth tinha toda a intenção de se prevenir contra eles.

George olhou facilmente sobre ela para analisar a cena:

– Pelo visto, Lorde Westfield está vindo em nossa direção.

– Tem certeza, senhor Stanton?

– Sim, milady. Westfield está me encarando diretamente neste exato momento.

Ela sentiu a tensão se acumular na boca do estômago. Marcus praticamente se congelara quando seus olhos se encontraram pela primeira vez e o segundo olhar fora ainda mais perturbador. Ele se aproximava rapidamente e ela não tinha tempo para se preparar. George baixou os olhos para Elizabeth enquanto ela voltava a se abanar furiosamente.

Maldito Marcus por aparecer justo hoje! Seu primeiro evento social depois de três anos de luto e ele infalivelmente a procura em questão de horas após sua reaparição, como se tivesse esperado impacientemente nesses últimos anos por este exato momento. Mas ela sabia muito bem que isso estava longe de ser o caso. Enquanto permaneceu reclusa devido a seu período de luto, Marcus certamente esteve cuidando de sua escandalosa reputação frequentando muitos quartos de senhoras.

Após a maneira dolorosa como ele partiu seu coração, Elizabeth o desprezaria em qualquer circunstância, principalmente nesta noite. Ela não estava ali para aproveitar a vida social. Estava esperando por um homem com quem se encontraria secretamente. Nesta noite, ela se dedicaria à memória de seu marido. Elizabeth faria justiça para Hawthorne e seria testemunha de sua retaliação.

A multidão no salão se abria relutantemente à frente de Marcus e então se reagrupava em seu rastro, com os movimentos do mar de pessoas anunciando seu progresso. E então, lá estava Westfield, diante de Elizabeth. Ele sorriu e o pulso dela acelerou. A tentação de fugir dali era grande, mas o momento em que ela poderia fazer isso discretamente havia passado num piscar de olhos.

Endireitando os ombros, Elizabeth respirou fundo. A taça em sua mão começou a tremer e ela rapidamente tomou o resto da bebida para evitar derramá-la por todo seu vestido. Passou a taça vazia para George sem nem mesmo olhar o que fazia. Marcus apanhou sua mão antes que ela pudesse puxá-la de volta.

Curvando-se com um sorriso charmoso, ele não desfez o contato visual em nenhum momento.

– Lady Hawthorne. Deslumbrante como sempre – sua voz era grave e afetuosa, lembrando-a de veludo macio. – Seria tolice esperar que me conceda uma dança?

A mente de Elizabeth começou a correr, tentando descobrir um jeito para recusar. Sua energia viril, potente até mesmo do outro lado do salão, era arrebatadora estando tão próximos.

– Não pretendo dançar esta noite, Lorde Westfield. Pergunte a qualquer cavalheiro ao nosso redor.

– Não tenho intenção alguma de dançar com eles – Marcus disse ironicamente –, então, a opinião deles sobre o assunto não é importante.

Ela começou a se opor quando percebeu o desafio em seu olhar. Ele sorria com um divertimento diabólico, visivelmente desafiando Elizabeth a prosseguir, e então ela fez uma pausa. Não lhe daria a satisfação de pensar que estava com medo de dançar com ele.

– Bem, se insiste, podemos dançar a próxima música, Lorde Westfield.

Ele se curvou graciosamente com um olhar aprovador, oferecendo o braço a ela e conduzindo-a para a pista de dança. Quando os músicos começaram a tocar e a música tomou conta do salão, as belas filas do minueto se formaram.

Virando-se, Marcus estendeu o braço em sua direção. Ela pousou a mão sobre a dele, aliviada por usar as luvas que separavam suas peles. O salão se iluminava com velas, que o cobriram com uma luz dourada e chamavam a atenção de Elizabeth para a força de seus ombros flexionados. Disfarçando o olhar, ela o analisou em busca de sinais de mudanças.

Marcus sempre fora um homem com um físico espetacular, praticando uma série de esportes e atividades. Se fosse possível, parecia que estava ainda mais forte e mais formidável. Ele era todo poder, e Elizabeth achou graça de sua velha ingenuidade ao pensar que poderia domá-lo. Graças a Deus, ela não era mais tão tola.

Seu único atributo suave era seu cabelo voluptuosamente castanho. Brilhava como um casaco de pele e ficava preso à altura da nuca com um único laço preto. Até mesmo seu olhar esverdeado era ardente, brilhando com uma inteligência impetuosa. Ele possuía uma mente sagaz para a qual a dissimulação era apenas um simples jogo, como ela própria aprendera a um custo muito alto para seu coração e orgulho.

Elizabeth esperava encontrar sinais de envelhecimento próprios de quem leva uma vida indulgente, mas seu belo rosto não mostrava nada disso. Pelo contrário, exibia a aparência bronzeada de um homem que passava a maior parte do tempo ao ar livre. Seu nariz era fino e aquilino sobre lábios cheios e sensuais. No momento, os lábios estavam curvados em um dos lados, formando um meio-sorriso que era ao mesmo tempo juvenil e sedutor. Ele ainda era perfeitamente bonito desde o topo da cabeça até a sola dos pés. Marcus a observava enquanto ela o analisava, totalmente ciente de que não podia deixar de admirar sua beleza. Ela baixou os olhos e os grudou decididamente em seu colarinho.

A fragrância que ele exalava envolveu seus sentidos. Era um aroma maravilhosamente masculino, numa mistura de sândalo, frutas cítricas e a própria essência única de Marcus. O calor da pele dela se derramou por dentro de seu corpo, misturando-se com sua apreensão.

Lendo seus pensamentos, Marcus inclinou a cabeça em sua direção. Quando soltou a voz, seu tom era grave e rouco:

— Elizabeth. É um prazer imenso e longamente aguardado estar mais uma vez em sua companhia.

— O prazer é inteiramente seu, Lorde Westfield.

— Você costumava me chamar de Marcus.

— Para mim, já não é mais adequado tratá-lo de maneira tão informal, milorde.

Sua boca mostrou um sorriso pecaminoso:

— Digo que você pode agir inadequadamente comigo sempre que quiser. Na verdade, sempre adorei seus momentos inadequados.

— Você teve muitas outras mulheres com quem compartilhar tais momentos.

— Nunca, meu amor. Você sempre foi única e distinta de todas as outras mulheres.

Elizabeth já tivera sua cota de canalhas e tratantes, mas a confiança cega e o estilo forçosamente íntimo deles sempre a deixavam indiferente. Porém, Marcus era tão habilidoso ao seduzir uma mulher que sempre conseguia emanar uma aura de completa sinceridade. Ela havia acreditado no passado em cada declaração de amor e devoção que saía dos lábios dele. Mesmo agora, o jeito como a olhava com um desejo represado parecia tão genuíno que ela quase acreditou.

Ele a fez querer esquecer o tipo de homem que era – um sedutor sem coração. Mas o corpo dela não a deixava esquecer. Sentia-se febril e com uma leve tontura.

– Três anos de luto – ele disse, com um toque de amargura na voz. – Estou aliviado por ver que a dor da perda não arruinou injustamente sua beleza. Na verdade, você está ainda mais bela do que a última vez em que estivemos juntos. Você se lembra da ocasião, não é?

– Vagamente – ela mentiu. – Há muito anos não penso nisso.

Imaginando se suspeitava de sua mentira, ela o estudou quando trocaram os parceiros. Marcus irradiava uma aura inata de magnetismo sexual. A maneira como se movia, a maneira como falava, a maneira como cheirava – tudo isso alardeava poderosas energias e apetites. Elizabeth sentiu o poder mal represado que ele escondia debaixo da superfície e precisou relembrar o quanto ele podia ser perigoso.

Sua voz se derramou sobre ela com um calor líquido quando os passos do minueto a levaram de volta a seus braços.

– Estou sentido por você não estar contente em me ver, principalmente por eu ter enfrentado este evento miserável apenas para estar com você.

– Ridículo – ela zombou. – Você não poderia saber que eu estaria aqui hoje. Seja qual for seu propósito para ter vindo ao baile, por favor, prossiga com isso e me deixe em paz.

Sua voz soou perigosamente suave:

– Meu propósito é você, Elizabeth.

Ela o encarou por um momento, sentindo o estômago revirar com um desconforto crescente.

– Se meu irmão nos flagrar juntos, ele ficará furioso.

Marcus fechou o rosto de um modo que a fez estremecer. No passado, ele e William foram melhores amigos, mas o fim de seu noivado trouxe também o fim da amizade. De todas as coisas das quais ela se arrependia, essa era a maior delas.

– O que você quer? – ela perguntou, após ele permanecer em silêncio.

– O cumprimento de sua promessa.

– Que promessa?

– Sua pele contra a minha, sem mais nada entre nós.

– Você está louco – ela respirava com dificuldade. Então, Elizabeth estreitou os olhos. – Não brinque comigo. Pense em todas as mulheres que estiveram em sua cama desde que nos separamos. Eu fiz um favor ao libertá-lo...

Elizabeth ofegou quando as mãos enluvadas dele apertaram seus dedos com uma força imensa.

Com olhos sombrios, ele disse entre os dentes:

– Você me fez muitas coisas quando quebrou sua promessa. E um favor não foi uma delas.

Chocada com sua veemência, ela tentou se desvencilhar.

– Você sabia como eu me sentia com relação à fidelidade e o quanto eu desejava isso. Você nunca poderia ter sido o tipo de marido que eu queria.

– Eu era exatamente o que você queria, Elizabeth. Você me queria com tanta força que acabou se assustando com isso.

– Isso não é verdade! Não tenho medo de você!

– Se tivesse algum juízo, você teria sim medo de mim – ele murmurou.

Ela teria respondido, mas os passos da dança os separaram novamente. Marcus abriu um sorriso brilhante para a mulher com quem trocava passos e Elizabeth apertou os dentes. Pelo resto da dança, não trocaram mais nenhuma palavra, mesmo depois de ele ter jogado seu charme para todas as mulheres com quem dançou.

A mão de Elizabeth queimava por causa do toque de Marcus e a pele corava sob o calor de seu olhar. Ele nunca escondera a ruidosa sexualidade de sua natureza. Ao invés disso, ele a encorajava a libertar a sua própria. Ele lhe oferecera o melhor de dois mundos – a respeitabilidade de sua posição e a paixão de um homem que podia transformar seu sangue em fogo – e ela acreditou que ele poderia fazê-la feliz.

Como fora ingênua. Considerando sua família, esperava que fosse mais esperta.

No momento em que a dança acabou, Elizabeth deixou a pista com passos rápidos. Um braço levemente erguido chamou sua atenção e ela sorriu ao ver Avery James. Sentiu a mente clarear, sabendo imediatamente que ele era o homem pelo qual estava esperando. Avery apenas compareceria a um evento como este sob as ordens de Lorde Eldridge.

Eldridge a assegurou de que, como viúva de um de seus mais confiáveis agentes, ela poderia sempre contar com ele. Avery foi então selecionado para ser o homem a quem ela deveria contatar. Apesar de sua aparência cínica que denotava uma pessoa gasta pela experiência, ele era de fato um homem gentil e atencioso que foi indispensável a ela nos primeiros meses após a morte de Hawthorne. Avistá-lo a fez relembrar de sua razão para estar ali.

Elizabeth apertou os passos quando, atrás dela, Marcus chamou por seu nome.

– A dança que você pediu já terminou, Westfield – ela disse sobre os ombros. – Você está livre para aproveitar sua merecida reputação e buscar a atenção de suas admiradoras.

Ela esperava que ele entendesse o óbvio. Ela não iria mais encontrá-lo, qualquer que fosse o preço.

Marcus observou Elizabeth andar graciosamente em direção a Avery. Pelas costas, ele não precisava mais esconder seu sorriso. Ela o acertou diretamente. Mais uma vez.

Porém, sua doce Elizabeth logo descobriria que não seria tão fácil livrar-se dele.

CAPÍTULO 2

— Senhor James — Elizabeth o cumprimentou com uma afeição genuína. — É um prazer revê-lo — ela estendeu as mãos, que foram prontamente envoltas pelas mãos muito maiores de Avery, cujo rosto se acendeu num raro sorriso. De braços dados, ele a conduziu pelas portas francesas até um átrio interior.

Ela apertou seu braço:

— Pensei que talvez eu tivesse chegado tarde demais para meu compromisso.

— Não diga isso, Lady Hawthorne — ele respondeu com uma bondade áspera. — Eu teria esperado a noite toda.

Inclinando a cabeça para trás, Elizabeth respirou fundo o ar exuberantemente perfumado. A inebriante fragrância dentro do vasto espaço aberto era um alívio prazeroso e muito bem-vindo depois dos cheiros de fumaça e cera queimada, talcos e perfumes fortes que tomavam conta do salão.

Enquanto eles andavam casualmente pelos caminhos, Elizabeth se virou para Avery e perguntou:

— Imagino que você seja o agente designado a me ajudar, estou correta? Ele sorriu:

— Sim, serei o parceiro de outro agente nesta missão.

— É claro — sua boca se curvou num lamento. — Vocês sempre trabalham em pares, não é? Igual a Hawthorne e meu irmão.

– Essa maneira funciona bem, milady, e já salvou vidas.

Seus passos se tornaram hesitantes. Salvou *algumas* vidas.

– Lamento a existência da agência, senhor James. O casamento de William e a subsequente renúncia é uma bênção pela qual eu agradeço. Ele quase morreu na noite em que perdi meu marido. Aguardo ansiosamente o dia em que a agência não fará mais parte da minha vida.

– Faremos o possível para resolver isso com a maior rapidez – ele a assegurou.

– Sei que farão – ela suspirou. – Estou contente por você ser um dos agentes que Lorde Eldridge escolheu.

Avery apertou sua mão.

– Estou grato pela oportunidade de encontrá-la novamente. Já faz vários meses desde nosso último encontro.

– Já se passou tanto tempo? – ela perguntou, franzindo a testa. – Estou perdendo a noção do tempo.

– Gostaria de poder dizer o mesmo... – uma voz familiar vinda de trás os interrompeu. – Infelizmente, os últimos quatro anos foram uma eternidade para mim.

Elizabeth ficou tensa, seu coração parou por um momento antes de as batidas começarem a acelerar.

Avery virou os dois para encararem o visitante:

– Ah, aqui está meu parceiro. Soube que você e Lorde Westfield são velhos conhecidos. Espero que tal circunstância fortuita possa apressar as coisas.

– Marcus – ela sussurrou, arregalando os olhos quando a razão de sua presença a atingiu como um golpe físico.

Ele fez uma reverência:

– Aos seus serviços, madame.

Os joelhos de Elizabeth fraquejaram e Avery apertou a mão para estabilizá-la.

– Lady Hawthorne?

Marcus a alcançou com duas passadas:

– Não desmaie, meu amor. Respire fundo.

Parecia uma tarefa impossível enquanto ofegava como um peixe fora d'água, repentinamente sentindo todo o aperto do espartilho. Ela fez um gesto para que ele se afastasse, pois sua mera aproximação e o aroma de sua pele dificultavam ainda mais o trabalho de seus pulmões.

Elizabeth observou quando Marcus lançou um olhar sério para Avery, que por sua vez se virou e foi embora, fingindo interesse nas folhas de uma distante samambaia.

Sentindo um pouco de tontura, mas já se recuperando, Elizabeth balançou a cabeça rapidamente:

– Marcus, você realmente perdeu o juízo.

– Ah, já está se sentindo melhor – ele disse pausadamente, com um tom de ironia na voz.

– Vá se divertir com outra pessoa. Recuse esta missão. Deixe a agência.

– Sua preocupação é comovente, porém, confusa, considerando seu desprezo pelo meu bem-estar no passado.

– Guarde seu sarcasmo para outro dia – ela respondeu irritada. – Não tem noção de onde está se metendo? É perigoso trabalhar para Lorde Eldridge. Você pode se machucar. Ou ser morto.

Marcus soltou um longo suspiro:

– Elizabeth, você está nervosa demais.

Ela o olhou com olhos cerrados e depois vislumbrou Avery, que permanecia estudando a samambaia. Então, baixou a voz:

– Desde quando você é um agente?

O queixo de Marcus se apertou:

– Quatro anos.

– Quatro anos? – Ela tropeçou para trás. – Você já era um agente quando começou a me cortejar?

– Sim.

– Maldito seja – sua voz não era mais do que um sussurro aflito. – Quando esperava relevar isso a mim? Ou eu nunca deveria saber até que você voltasse para casa num caixão?

Marcus fechou o rosto e cruzou os braços.

– Não vejo a importância disso agora.

Ela endureceu o corpo diante do tom gélido de sua voz.

– Todos esses anos eu temia abrir o jornal e encontrar o anúncio de seu casamento. Mas agora entendo que o que eu deveria temer era encontrar seu obituário. – virando-se, Elizabeth levou a mão ao coração acelerado: – Como gostaria que você tivesse permanecido longe, muito longe de mim – tomando a saia com as mãos, ela começou a correr: – Juro por Deus que gostaria de nunca tê-lo conhecido.

As batidas do sapato dele no chão de mármore foram o único alerta antes de seu cotovelo ser agarrado e seu corpo, virado.

– O sentimento é mútuo – ele grunhiu.

Marcus se agigantou sobre ela, sua boca sensual tensa de raiva, seu olhar brilhando com algo que a fazia tremer.

– Como Lorde Eldridge pôde escolher você para mim? – ela lamentou. – E por que você aceitou?

– Fui eu quem insistiu para ser o escolhido nesta missão.

Ao ver sua surpresa, os lábios dele se apertaram ainda mais:

– Não se engane. Você fugiu de mim uma vez. Não permitirei que aconteça de novo – ele a puxou mais para perto e o ar entre eles quase sumiu. Sua voz se tornou séria: – Não me importo se você se casar com o próprio rei desta vez. Você será *minha*.

Ela tentou se desvencilhar, mas ele segurava firme.

– Meu Deus, Marcus. Já não causamos tristeza suficiente um ao outro?

– Ainda não – ele a empurrou, como se a proximidade dela fosse desagradável. – Agora, vamos tratar desse assunto a respeito de seu falecido marido para que Avery possa se retirar.

Tremendo, Elizabeth dirigiu-se rapidamente em direção a Avery. Marcus a seguiu com a graça predatória de um felino selvagem.

Não havia dúvida de que era ela quem estava sendo caçada.

Elizabeth parou ao lado de Avery e respirou fundo antes de se virar.

Marcus a observava com uma expressão indecifrável.

– Soube que recebeu um livro escrito por seu falecido marido – ele esperou pela confirmação silenciosa dela. – Sabe quem foi o remetente?

– A caligrafia no pacote era de Hawthorne. Obviamente foi endereçado algum tempo atrás, o papel do embrulho estava amarelado e a tinta, desbotada – ela havia passado dias tentando entender aquele pacote, incapaz de determinar sua origem ou propósito.

– Seu marido endereçou um pacote para si mesmo que chegou três dias após seu assassinato – Marcus estreitou os olhos. – Por acaso ele deixou algum *grille*[1], algum cartão com furos estranhos, qualquer coisa escrita que pareceu incomum?

– Não, nada – ela retirou da bolsa um fino diário e a carta que recebera apenas alguns dias atrás. Entregou os dois a Marcus.

Após uma breve análise, ele guardou o diário dentro do casaco e passou os olhos pela carta, juntando as sobrancelhas conforme prosseguia com a leitura.

– Na história da agência, apenas o assassinato de Lorde Hawthorne permanece um mistério. Eu tinha esperança de envolvê-la o mínimo possível neste caso.

– Farei o que for necessário – ela ofereceu rapidamente. – Hawthorne merece justiça, e se meu envolvimento for requisitado, então que seja – ela faria qualquer coisa para acabar com isso.

Marcus dobrou a missiva cuidadosamente:

– Não gosto de expô-la ao perigo.

Com as emoções à flor da pele, Elizabeth retrucou:

– Então você quer me proteger expondo a si mesmo? Tenho muito mais interesse no resultado desta missão do que você ou a sua preciosa agência.

Marcus rugiu o nome dela como alerta.

Avery limpou a garganta fazendo um som alto:

– Parece que vocês dois não trabalharão bem juntos. Sugiro levar essa dificuldade para Lorde Eldridge. Estou certo de que existem outros agentes que...

– Não! – a voz de Marcus estalou como um chicote.

– Sim! – Elizabeth quase desabou de alívio. – Uma excelente sugestão – seu sorriso era sincero. – Certamente Lorde Eldridge entenderá a razão desse pedido.

– Fugindo novamente? – Marcus provocou.

Ela o encarou:

---

1 O método *grille* foi desenvolvido pelo cardeal francês Richelieu, no século XVI. Seu propósito era criar mensagens secretas que poderiam ser decifradas somente com um cartão especial cheio de furos em lugares estratégicos. (N. T.)

– Estou sendo prática. Você e eu obviamente não podemos nos associar um ao outro.

– Prática – ele deu uma risada irônica. – Você quis dizer que está sendo covarde.

– Lorde Westfield! – Avery franziu as sobrancelhas.

Elizabeth ergueu a mão.

– Deixe-nos por um momento, senhor James. Por favor – seus olhos permaneceram grudados no rosto de Marcus enquanto Avery hesitava.

– Ouça a mulher – Marcus murmurou, encarando-a de volta.

Avery resmungou, então girou o corpo e se afastou contrariado.

Elizabeth foi direto ao assunto:

– Se eu for forçada a trabalhar com você, Westfield, eu simplesmente me recusarei a compartilhar qualquer informação com a agência. Resolverei a situação sozinha.

– De jeito nenhum! – os músculos do maxilar de Marcus começaram a se apertar. – Não permitirei que você se exponha ao perigo. Tente algo tolo e verá o que acontece. Eu lhe asseguro de que não gostará do resultado.

– É mesmo? – ela zombou, recusando-se a se acovardar diante de uma fronte que assustava a maioria dos homens. – E como você acha que irá me impedir?

Marcus se aproximou ameaçadoramente:

– Sou um agente da Coroa...

– Você já disse isso.

– ... em uma missão especial. Se apenas pensar em prejudicar a missão, irei considerar suas ações como traição e as tratarei como tal.

– Você não se atreveria! Lorde Eldridge não permitiria.

– Oh, mas eu faria, e ele não me impediria – Marcus parou bem em frente a ela. – É provável que este livro seja um diário das atividades de Hawthorne e pode estar relacionado à sua morte. Se for o caso, você está em perigo. Eldridge não irá tolerar isso mais do que eu.

– E por que não? – ela o desafiou. – Seus sentimentos em relação a mim estão óbvios.

Ele chegou ainda mais perto, até que a ponta de seus sapatos desaparecesse debaixo da saia dela:

– Aparentemente não é verdade. Porém, se quiser mesmo, apresente seu caso para Eldridge. Diga a ele o quanto você fica abalada na minha presença e o quanto ainda me deseja. Conte a ele todo nosso sórdido passado e como nem mesmo a memória de seu querido esposo falecido é capaz de fazê-la superar seu desejo.

Ela o observou, e então sua boca se abriu quando uma risada seca escapou.

– Sua arrogância é impressionante – Elizabeth se virou, escondendo a tremedeira em suas mãos. Ele que ficasse com o maldito diário. Ela procuraria Eldridge logo pela manhã.

A risada zombeteira de Marcus a seguiu:

– *Minha* arrogância? É você quem pensa que é tudo por causa disso.

Elizabeth parou e olhou para trás:

– Você fez disso uma questão pessoal com suas ameaças.

– Você e eu nos tornando amantes não é uma ameaça. É uma conclusão que possui antecedentes e que nada tem a ver com o diário de seu marido – ele ergueu a mão quando ela tentou argumentar. – Poupe seu fôlego. Esta missão é importante para Eldridge. Insisti em participar só por causa disso. Levá-la para minha cama não requer que eu trabalhe com você.

– Mas... – ela fez uma pausa, lembrando-se do que ele falara anteriormente. Marcus não havia dito que sua insistência tinha a ver com ela. Seu rosto enrubesceu.

Ele passou casualmente ao seu lado em direção ao salão.

– Então, sinta-se livre para revelar a Eldridge a razão de você não poder trabalhar comigo. Apenas certifique-se de que ele entenda que *eu* não tenho problemas em trabalhar com *você*.

Apertando os dentes, Elizabeth segurou sua vontade de praguejar tudo o que pudesse pensar. Tola, ela não era. Entendia muito bem o jogo dele. Também entendia que ele não a deixaria em paz até decidir que já tivera o bastante, com ou sem missão. A única parte desse desastre que estava ao alcance de suas mãos era se sobreviveria a isso com seu orgulho intacto.

Seu estômago se apertou. Agora que havia retornado à sociedade, teria de assistir às seduções dele. Seria forçada a conviver com as mulheres que ele perseguia. Veria os sorrisos que ele trocaria com outras, mas não com ela.

Maldição. Sua respiração disparou. Contra todo seu instinto de dignidade e inteligência, ela deu o primeiro passo para segui-lo.

O leve toque em seu cotovelo a lembrou da presença de Avery:

– Lady Hawthorne. Está tudo bem?

Ela assentiu sem muito entusiasmo. Avery continuou:

– Falarei com Lorde Eldridge assim que possível e...

– Isso não será necessário, senhor James.

Elizabeth esperou até Marcus dobrar a esquina e desaparecer de vista antes de encarar Avery.

– Meu papel é apenas entregar o diário. Feito isso, o resto depende de você e Lorde Westfield. Não vejo necessidade para mudar os agentes.

– Tem certeza disso?

Ela assentiu novamente, ansiosa para terminar a conversa e retornar ao salão.

Avery estava claramente cético, mas mesmo assim disse:

– Muito bem. Vou atribuir dois homens para escoltá-la. Leve-os consigo a qualquer lugar e me avise assim que receber detalhes sobre o encontro.

– É claro.

– Já que terminamos aqui, irei partir – o sorriso dele mostrava um toque de alívio. – Nunca gostei muito desses eventos.

Ele tomou a mão dela e a beijou.

– Elizabeth? – a voz profunda de William retumbou pelo vasto espaço.

Com olhos arregalados, ela apertou os dedos de Avery:

– Meu irmão não pode vê-lo. Ele suspeitará imediatamente que algo está errado.

Avery, agradecido com sua preocupação e treinado para reagir rápido, assentiu e se escondeu atrás de um arbusto.

Virando-se, ela vislumbrou William se aproximando. Igual a Marcus, ele não media seus passos. Andou até ela com uma graça casual, sem mostrar qualquer sinal do ferimento em sua perna que quase o matou.

Embora fossem irmãos, não poderiam ser mais diferentes. Ela possuía os cabelos negros e os olhos de ametista de sua mãe. William tinha os cabelos claros e olhos azuis de seu pai. Alto e de ombros largos, ele tinha a aparência de um viking, forte e perigoso, mas com um toque de jovialidade, notável pelas linhas que marcavam seus olhos, feitas obviamente por risadas.

— O que está fazendo aqui? — ele perguntou, lançando um olhar curioso ao redor do átrio.

Elizabeth enganchou seu braço no dele e o conduziu até o salão.

— Estava apenas admirando a vista. Onde está Margaret?

— Está com algumas amigas — William diminuiu os passos e então parou, forçando-a a parar também. — Soube que você dançou com Westfield há pouco.

— Você já quer antecipar as fofocas?

— Fique longe dele, Elizabeth — ele alertou suavemente.

— Não havia jeito educado de dispensá-lo.

— Não seja educada. Não confio nele. Acho estranha a presença dele aqui hoje.

Ela suspirou tristemente pensando no rompimento que causara. Marcus não daria um bom marido, mas sempre fora um bom amigo para William.

— A reputação que ele estabeleceu nos últimos anos justificaram minhas ações do passado. Não há perigo algum de eu cair em seus encantos novamente, isso eu garanto.

Puxando William pelo salão, Elizabeth sentiu-se aliviada quando seu irmão não ofereceu mais resistência. Se andassem depressa, ela poderia ver para onde Marcus havia se dirigido.

Marcus saiu de seu esconderijo atrás de uma árvore e tirou uma folha solta em seu ombro. Batendo a terra dos sapatos, seus olhos permaneceram grudados em Elizabeth até ela desaparecer de vista. Ficou imaginando se o desejo enlouquecedor que sentia por ela se mostrava óbvio demais. Seu coração acelerava e suas pernas doíam pelo esforço de impedir a si mesmo de correr atrás dela.

Elizabeth era irritantemente teimosa e obstinada, e era justamente por causa disso que ele sabia que era perfeita para ele. Nenhuma outra mulher conseguia despertar sua paixão daquela forma. Furioso ou consumido pela luxúria, apenas Elizabeth fazia seu sangue ferver com a necessidade de possuí-la.

Rezava a Deus que esse sentimento fosse amor. Pois o amor eventualmente se esvanece, apagando assim que o combustível se acaba. A fome apenas piora com o tempo, corroendo e implorando até que seja saciada.

Avery apareceu ao seu lado.

– Se isso é o que você chama de "velha amiga", milorde, eu odiaria saber como são seus inimigos.

Seu sorriso não guardava nenhum humor.

– Ela deveria ter sido minha esposa – um silêncio mortal foi sua resposta: – Por acaso eu o deixei sem palavras?

– Maldição.

– Essa é uma descrição apropriada – baixando a voz, Marcus perguntou: – Ela planeja falar com Eldridge?

– Não – Avery lançou um olhar de soslaio. – Tem certeza de que seu envolvimento é sensato?

– Não – admitiu, aliviado por seu esquema ter funcionado e agradecido por, apesar da passagem do tempo, ainda a conhecer tão bem. – Mas estou certo de que não tenho alternativa.

– Eldridge está determinado a encontrar o assassino de Hawthorne. No decorrer de nossa missão, talvez sejamos forçados a deliberadamente colocar Lady Hawthorne em perigo para alcançarmos nosso objetivo.

– Não. Hawthorne está morto. Arriscar a vida de Elizabeth não o trará de volta. Encontraremos outras maneiras de prosseguir com a missão.

Avery sacudiu a cabeça numa estupefação silenciosa:

– Espero que saiba o que está fazendo, já que eu não sei. Agora, se me permite, sairei pelo jardim, antes que mais alguma inconveniência ocorra.

– Eu o acompanharei.

Começando a andar ao lado de seu parceiro, Marcus riu diante da sobrancelha erguida de Avery:

– Durante uma longa batalha, um homem deve estar preparado para recuar para que possa retornar revigorado para aproveitar o dia.

– Santo Deus. Batalhas, irmãos, noivados rompidos. Sua história pessoal com Lady Hawthorne irá apenas trazer problemas.

Marcus esfregou as mãos:

– Estou ansioso por isso.

CAPÍTULO 3

— Estou sitiada! — Elizabeth reclamou quando outro grande arranjo de flores foi colocado na sala de estar.

— Existem coisas piores para uma mulher do que ser cortejada por um homem diabolicamente bonito — Margaret disse secamente, enquanto ajeitava a saia e sentava-se no sofá.

— Você é uma romântica incurável, sabia? — Levantando-se, Elizabeth pegou uma pequena almofada rendada e a colocou atrás das costas de sua cunhada. Ela manteve seu olhar afastado do obviamente caro arranjo de flores. Marcus havia insinuado que seu interesse era tão profissional quanto carnal, e ela sempre estivera o mais preparada possível para tal combate. Mas este galante ataque a suas sensibilidades femininas foi uma total surpresa.

— Estou grávida — Margaret protestou enquanto Elizabeth cuidava de seu conforto. — Não sou uma inválida.

— Permita-me paparicá-la um pouco. Isso me deixa tão feliz.

— Tenho certeza de que serei agradecida no futuro, mas, por enquanto, sou bem capaz de cuidar de mim mesma.

Apesar da reclamação, Margaret se ajeitou na almofada com um suspiro de prazer, o leve brilho de sua pele combinando perfeitamente com os cachos de seu cabelo escuro.

– Permita-me discordar. Você parece mais magra aos cinco meses do que antes.

– *Quase* cinco meses – Margaret corrigiu. – E é difícil comer quando você se sente miserável o tempo todo.

Apertando os lábios, Elizabeth pegou um bolinho, colocou-o sobre um prato, e ofereceu a Margaret.

– Aqui, coma – ela ordenou.

Margaret aceitou com um olhar zombeteiro, e então disse:

– William diz que todos estão apostando sobre as intenções matrimoniais de Lorde Westfield.

Enquanto preparava o chá, Elizabeth ofegou:

– Santo Deus.

– Você se tornou uma lenda quando o dispensou. Um Conde tão bonito e desejado que todas as mulheres o querem para si. Exceto você. É simplesmente uma história boa demais para ignorar. A história de um amor libertino frustrado.

Elizabeth bufou com desdém.

– Você nunca me contou o que Lorde Westfield fez para você romper o noivado – disse Margaret.

As mãos de Elizabeth tremeram enquanto ela mexia as folhas na água fervente.

– Isso foi há muito tempo, Margaret, e como já disse muitas vezes antes, não vejo razão para discutir isso.

– Sim, sim, eu sei. Porém, ele claramente deseja sua companhia, como vimos depois das muitas tentativas de contatá-la. Admiro a serenidade de Westfield. Ele nem mesmo pisca quando é dispensado. Apenas sorri, diz algo charmoso e vai-se embora.

– O homem tem muito charme, isso eu reconheço. As mulheres correm atrás dele em bandos, fazendo papel de tolas.

– Você parece estar com ciúmes.

– Não estou – ela afirmou. – Um ou dois torrões de açúcar? Bem, na verdade, você precisa de dois.

– Não mude de assunto. Conte-me sobre essa ciumeira. As mulheres também achavam Hawthorne atraente, mas isso nunca pareceu incomodá-la.

– Hawthorne era fiel.

Margaret aceitou a xícara de chá com um sorriso gracioso:

– E você disse que Westfield não era.

– Não – Elizabeth respondeu com um suspiro.

– Tem certeza?

– Não poderia ter mais certeza nem se o flagrasse no ato.

Os olhos verdes de Margaret se estreitaram.

– Você tomou a palavra de terceiros sobre a do seu próprio noivo?

Sacudindo a cabeça, Elizabeth tomou um gole encorajador antes de responder.

– Eu tinha um assunto importante para tratar com Lorde Westfield, tão importante que fui pessoalmente à sua casa numa certa noite...

– *Sozinha?* O que em nome de Deus poderia incitá-la a agir assim tão precipitadamente?

– Margaret, você quer ou não ouvir a história? Já é difícil o bastante falar disso sem suas interrupções.

– Desculpe – ela respondeu quase em silêncio. – Por favor, continue.

– Esperei durante alguns minutos até que ele viesse me receber. Quando apareceu, seu cabelo estava úmido, a pele corada, e vestia um roupão.

Elizabeth encarou o conteúdo de sua xícara e sentiu-se mal.

– Continue – Margaret insistiu quando ela permaneceu quieta.

– Então, a porta por onde ele surgiu se abriu e uma mulher apareceu. Vestida do mesmo jeito, com o cabelo tão úmido quanto.

– Meu Deus! Isso deve ter sido bem difícil de explicar. Como ele tentou fazer isso?

– Não tentou – Elizabeth soltou uma risada seca e sem humor. – Disse que não tinha a liberdade de discutir o assunto comigo.

Franzindo as sobrancelhas, Margaret baixou sua xícara e a colocou sobre a mesa.

– Ele tentou explicar em outra ocasião?

– Não. Eu fugi com Hawthorne, e Westfield deixou o país até o falecimento de seu pai. Até o baile no Moreland, na semana passada, nunca havíamos cruzado nossos caminhos.

– Nunca? Talvez Westfield tenha aceitado seus erros e agora queira consertar as coisas – Margaret sugeriu. – Deve haver alguma razão para ele a perseguir com tanta obstinação.

Elizabeth tremeu ao ouvir a palavra "perseguir".

– Confie em meu julgamento. O objetivo dele não é tão nobre quanto consertar os erros do passado.

– Flores, visitas diárias...

– Vamos conversar sobre algo menos desagradável, Margaret – ela alertou. – Ou irei tomar chá em outro lugar.

– Oh, certo. Você e seu irmão são mesmo teimosos.

Mas Margaret nunca fora uma pessoa que desistia fácil, e por ser assim conseguiu convencer William a deixar a agência e casar-se com ela. Portanto, Elizabeth previu que Margaret voltaria ao assunto, e não ficou surpresa quando isso aconteceu mais tarde naquela noite.

– Ele é um homem tão bonito.

Elizabeth seguiu o olhar de Margaret pela multidão de convidados durante o jantar na casa dos Dempsey. Encontrou Marcus de pé ao lado de Lady Cramshaw e de sua adorável filha, Clara. Elizabeth fingiu ignorá-lo mesmo quando analisava cada passo dele.

– Após ouvir sobre nosso passado, como você pode se encantar com o rosto do Conde?

Ela havia deliberadamente evitado os eventos sociais da última semana, mas no fim aceitara o convite dos Dempsey, certa de que o baile dos Faulkner ao final da rua provavelmente seria mais atrativo para Marcus. Mas o impertinente homem a encontrou mesmo assim, e sua aparência era impecável. Seu casaco vermelho-escuro chegava até as coxas e era ricamente decorado com fios dourados. A pesada seda brilhava debaixo das luzes das velas, assim como os rubis que adornavam seus dedos e gravata.

– Perdão? – Margaret virou a cabeça, com olhos arregalados de estupefação. Elizabeth apontou seu leque para o outro lado do salão. Foi então que ela viu William e sentiu o rosto corar furiosamente por causa de seu erro.

Margaret riu.

– Eles formam um casal incrível, seu Westfield e Lady Clara.

— Ele não é meu e tenho pena da pobre garota se ela despertou o desejo dele — Elizabeth ergueu o queixo e desviou os olhos.

O farfalhar de sedas pesadas de uma saia anunciou uma nova participante na conversa.

— Concordo — murmurou a velha Duquesa de Ravensend. — Ela é apenas uma criança e nunca poderia fazer justiça àquele homem.

— Minha senhora — Elizabeth fez uma breve reverência diante de sua sogra.

A duquesa tinha um brilho malicioso nos suaves olhos marrons.

— A sua viuvez é uma infelicidade, minha querida, mas apresenta uma oportunidade renovada para você e o Conde.

Elizabeth fechou os olhos e implorou por paciência. Desde o princípio, sua sogra defendia as qualidades de Marcus.

— Westfield é um tratante. Eu me considero uma felizarda por ter descoberto esse fato antes de dizer os meus votos.

— Ele possivelmente é o homem mais bonito que já vi — Margaret observou. — Depois de William, é claro.

— E muito bem educado — a duquesa acrescentou observando Marcus através de seu binóculo. — Material de primeira para um marido.

Suspirando, Elizabeth ajeitou a saia e tentou não revirar os olhos.

— Gostaria que vocês duas esquecessem a ideia de que eu me casarei novamente. Pois não irei.

— Hawthorne era pouco mais do que um garoto — notou a duquesa. — Westfield é um homem. Você descobrirá que é uma experiência muito diferente se o escolher para compartilhar a cama. Ninguém aqui disse nada sobre casamento.

— Não tenho desejo algum de ser acrescentada à lista de conquistas desse libertino. Ele é um conquistador. Você não pode negar isso, minha senhora.

— Há vantagens nos homens com experiência — Margaret sugeriu. — Casada com seu irmão, eu posso atestar — ela sacudiu a sobrancelha de modo sugestivo.

Elizabeth estremeceu.

— Margaret, por favor.

— *Lady Hawthorne*.

Virando-se rapidamente, ela encarou George Stanton com um sorriso agradecido. Ele fez uma reverência, com o bonito rosto exibindo um sorriso amigável.

– Será um prazer dançar com você – ela disse, antes mesmo que ele pedisse. Ansiosa para fugir da conversa, Elizabeth ofereceu a mão e permitiu que ele a conduzisse para longe.

– Obrigada – ela sussurrou.

– Achei que você precisava ser resgatada.

Ela sorriu quando tomaram seu lugar na fila.

– Você é muito perspicaz, meu querido amigo.

Olhando de soslaio, ela observou Marcus oferecer-se para levar a jovem Clara para a pista de dança. Enquanto ele se aproximava dela, Elizabeth não pôde deixar de admirar seu andar sedutor. Um homem que se movia daquela maneira com certeza seria um especialista na arte do amor. Outras mulheres também o observavam, cobiçando-o da mesma forma que ela o fazia, desejando-o...

Quando ele ergueu o olhar em sua direção, Elizabeth desviou os olhos rapidamente de seu sorriso mordaz. O homem sabia como irritá-la e não se furtava a usar esse conhecimento para sua vantagem.

Quando os passos da contradança aproximaram os dançarinos para depois separá-los, ela continuou seguindo o progresso dele com o canto do olho. O próximo passo os colocaria frente a frente. Uma forte expectativa correu por suas veias.

Ela se afastou de George e virou-se graciosamente para encarar Marcus. Sabendo que o encontro seria breve, ela se permitiu aproveitar a visão e o perfume dele. O desejo se acendeu instantaneamente. Ela o via nos olhos dele, sentia-o em seu próprio sangue. Então, se afastou com um suspiro de alívio.

Quando a música terminou, Elizabeth se ergueu de sua curta reverência. Ela não resistiu a um sorriso. Fazia tanto tempo desde a última vez que dançara que quase se esquecera do quanto gostava disso.

George retribuiu o sorriso e habilmente os recolocou em posição para a próxima dança.

Alguém parou em frente aos dois, bloqueando o caminho. Antes que pudesse olhar, ela sabia quem era. Seu coração acelerou as batidas.

Obviamente, ela subestimou até onde Marcus chegaria para conquistar seus objetivos.

Ele os cumprimentou assentindo brevemente.

– Senhor Stanton.

– Lorde Westfield – George olhou para Elizabeth franzindo as sobrancelhas.

– Lady Clara, permita-me apresentar-lhe o senhor George Stanton – Marcus disse. – Stanton, esta é a adorável Lady Clara.

George tomou a mão de Clara e reverenciou-se.

– É um prazer.

Antes que Elizabeth pudesse adivinhar suas intenções, Marcus lhe estendeu a mão.

– Um excelente par – ele disse. – E já que Lady Hawthorne e eu sobramos, então deixaremos vocês terminarem a dança.

Enlaçando o braço dela firmemente, ele a puxou em direção às portas abertas que davam para o jardim.

Elizabeth ofereceu um sorriso de desculpas por cima do ombro, enquanto seu coração martelava por dentro diante do comportamento primitivo de Marcus.

– O que você está fazendo?

– Achei que era óbvio. Estou causando uma cena. Você me obrigou a isso ao me evitar durante toda essa semana.

– Não estive evitando você – ela protestou. – Ainda não recebi outra parte do diário, portanto, não havia razão para encontrá-lo.

Saindo até a varanda, eles encontraram vários outros convidados aproveitando o ar fresco da noite. Mantida tão perto ao seu lado, a pura força da presença de Marcus mais uma vez a surpreendeu.

– Seu comportamento é atroz – ela murmurou.

– Você pode me insultar o quanto quiser quando estivermos a sós.

A sós. Uma onda de consciência escoou através de sua pele.

O olhar dele percorreu o rosto de Elizabeth até chegar aos olhos. Os olhos dela cerraram-se e, embora ela tenha tentado discernir seus pensamentos, a bela expressão dele parecia esculpida em pedra. Quando tomaram a escadaria até o jardim, os passos dele aceleraram. Ela seguia quase sem fôlego, imaginando o que ele pretendia fazer, o que pretendia dizer, surpresa por descobrir em si mesma um resquício perdido de romantismo juvenil que se animava diante de sua determinação.

Jogando-a em uma pequena alcova na base da escadaria, Marcus checou os arredores cuidadosamente. Certificando-se de que estavam sozinhos, ele se moveu rapidamente. Com a ponta do dedo, ergueu gentilmente o queixo dela.

Um beijo, ela pensou tarde demais quando suas bocas se encontraram. E então, ela não mais conseguiu pensar.

Seus lábios eram incrivelmente gentis enquanto se fundiam aos dela, mas as sensações que despertavam eram brutais em sua intensidade. Elizabeth não podia se mexer, presa pela poderosa resposta de seu corpo tão próximo ao dele. Apenas seus lábios se tocavam. Um simples passo para trás quebraria o contato, mas ela não foi capaz nem mesmo disso. Permaneceu congelada, vacilando ao sentir seu perfume e seu sabor, cada terminação nervosa disparando diante de seu avanço atrevido.

— Beije-me de volta — ele rosnou, circulando os dedos em seus pulsos.

— Não... — ela tentou desviar o rosto.

Praguejando, ele tomou novamente sua boca. Mas não beijou tão suavemente quanto havia feito um momento antes. Agora era um ataque impelido por uma amargura tão forte que ela até podia senti-la. A cabeça dele se inclinou levemente, aprofundando o beijo, e então sua língua invadiu forçosamente entre seus lábios abertos. A intensidade de seu ardor a assustou, e então, o medo evoluiu para algo muito mais poderoso.

Hawthorne nunca a tinha beijado daquela maneira. Era muito mais do que uma mera junção de lábios. Era uma declaração de posse, uma vontade desenfreada, uma necessidade que Marcus instaurou dentro dela até Elizabeth não poder mais negar sua existência. Com um gemido, ela se rendeu, timidamente retribuindo o toque de sua língua, desesperada para sentir o sabor inebriante dele.

Marcus grunhiu sua aprovação, com o som carregado de erotismo, fazendo-a balançar instável sobre seus pés. Liberando seu pulso, ele segurou a cintura dela enquanto a outra mão quente agarrava sua nuca, mantendo-a no lugar para continuar seu ataque. Sua boca se movia habilmente, retribuindo a resposta dela com carícias mais fortes de sua língua. Ela agarrava o casaco dele, puxando e empurrando, tentando ganhar algum controle, mas não sendo capaz de fazer nada, exceto aceitar o que ele oferecia.

Finalmente, ele afastou a boca com um rosnado torturado e enterrou o rosto nos cabelos perfumados dela.

— Elizabeth — sua voz rouca parecia falhar. — Precisamos encontrar uma cama. Agora.

Ela riu com nervosismo.

— Isso é loucura.

— Sempre foi uma loucura.

— Você deve se afastar.

— Já fiz isso. Por quatro malditos anos. Já paguei o preço de meus pecados imaginários — ele deu um passo para trás e a encarou com olhos tão ardentes que até pareciam queimar sua pele. — Esperei tempo o bastante para tê-la. Eu me recuso a esperar mais.

A lembrança do passado trouxe os dois de volta para a situação presente.

— Existe muita história entre nós para que um dia possamos nos unir novamente.

— Mas saiba que pretendo me unir a você com ou sem história.

Tremendo, ela se afastou e, para sua surpresa, foi libertada imediatamente. Elizabeth pressionou os dedos em seus lábios inchados pelo beijo.

— Não quero a dor que você traz. Não quero você.

— Você está mentindo — ele disse asperamente. Seus dedos tracejaram as curvas do corpo dela. — Você me quis desde o momento em que nos conhecemos. E ainda me quer, posso sentir isso em seu beijo.

Elizabeth praguejou contra a traição de seu próprio corpo, ainda tão enamorado dele que se recusava a escutar as ordens do cérebro. Excitada e desejosa em todas as partes, ela não era melhor do que qualquer uma das tolas mulheres que caíam tão facilmente em sua cama. Voltou a se afastar, mas parou ao chegar ao frio corrimão de mármore. Levando as mãos até as costas, ela agarrou o corrimão com tanta força que suas mãos ficaram embranquecidas.

— Se gostasse mesmo de mim, você me deixaria em paz.

Mostrando um sorriso que fez seu coração parar, Marcus deu um passo em sua direção.

– Irei mostrar o mesmo carinho que um dia você mostrou a mim – seu olhar ardia com um desafio sedutor. – Entregue-se ao seu desejo por mim, minha querida. Prometo que não irá se arrepender.

– Como pode dizer isso? Já não me magoou o suficiente? Sabendo como eu me sentia sobre meu pai, ainda assim você agiu daquela maneira. Eu detesto homens da sua laia. É algo desprezível prometer amor e devoção para conseguir levar uma mulher para a cama, para depois descartá-la quando você se cansa.

Marcus parou abruptamente.

– Fui *eu* quem foi descartado.

Elizabeth recuou ainda mais contra o corrimão.

– Por uma boa razão.

Os lábios dele se curvaram num sorriso cínico.

– Você irá atender meus chamados, Elizabeth. Você irá sair comigo e me acompanhar a eventos como este. Não serei rejeitado novamente.

O mármore frio congelou as mãos dela através das luvas e enviou calafrios pelos braços. Apesar do arrepio, ela se sentia quente e corada.

– Você não está satisfeito com a quantidade de mulheres que corre atrás de você?

– Não – ele respondeu com sua habitual arrogância. – Ficarei satisfeito quando você queimar por mim, quando eu invadir cada pensamento e cada sonho seu. Um dia, sua paixão será tão arrebatadora que cada respiração longe de mim irá rasgar seus pulmões. Você me dará qualquer coisa que eu desejar, quando e como eu desejar.

– Não darei nada!

– Você me dará tudo – ele acabou com a pequena distância entre os dois. – Você entregará tudo a mim.

– Você não tem vergonha? – lágrimas surgiram e se acumularam em seus cílios. Ele permaneceu impecável, e o horror de sua situação a atingiu com um efeito cruel. – Depois do que você fez comigo, ainda precisa me seduzir? Será que a minha completa destruição é a única coisa que vai satisfazê-lo?

– Maldita seja – ele encostou a testa na dela, passando a boca em cima de seus lábios num leve beijo. – Nunca pensei que a teria – ele sussurrou. – Nunca esperei que um dia ficasse livre de seu casamento, mas aqui está você. E eu terei aquilo que me foi prometido há tanto tempo.

Soltando o corrimão, Elizabeth encostou a mão na cintura dele para afastá-lo. Os firmes músculos de sua barriga fizeram o corpo dela responder com uma doce e selvagem agonia:

— Eu lutarei contra você com todas as minhas forças. Eu lhe imploro que desista.

— Não até eu ter aquilo que quero.

— Deixa-a em paz, Westfield.

Relaxando de alívio ao ouvir a voz familiar, Elizabeth ergueu os olhos e viu William descendo as escadas.

Marcus se afastou praguejando. Endireitando-se, lançou um olhar fulminante para seu velho amigo. Elizabeth aproveitou a distração para fugir. Correndo para o jardim, ela desapareceu entre as folhagens. Ele fez menção de correr atrás dela.

— Se eu fosse você, não faria isso — William disse com um leve tom de ameaça.

— Você chegou na hora errada, Barclay — Marcus engoliu sua frustração, sabendo que seu antigo amigo adoraria qualquer oportunidade para lutar com ele. A situação piorou quando espectadores chegaram, alertados pelo tom de voz ameaçador e a rigidez do corpo de William, e se alinharam na varanda antecipando notáveis fofocas.

— Quando quiser a companhia de Lady Hawthorne no futuro, Westfield, saiba que ela está fora do seu alcance indefinidamente.

Uma ruiva alta abriu caminho entre os curiosos e desceu as escadas em direção a eles.

— Lorde Westfield. Barclay. Por favor! — ela agarrou o braço de William. — Aqui não é lugar para esse tipo de conversa privada.

William quebrou o contato visual com Marcus e olhou para sua adorável esposa com um sorriso sombrio.

— Não precisa se preocupar. Está tudo bem — erguendo os olhos, ele fez um gesto para George Stanton, que desceu da varanda e se aproximou deles rapidamente. — Por favor, encontre Lady Hawthorne e a acompanhe de volta para casa.

— Eu ficaria honrado — Stanton passou cuidadosamente entre os dois homens antes de acelerar os passos e desaparecer no jardim.

Marcus suspirou e esfregou a nuca.

– Você nos interrompe baseado em falsas premissas, Barclay.

– Não discutirei o assunto com você – William retrucou, dispensando qualquer sinal de civilidade. – Elizabeth se recusou a encontrá-lo e você respeitará o desejo dela – ele gentilmente removeu a mão de Margaret da manga de seu casaco e deu um passo à frente, com seus ombros tensos de raiva represada. – Este será seu único aviso. Mantenha distância de minha irmã ou enfrentará as consequências – a multidão acima eclodiu numa série de murmúrios abafados.

Marcus teve dificuldades para acalmar sua respiração. Ter a cabeça fria já o tirara de muitas situações voláteis, mas desta vez ele não fez esforço para neutralizar a tensão. Ele tinha uma missão, além de suas questões pessoais. As duas coisas necessitariam de muito tempo junto de Elizabeth. Nada poderia bloquear seu caminho.

Encarando o desafio de William de frente, ele tomou os últimos passos até ficarem a centímetros um do outro. Sua voz guardava um tom de ameaça.

– Interferir em meus assuntos com Elizabeth não seria inteligente. Ainda há muito para ser resolvido entre nós e não permitirei que se intrometa. Eu nunca a machucaria deliberadamente. Se duvida de minha palavra, diga isso agora. Minha posição é firme e não mudará, seja qual for sua ameaça.

– Arriscaria sua vida por isso?

– Sem dúvida.

Uma pausa pesada recaiu entre eles enquanto se analisavam cuidadosamente. Marcus deixou sua determinação muito clara. Nada o impediria, nem mesmo ameaças de morte.

Em resposta, o olhar de William era capaz de penetrar de tanta intensidade. Durante os anos, eles conseguiram manter uma gelada associação pública. Com o casamento de William contrastando com a vida solteira de Marcus, eles raramente tinham oportunidades para trocarem alguma palavra. Marcus lamentava isso. Frequentemente sentia falta da companhia de seu amigo, que era um bom homem. Mas William decretou seu julgamento rápido demais, e Marcus não feriria seu orgulho apelando a ouvidos surdos.

– Devemos voltar às festividades, Lady Barclay? – William finalmente disse, relaxando levemente os ombros.

— A noite está esfriando — Marcus murmurou.

— Sim, milorde — Lady Barclay concordou. — Eu estava prestes a dizer o mesmo.

Escondendo seu arrependimento, Marcus assentiu, e então se virou e partiu.

Elizabeth cruzou o saguão do Chesterfield Hall soltando um suspiro silencioso. Seus lábios ainda pulsavam e sentiam o sabor de Marcus, um sabor inebriante que era perigoso para a sanidade de uma mulher. Embora seu ritmo cardíaco tivesse abrandado, ela ainda sentia como se houvesse participado de uma longa corrida. Ficou grata quando seu mordomo removeu seu casaco pesado e, tirando as luvas, foi direto para as escadas. Havia tanta coisa a se considerar, coisas demais. Ela não esperava que Marcus estivesse tão determinado a conseguir o que queria. Seria necessário um planejamento cuidadoso para lidar com um homem como ele.

— Milady?

— Sim? — ela fez uma pausa e se virou para encarar o mordomo.

Ele segurava uma bandeja de prata com um envelope cor creme. Por mais inócuo que parecesse, Elizabeth estremeceu diante da missiva. A caligrafia e o papel eram iguais as da carta que exigia a entrega do diário de Hawthorne.

Ela sacudiu a cabeça e soltou um longo suspiro. Marcus a chamaria amanhã, disso ela tinha certeza. Seja qual fosse a demanda da carta, poderia esperar até o dia seguinte. Ler sozinha não era algo que estava disposta a fazer. Ela sabia o quão perigosas eram as missões da agência e não subestimava seu novo envolvimento nelas. Portanto, se Marcus estava tão determinado a persegui-la, ao menos ela poderia tirar alguma pequena vantagem disso.

Dispensando o mordomo com um gesto, Elizabeth segurou as saias e subiu as escadas.

Que triste golpe do destino que o homem designado a protegê-la era o mesmo em quem ela não poderia confiar.

CAPÍTULO 4

Diferente de sua casa na Grosvenor Square, a residência de Marcus que ficava no centro da cidade, o Chesterfield Hall, era uma propriedade longe de qualquer outra casa. De pé, no saguão para visitantes, Marcus entregou seu chapéu e luvas para um criado, então, seguiu o mordomo pelo corredor até o salão formal.

Não pôde deixar de notar o significado do local de sua recepção. Houve um tempo em que ele seria levado para o andar de cima e recebido como um membro da família. Agora, não era mais considerado digno de tal privilégio.

— Eis o Conde de Westfield — anunciou o criado.

Entrando, Marcus parou na soleira e olhou ao redor do salão, observando com interesse o retrato que enfeitava o espaço acima da lareira. A falecida Condessa de Langston o encarava de volta com um sorriso cativante e olhos violetas iguais aos de sua filha. Porém, diferente dos de Elizabeth, os olhos de Lady Langston não mostravam nenhuma desconfiança, apenas o brilho de uma mulher contente consigo mesma. Elizabeth testemunhara apenas brevemente o tipo de felicidade que seus pais cultivaram durante uma vida inteira. Por um momento, o arrependimento subiu-lhe à garganta.

Ele jurara dedicar sua vida a fazer Elizabeth sentir a mesma felicidade. Agora, ele queria apenas saciar sua fome e se livrar de sua maldição.

Apertando o queixo, ele desviou os olhos daquela lembrança dolorosa e avistou a forma cheia de curvas que afligia seus pensamentos dia e noite. Quando o mordomo fechou a porta com um leve clique atrás de si, Marcus levou a mãos às costas e trancou a fechadura.

Elizabeth estava de pé ao lado das janelas em arco que davam para o jardim lateral. Usando um simples vestido diurno e banhada indiretamente pela luz do sol, ela parecia tão jovem quanto da primeira vez que se encontraram. Como sempre, cada terminação nervosa de seu corpo formigava diante de sua presença. Em todos os seus muitos encontros, ele ainda estava para conhecer uma mulher que o atraísse tanto quanto Elizabeth o atraía.

— Boa tarde, Lorde Westfield — ela disse com uma voz enrouquecida que o fez lembrar lençóis de seda esparramados pela cama. Ela olhou rapidamente a mão dele, que permanecia sobre a fechadura. — Meu irmão está em casa.

— Que bom para ele — Marcus cruzou o grande tapete Aubusson em poucos passos e levou a mão dela até seus lábios. Sua pele estava macia e seu cheiro era excitante. A língua dele se aventurou a lamber entre os dedos dela. Marcus observou os olhos de Elizabeth se arregalarem. Então, levou a mão dela até seu peito e a manteve ali. — Agora que seu luto chegou ao fim, você planeja voltar à sua antiga residência?

Os olhos dela se estreitaram.

— Isso seria muito conveniente para você, não é mesmo?

— Certamente os cafés da manhã na cama e os encontros secretos seriam mais fáceis com um arranjo mais privado — ele respondeu sem hesitar.

Arrancando a mão de seu aperto, Elizabeth virou as costas para ele. Marcus segurou um sorriso.

— Considerando seu óbvio desgosto por mim — ela murmurou —, não entendo por que você deseja a intimidade.

— Proximidade física não requer intimidade.

Os ombros dela ficaram tensos debaixo de seus cabelos negros.

— Ah, sim — ela zombou. — Você já provou esse fato várias vezes, não é mesmo?

Retirando uma sujeira inexistente da manga de sua camisa, Marcus andou até o sofá e ajustou o casaco antes de sentar-se. Ele se recusava a mostrar irritação diante da censura que ouvira em sua voz. Culpa era algo de que ele não precisava; já sentia o bastante por si próprio.

— Eu me tornei aquilo que um dia você me acusou de ser. O que esperava que eu fizesse, meu amor? Enlouquecesse de tanto pensar em você? De tanto *desejar* você?

Ele suspirou dramaticamente, na esperança de persuadi-la a olhar em seu rosto. Contemplar suas feições era um simples prazer, mas após quatro anos, tornou-se uma alegria tão necessária quanto o próprio ar que respirava.

— Eu realmente não estou surpreso de saber que, se você tivesse escolha, recusaria a me dar o pouco consolo que me resta, como a criatura cruel que você é.

Elizabeth se virou, revelando o rosto que começava a corar.

— E você culpa *a mim*?

— E a quem mais eu culparia? — ele abriu sua caixa de rapé e tirou uma pitada. — Você é quem deveria ter estado em meus braços durante todos esses anos. Ao invés disso, sempre que eu tinha uma mulher em minha cama, eu torcia para que ela pudesse me fazer esquecer você. Mas isso nunca aconteceu. Nem uma mísera vez — Marcus fechou a tampa com força.

Elizabeth respirou fundo.

— Por muitas vezes eu ficava no escuro e fechava os olhos. Eu imaginava que era você ao meu lado, que era com você que eu compartilhava cada nova experiência.

— Maldito seja — as mãos dela se apertaram em pequenos punhos. — Por que você tinha que se tornar igual ao meu pai?

— Preferia que eu me tornasse um monge?

— Melhor do que um libertino!

— Enquanto você saciava as necessidades de outro homem e não sofria com nada? — ele forçou-se a aparentar calma enquanto todas as fibras de seu corpo gritavam de tensão e expectativa. — Você pensou em mim, Elizabeth, em seu leito conjugal? Alguma vez foi assombrada por sonhos em que eu aparecia? Alguma vez desejou que fosse meu corpo cobrindo o seu, preenchendo o seu? Meu suor cobrindo seu corpo?

Elizabeth permaneceu congelada por um longo momento, e então, sua boca exuberante repentinamente se curvou num sorriso desafiador que provocou um nó no estômago dele. Quando o mordomo permitiu sua entrada, Marcus soube que Elizabeth não pretendia mais se esconder ou fugir. Ele havia se preparado para uma briga. Porém, um ataque sexual nunca passou pela cabeça de Marcus. *Será que nunca conseguiria entendê-la?*

— Você gostaria mesmo que eu contasse sobre as noites em meu leito conjugal, Marcus? — ela sussurrou. — Gostaria de ouvir sobre as muitas maneiras que Hawthorne me possuiu? As coisas que ele mais gostava, o que desejava? Humm? Ou talvez prefira ouvir sobre as coisas que *eu* gostava? Como eu gostava de ser possuída?

Elizabeth se aproximou, balançando os quadris tão deliberadamente que fez a boca de Marcus secar. Em todas as vezes que se encontraram, ela nunca fora a agressora sexual. Marcus sentiu-se profundamente perturbado pela maneira como isso o excitou, principalmente considerando que passara os últimos quatro anos em relações instigadas por suas amantes, e não o contrário.

E não ajudava em nada o fato de que sua relutante luxúria fora despertada pelas palavras e imagens que ela evocava. Ele imaginou o rosto dela mergulhado na cama, excitada enquanto outro homem a tomava por trás. Seu maxilar doeu de tanto apertá-lo, sentindo uma possessividade primitiva tomar conta de sua mente. Abrindo as abas do casaco, Marcus revelou sua ereção delineada em suas calças. Os passos dela falharam, mas então, erguendo o queixo, ela continuou se aproximando.

— Não sou inocente para sair correndo ao ver o desejo de um homem — Elizabeth parou diante de Marcus e pousou as mãos ao lado dos joelhos dele. Seus seios macios ficaram a um centímetro dele, quase se derramando do decote rendado de seu corpete. Em trajes da noite, seu peito ficava pressionado pelo espartilho. Nos trajes do dia, a restrição era bem menos severa, e o olhar dele ficou vidrado pela generosidade exposta para apenas seu benefício.

Marcus nunca foi de perder uma oportunidade, então, estendeu a mão e tomou um seio, encantado ao ouvi-la ofegar entre os dentes. O corpo dela havia perdido a qualidade virginal de uma garota e ganhado os contornos voluptuosos de uma mulher. Apertando e massageando, ele observou o vale entre os seios e imaginou esfregar seu pau entre eles.

Marcus grunhiu com o pensamento e olhou para a boca de Elizabeth, observando numa agonia lasciva enquanto ela lambia o lábio inferior.

Então, de repente ela se endireitou, virou-se de costas para ele e se abaixou para pegar algo na mesinha. Antes que ele pudesse ordenar que retornasse, ela jogou uma carta selada em seu peito e se afastou. Marcus sabia o que encontraria dentro. Ainda assim, ele esperou sua respiração se acalmar e o sangue esfriar antes de voltar a atenção para a carta. Notou que o papel possuía coloração e peso já vistos antes.

Rompendo o lacre com cuidado, ele passou os olhos pelo conteúdo.

– Desde quando você está com isto? – ele perguntou rispidamente.

– Algumas horas.

Marcus virou o papel e então a olhou nos olhos. A pele de Elizabeth estava corada e os olhos marejados, mas seu queixo permanecia erguido com determinação. Ele franziu as sobrancelhas e ficou parado onde estava.

– Você não ficou curiosa para abrir?

– Estou ciente do que deve ser o conteúdo. Ele está preparado para me encontrar e recuperar o diário. A maneira como redigiu o pedido não importa muito, não é? Você analisou o diário que eu lhe entreguei?

Ele assentiu.

– Os mapas foram fáceis. Hawthorne possuía alguns desenhos deta-lhados das costas inglesa e escocesa, assim como alguns canais coloniais que eu conheço bem. Mas o código de Hawthorne é quase indecifrável. Eu esperava ter mais tempo para decifrá-lo.

Redobrando a missiva, Marcus guardou-a em seu bolso. Criptogra-fia era um passatempo que adquirira após o casamento de Elizabeth. A tarefa requer intensa concentração, o que lhe proporcionava um breve respiro dos pensamentos sobre ela.

– Conheço o lugar a que ele se refere. Avery e eu estaremos próximos para protegê-la.

Dando de ombros, ela disse:

– Como quiser.

Ele se levantou e se aproximou dela. Agarrando seus ombros, Marcus a sacudiu. Com força.

– Como diabos pode ficar tão calma? Não tem noção do perigo? Não tem nenhum juízo?

– O que espera que eu faça? – ela disse rispidamente. – Entrar em pânico? Chorar em seus ombros?

– Um pouco de emoção seria bem-vindo. Qualquer coisa que mostrasse que você se preocupa com a própria segurança. – Soltou os ombros dela e agarrou desta vez os cabelos, inclinando a cabeça até o ângulo que ele desejava. Então, beijou-a tão forte quanto a sacudira. Marcus a empurrou violentamente, forçando-a para trás até prendê-la contra a parede.

As unhas de Elizabeth cravaram fundo na pele de sua barriga quando ela agarrou sua camisa. Sua boca estava aberta, aceitando as investidas da língua dele. Apesar da falta de sutileza, ela estremeceu contra seu corpo, gemeu sua angústia, e então derreteu-se nos braços dele. Ela o beijou de volta com um furor que quase o enlouqueceu.

Repentinamente sem ar, Marcus desfez o contato, encostando sua testa na dela e grunhindo sua frustração.

– Por que você ganha vida quando eu a toco? Não se cansa dessa fachada na qual se esconde?

Os olhos dela se apertaram e Elizabeth virou o rosto.

– E quanto à *sua* fachada?

– Jesus, você é teimosa – raspando a ponta do nariz sem nenhuma gentileza, ele esfregou o cheiro dela em sua pele molhada ao mesmo tempo em que deixava o próprio suor no rosto dela. Com a voz rouca e urgente, ele sussurrou: – Preciso que você siga minhas instruções quando eu ordenar. Você não pode deixar que seus sentimentos interfiram.

– Confio em seu julgamento – ela disse.

Ele congelou, agarrando seus cabelos até ela estremecer.

– Confia mesmo?

O ar se tornou pesado ao redor deles.

– Confia? – ele repetiu.

– O que aconteceu... – ela engoliu em seco e as unhas cravaram mais fundo na pele de Marcus. – O que aconteceu naquela noite?

Ele soltou a respiração num alto suspiro. Todo seu corpo se relaxou, como se a tensão do passado liberasse seu aperto impiedoso. Sentindo-se exausto de repente, Marcus percebeu que a fúria gelada que ainda carregava por causa do fim de seu noivado era a única coisa que o impulsionava nesses muitos anos que já haviam passado.

– Sente-se – ele se afastou e esperou até que ela cruzasse a sala e se sentasse no sofá. Estudando-a por longos momentos, ele admirou a visão de seus cabelos bagunçados e lábios inchados. Desde o começo, ele a perseguia com uma atenção singular, levando-a para cantos escuros onde tomava sua boca com sofreguidão, em beijos desesperados, arriscando escândalos em troca do fogo que Elizabeth escondia tão bem.

Sua beleza era simplesmente o embrulho de um tesouro complexo e fascinante. Os olhos a denunciavam. Neles, não se via nenhuma docilidade ou submissão das mulheres comuns. Ao contrário, o que se via eram desafios, aventuras. Coisas para se explorar e descobrir.

Marcus novamente se perguntou se Hawthorne fora feliz o bastante para enxergar todas as suas facetas. Será que ela havia se derramado para ele, será que se abriria e se saciara com as habilidades sexuais dele?

Cerrando os dentes, Marcus afastou os pensamentos torturantes.

– Você conhece a empresa Ashford Shipping?

– É claro.

– Certa vez, perdi uma pequena fortuna para um pirata chamado Christopher St. John.

– St. John? – ela franziu as sobrancelhas. – Minha dama de companhia citou esse nome. Ele é muito popular. É um tipo heroico, um benfeitor dos pobres e necessitados.

Ele bufou.

– De herói ele não tem nada. Esse homem é um assassino impiedoso. Ele foi a razão que me fez procurar Lorde Eldridge pela primeira vez. Exigi que St. John fosse preso. Mas em vez disso, Eldridge me treinou para que eu fosse atrás dele pessoalmente – seus lábios se curvaram com ironia. – A possibilidade de realizar minha própria vingança era irresistível.

Elizabeth respondeu também ironicamente.

– É claro. Uma vida normal é algo tão enfadonho, afinal de contas.

– Certas tarefas requerem uma atenção pessoal.

Cruzando os braços sobre o peito, Marcus gostou dessa oportunidade de ter toda a atenção dela. O simples ato de conversar com ela era um prazer que ele adorava, mesmo com os comentários mordazes. Ele fora bajulado e paparicado durante toda a vida. A recusa de Elizabeth de tratá-lo como qualquer coisa além de um homem comum era um dos traços de que mais gostava nela.

— Nunca entenderei o apelo de levar uma vida perigosa, Marcus. Quero paz e sossego na minha vida.

— É compreensível, considerando a família em que você foi criada. Você não teve estrutura, foi levada a fazer o que bem entendesse pelos homens da casa, ocupados demais buscando prazer para que pudessem cuidar de você.

— Você me conhece tão bem — ela disse sarcasticamente.

— Sempre a conheci muito bem.

— Então, deve admitir o quanto não combinaríamos.

— Nunca admitiria algo assim.

Ela terminou o assunto com um gesto da mão.

— Sobre aquela noite...

Marcus observou quando ela ergueu o queixo, como se esperasse um golpe forte, e então, ele suspirou:

— Soube de um homem que oferecia informações potencialmente comprometedoras sobre St. John. Combinamos de nos encontrar no cais. Como recompensa por sua ajuda, o informante tinha apenas um pedido. Sua esposa estava grávida e desconhecia as atividades que proviam seu sustento. Ele me pediu para cuidar dela, caso algo acontecesse com ele.

— A mulher de roupão era a esposa? — os olhos dela se arregalaram.

— Sim. No meio do encontro nós fomos atacados. Os sons de uma briga chamaram sua atenção e ela se aproximou para investigar, entrando na frente do perigo. Ela foi jogada na água e eu pulei para salvá-la. Seu marido levou um tiro e morreu.

— Você não a levou para a cama — era uma afirmação, mas não mais do que uma interrogação.

— É claro que não — ele respondeu simplesmente. — Mas nós dois ficamos cobertos de sujeira. Eu a levei para minha casa para se banhar enquanto eu arranjava um lugar para ela dormir.

Elizabeth se levantou e começou a andar de um lado a outro, ajeitando ritmicamente o casaco.

— Acho que eu sempre soube.

Uma risada seca escapou da garganta dele. Marcus esperou que ela dissesse mais alguma coisa, pensando que talvez estivesse louco por causa dessa espera. Ele sempre suspeitou que sua suposta infidelidade fosse meramente a desculpa que ela encontrara para romper os laços. Em sua mente, esta tarde apenas provava que isso era verdade. Ela não correu para seus braços implorando perdão. Não pediu por uma segunda chance nem tentou uma reconciliação, e o silêncio dela o enfureceu ao ponto de sentir-se violento.

Suas mãos fecharam-se em punhos enquanto lutava contra a vontade de agarrá-la e rasgar suas roupas, depois jogá-la ao chão e enterrar seu pau dentro dela, tornando impossível que ela o ignorasse. Seria a única maneira de penetrar seu escudo protetor.

Mas o orgulho dele não permitia que revelasse sua dor. Porém, conseguiria causar alguma mudança nela, ao menos uma pequena rachadura em sua proteção.

— Fiquei tão surpreendido quanto você quando ela entrou, Elizabeth. Ela pensou que você fosse a mulher que iria cuidar dela. Ela não poderia saber que minha noiva faria uma visita numa hora daquelas.

— O roupão dela...

— As vestimentas dela ficaram ensopadas. Ela não tinha mais nada além do roupão emprestado por minha criada.

— Você deveria ter ido atrás de mim — ela disse num tom de voz baixo e raivoso.

— Mas tentei fazer isso. Admito que levei um momento para me recuperar do tapa em meu rosto. Você foi rápida demais. Depois de cuidar da viúva e ficar livre daquilo, você já tinha partido com Hawthorne.

Elizabeth parou de andar e as saias se assentaram lentamente. Virou a cabeça e revelou olhos que escondiam coisas demais.

— Você me odeia?

— Ocasionalmente — ele deu de ombros para esconder a verdadeira profundidade de sua amargura, uma amargura que o corroia por dentro, contaminando tudo em sua vida.

— Você quer vingança — ela afirmou sem qualquer inflexão na voz.

— Isso é o de menos. Quero respostas. Por que fugiu com Hawthorne? Os sentimentos que tinha por mim a assustavam tanto assim?

– Talvez ele sempre fora uma opção.

– Recuso-me a acreditar nisso.

Sua boca exuberante se curvou de um jeito sombrio.

– A possibilidade fere seu ego?

Ele riu.

– Jogue do jeito que quiser. Você pode odiar me querer, mas você me *quer* mesmo assim.

Movendo-se em sua direção, Marcus parou quando ela esticou o braço. Elizabeth parecia calma, mas os dedos tremiam muito. Então, abaixou o braço.

Havia muito mais diferenças entre eles do que Marcus já tinha discernido. Eram estranhos, ligados por uma atração que desafiava qualquer razão. Mas ele descobriria a verdade. Apesar do medo de que ela pudesse fugir novamente, o desejo que sentia por ela superava o instinto de autopreservação.

Ela queria saber se ele a odiava. Em momentos como este, ele odiava sim. Odiava por ela fazer com que ele se importasse, odiava por permanecer tão linda e desejável, odiava por ser a única mulher que ele cobiçara desta maneira.

– Você se lembra de nosso primeiro encontro? – ele perguntou com a voz rouca.

– É claro.

Ele andou até o armário intrincadamente esculpido e serviu-se de uma bebida. Era cedo demais para álcool, mas no momento, ele não se importava. Marcus sentia-se frio por dentro, e quando a bebida queimou em sua garganta, ele se deleitou com o calor emanado.

Encontrar uma noiva não era seu objetivo naquele ano, ou em qualquer outro ano que se seguiu. Fazia questão de evitar as debutantes e suas maquinações matrimoniais, mas apenas um olhar sobre Elizabeth foi capaz de mudar tudo.

Ele arranjara que fossem apresentados e ela o impressionou com uma confiança que não correspondia à sua idade. Ao pedir permissão para uma dança, Marcus ficou encantado por ela ter aceitado apesar de sua reputação. O simples contato de sua mão enluvada despertou um poderoso instinto sexual que nunca experimentara antes.

– Você me impressionou desde o primeiro momento, Elizabeth – encarando seu copo vazio, ele o manuseava de um lado a outro na palma da mão. – Você não hesitou nem gaguejou quando eu fui ousado ao pedir por uma dança. Em vez disso, você me provocou de volta e teve a audácia de me repreender. Você me chocou profundamente quando praguejou pela primeira vez. Você se lembra?

A voz dela flutuou suave pela sala.

– Como poderia esquecer?

– Você escandalizou cada matrona no recinto ao me fazer rir alto.

Após aquela memorável primeira dança, ele fez questão de frequentar os mesmos eventos que ela, o que, por vezes, necessitava parar em várias casas até encontrá-la. A sociedade ditava que ele poderia pedir apenas uma dança por noite, e cada momento passado ao lado dela deveria ser vigiado pela dama de companhia, mas, apesar das restrições, eles descobriram uma afinidade mútua. Marcus nunca se entediava com ela, mas sim permanecia eternamente fascinado.

Elizabeth era genuinamente amável, mas seu temperamento podia se incendiar num instante e se apagar tão rápido quanto. Ela possuía em abundância tudo aquilo que fazia de uma garota uma mulher, mas mantinha uma meninice que podia ser ao mesmo tempo encantadora e frustrante. Ele admirava sua força, mas foram os lampejos de vulnerabilidade que o levaram para algo muito além do que uma simples paixão. Ele ansiava protegê-la do mundo ao redor, acolhendo-a e mantendo-a apenas para si.

E apesar dos anos e desentendimentos entre eles, Marcus ainda sentia o mesmo.

Ele praguejou quase em silêncio e, então, assustou-se quando a mão dela tocou em seu ombro.

– Sei o que está pensando – ela sussurrou. – Mas nunca mais será como antes.

Ele soltou uma áspera risada.

– Não quero que seja como antes. Quero simplesmente me livrar do desejo que sinto por você. Você não sofrerá com minha saciedade, isso eu prometo.

Virando-se, ele encarou seus olhos violeta que pareciam tão impenetráveis e tristes. O lábio inferior dela tremeu levemente, e Marcus parou o movimento revelador com uma suave carícia de seu polegar.

– Preciso ir e preparar o encontro de amanhã – ele segurou seu rosto e baixou a mão até um seio. – Vou instruir os homens da escolta que Avery designou para você. Eles a seguirão de uma distância discreta. Use cores neutras. Nada de joias. E sapatos confortáveis.

Elizabeth assentiu e ficou parada como uma estátua quando ele baixou a cabeça e raspou seus lábios nos dela. Apenas o coração acelerado debaixo da palma de sua mão revelou o quanto ele a afetava. Marcus fechou os olhos sentindo um doloroso aperto no peito e no meio das pernas. Ele daria toda sua fortuna para se livrar desse desejo.

Cheio de aversão contra si mesmo, ele se afastou e foi embora, odiando as horas entre o agora e o próximo momento em que poderia vê-la de novo.

CAPÍTULO 5

Marcus olhava atento entre os arbustos, apertando os músculos do queixo enquanto uma gota de suor escorria por suas costas. Elizabeth estava a poucos metros de distância, segurando com força o diário de seu marido. Ela andava de um lado a outro, formando uma trilha na grama debaixo de seus pés, fazendo exalar um aroma primaveril que normalmente o acalmaria numa situação diferente.

Ele odiava isso. Odiava deixá-la exposta para seja lá quem fosse a pessoa que queria o diário de Hawthorne. Ela balançava-se nervosamente de um pé a outro e ele queria se aproximar, acalmá-la e tirar o peso da espera de seus pequenos ombros.

Marcus teve pouco tempo para se preparar. Cercado de árvores, o lugar combinado dificultava qualquer vigilância. Havia lugares demais para se esconder. Avery e os homens da escolta, espalhados pelas proximidades, vigiando os caminhos gastos que levavam até o ponto de encontro, estavam completamente indetectáveis. Marcus não poderia sinalizar para eles e vice-versa, e isso o fez se sentir impotente. Não era de sua natureza esperar impacientemente – ele segurava o cabo de sua espada com uma ferocidade que mal conseguia conter. Por que diabos estava demorando tanto?

Esta era a missão mais importante que já recebera, e requeria a presença de espírito e a calma inabalável que marcavam todas as suas atuações.

Mas para seu espanto, nunca esteve tão nervoso em sua vida. Fracasso nunca foi uma opção, mas agora... *agora* se tratava de Elizabeth.

Como se sentisse sua agitação, ela olhou ao redor furtivamente, procurando por Marcus. Ela mordeu os lábios e ele quase perdeu a respiração ao observá-la. Fazia tanto tempo desde a última vez em que teve a oportunidade de admirá-la pelo tempo que quisesse. Marcus apreciou cada detalhe, desde seu queixo erguido que desafiava o mundo, até o jeito inquieto com que segurava o diário. Uma leve brisa soprou os cachos de sua nuca, revelando a fina coluna branca de sua garganta. Momentaneamente distraído por sua coragem e pelo feroz instinto de proteção que Elizabeth despertava nele, Marcus não percebeu o corpo vestido de preto caindo da árvore até ser tarde demais. Levantou-se rapidamente assim que a percepção o atingiu, sentindo seu sangue latejar tão forte que mal conseguia ouvir qualquer outra coisa.

Elizabeth foi jogada ao chão e o diário voou de suas mãos até cair a alguns metros. O grito que soltou foi interrompido pelo peso do homem em cima dela.

Com um grave rugido de fúria, Marcus pulou sobre os arbustos e atirou o agressor para longe dela, socando-o antes de rolarem pelo chão. Um rápido golpe no rosto mascarado foi o bastante para dominar o homem, e Marcus continuou castigando-o com fortes socos, sentindo tanta raiva que não conseguia pensar mais nada além do instinto de matar qualquer um que ameaçasse Elizabeth. Lutou como um homem possuído, rosnando com a necessidade de acalmar o medo que o atingia.

Elizabeth estava estirada ao chão, imóvel, de queixo caído. Ela sabia que Marcus era um homem fisicamente poderoso, mas ele sempre se autocontrolava com um confiante ar cheio de si. Ela o romantizara em seus pensamentos, imaginando-o brandindo sua espada ou pistola com arrogância descuidada, provocando seus adversários antes de resolver a questão sem derramar uma gota sequer de suor. Porém, sua imaginação nunca mostrara o Marcus que agora estava diante dela – uma fera vingadora, capaz de matar facilmente um homem com as próprias mãos, e neste momento, muito disposto a fazer exatamente isso.

Ela se levantou com dificuldade, arregalando os olhos quando ele agarrou o pescoço do agressor, um homem que era a única pista sobre a importância do diário de Nigel.

– Não! Não o mate!

Marcus relaxou sua angústia ao ouvir a voz de Elizabeth, sentindo a sede de sangue diminuir. Com uma força incrível após apanhar tanto, o agressor impulsionou o corpo e conseguiu se livrar de Marcus jogando-o de costas para o chão.

Rolando rapidamente, Marcus começou a se levantar, preparado para a luta, mas o agressor agarrou o diário e correu.

Num breve instante ele enxergou o brilho do sol refletido no cano de um revólver quando o agressor se virou e mirou, mas esse aviso foi o suficiente. Marcus pulou com o único objetivo de alcançar Elizabeth e protegê-la do perigo. Mas ele não conseguiu se mover rápido o bastante. O som do tiro ecoou entre as árvores ao redor. Ele gritou um alerta e se virou, sentindo o coração parar com o que viu.

Elizabeth estava de pé com seus cabelos bagunçados sobre os ombros. Em suas mãos estendidas havia uma pistola fumegando.

Percebendo a origem do tiro, ele virou a cabeça e observou confuso enquanto o agressor vacilava, derrubando sua arma na grama. Sua mão esquerda soltou o diário vermelho, enquanto a mão direita pressionava o ferimento em seu ombro. Praguejando, ele entrou no meio dos arbustos e desapareceu entre as árvores.

Chocado com a série de eventos, Marcus se assustou quando Avery passou correndo por ele em rápida perseguição.

– Mas que droga – ele praguejou, furioso consigo mesmo por permitir que a situação se descontrolasse tanto.

Elizabeth tomou seu braço e disse, com a voz urgente e trêmula:

– Você está ferido? – sua mão livre analisava o torso dele.

Os olhos dele se arregalaram diante de sua óbvia preocupação:

– Mas que droga, Marcus. Você está machucado? Ele o acertou?

– Não, não, estou bem. E que diabos você está fazendo carregando isso por aí? – os olhos de Marcus não desgrudavam da pistola que ela segurava.

– Salvando sua vida – com a mão no peito, ela respirou fundo e depois andou até o diário para apanhá-lo. – Você pode me agradecer quando se recuperar.

Marcus estava sentado em silêncio na sala de estar de sua casa em Londres. Despido do casaco e colete, ele descansava com os pés apoiados sobre a mesa e observava a luz dançar refletindo contra sua taça de conhaque.

Dizer que a manhã fora um desastre era um eufemismo, mas ao menos Elizabeth recuperou o diário e feriu o agressor. Marcus não ficou surpreso. Sua amizade com William havia lhe proporcionado uma rara visão daquela família.

Após perder a mãe para a doença, Elizabeth fora criada por um pai e um irmão mais velho que eram ambos conhecidos por sua predileção pela boa vida. As governantas nunca duravam, considerando a pequena Elizabeth como incorrigível. Sem a calma influência de uma mulher na casa, ela tinha permissão para os comportamentos mais selvagens.

Quando crianças, William levava a irmã consigo a todas as atividades – cavalgando pelos campos, subindo em árvores, atirando com pistolas. Elizabeth ignorava alegremente as regras sociais esperadas das mulheres até ser matriculada na escola. Os anos de rigoroso treinamento deram a ela as ferramentas que usava para esconder-se dele, mas Marcus não se preocupava com isso. Ele quebraria essas barreiras e a conheceria por inteiro.

O mistério do diário estava se mostrando muito mais perigoso do que imaginavam. Seria preciso tomar outras medidas para garantir a segurança de Elizabeth.

– Obrigada por deixar eu me recompor aqui – Elizabeth disse suavemente na porta que levava ao quarto.

Ela usou o quarto que deveria ser dela – o quarto da dama da casa. Virando-se para encará-la, ele a viu olhando para as próprias mãos.

– William saberia que algo deu errado se me visse voltando para casa naquele estado.

Marcus a estudou, notando os círculos escuros debaixo de seus olhos. Será que ela tinha dificuldade para dormir? Será que ele atormentava os sonhos dela da mesma maneira que ela atormentava os seus?

– Sua família não está em casa? – ela perguntou, olhando ao redor como se pudesse encontrá-los. – Lady Westfield? Paul e Robert?

– Minha mãe disse numa carta que o último experimento de Robert está atrasando sua volta. Então isso nos deixa muito sozinhos.

– Oh – ela mordeu o lábio inferior.

– Elizabeth, este assunto se tornou extremamente perigoso. Assim que o homem que a atacou se recuperar, ele voltará atrás de você. Se ele possui comparsas, eles não esperarão.

Ela assentiu.

– Estou ciente da situação. Ficarei alerta.

– Isso não é suficiente. Quero que tenha vigilância noturna e diurna, e não mais apenas uma escolta quando você sair de casa. Quero alguém com você o tempo todo, mesmo quando estiver dormindo.

– Impossível. William suspeitará se eu tiver guardas em minha casa.

Marcus pousou a taça sobre a mesa.

– William é capaz de tomar as próprias decisões. Por que não deixa que ele decida se pode ou não ajudá-la?

Ela colocou as mãos na cintura.

– Porque *eu* tomei essa decisão. Ele está finalmente livre dessa maldita agência. Sua esposa está grávida. Eu me recuso a arriscar sua vida e a felicidade de Margaret por nada.

– *Você* não é nada – ele grunhiu.

– Considere o que aconteceu hoje.

Ele se levantou.

– Não consigo parar de considerar. A situação sequestrou todos os meus pensamentos.

– Você quase foi morto.

– Você não pode ter certeza disso.

– Eu estava lá... – a voz dela sumiu, e Elizabeth virou-se e andou até a porta.

Ele moveu-se rapidamente para bloquear sua saída.

– Madame, eu ainda não terminei de falar.

– Mas eu terminei de escutar – ela tentou passar por ele, mas Marcus entrou em seu caminho novamente. – Maldito seja. Você é tão arrogante.

Ela o cutucou no peito com a ponta do dedo e ele agarrou sua mão. Foi então que ele percebeu o quanto ela estava tremendo.

– Elizabeth...

Ela o olhou, tão pequena e delicada, mas tão formidável em sua fúria. Pensar que ela poderia ser machucada já fez seu estômago dar um nó. No fundo de seus olhos, ele enxergou medo, e seu coração acelerou como nunca.

– Pimentinha – ele murmurou, puxando-a em sua direção. A ponta de seus dedos formigaram com o toque da mão sem luva dela. Sua pele era tão macia quanto cetim. Marcus usou o polegar para acariciar o pulso dela, que acelerou até se igualar aos batimentos do coração dele. – Você foi muito corajosa hoje.

– Seu charme não funcionará comigo.

– É uma pena – ele a puxou ainda mais para perto.

Ela riu:

– Apesar de tudo o que eu digo, você ainda insiste em tentar me seduzir.

– Tentar meramente? Sem ser bem-sucedido? – ele entrelaçou os dedos com a mão dela e sentiu o quanto sua mão estava fria. – Então devo tentar com mais empenho.

Seus olhos violeta brilharam perigosamente, mas ele sempre gostava de um pouco de perigo. Ao menos ela não estava mais pensando no agressor. Sua mão estava rapidamente esquentando. Marcus queria esquentar todo o resto.

– Você já está se empenhando o bastante – Elizabeth deu um passo para trás.

Ele a seguiu, conduzindo seus passos para trás na direção de seu quarto, que esperava do outro lado da sala de estar.

– As mulheres sempre se rendem a você?

Levantando uma sobrancelha, ele disse:

– Não tenho certeza de como eu deveria responder a isso.

– Tente dizer a verdade.

– Então, sim, elas se rendem.

Elizabeth fez uma careta.

Ele riu e apertou seus dedos.

– Ah... Ciúme sempre foi a emoção mais fácil de despertar em você.

– Não estou com ciúme. Outras mulheres podem ficar com você com minha aprovação.

– Ainda não – ele sorriu quando a careta dela se intensificou. Com um passo à frente, ele deslizou suas mãos entrelaçadas ao redor do pescoço dela e puxou-a para si.

Elizabeth cerrou os olhos.

– O que pretende?

– Estou te distraindo. Você está extenuada.

– Não é verdade.

Os lábios dela se entreabriram quando ele abaixou a cabeça. Marcus podia sentir o cheiro de pólvora por cima do aroma delicado dela. Sua mão umedeceu e ele a acariciou com o nariz.

– Você foi maravilhosa hoje à tarde – ele passou a boca contra a dela e sentiu seu suspiro em seus lábios. Mordiscou gentilmente. – Embora você ache perturbador ter atirado em um homem, você não se arrepende. E faria de novo. Por mim.

– Marcus...

Ele grunhiu, perdido no som de sua voz e na doçura de seu sabor. Seu corpo inteiro estava tenso por senti-la tão perto.

– Sim, meu amor?

– Eu não quero você – ela disse.

– Mas irá querer – então, ele a beijou.

Elizabeth mergulhou no peito de Marcus com um soluço. Não era justo que ele pudesse dominá-la – tocando, acariciando, seduzindo-a com sua voz grave aveludada e seu rico aroma masculino. Os olhos esmeralda dele ardiam, semicerrados com um desejo que ela não queria ter despertado.

Contra sua vontade, as mãos dela deslizaram ao redor da cintura dele e acariciaram suas poderosas costas.

– Você é terrível por ser tão sedutor.

Marcus encostou a testa contra a dela. Gemendo, deslizou os dedos por baixo da longa barra de seu casaco.

– Você está usando roupas demais.

Ele tomou sua boca novamente, usando a língua com lambidas profundas e famintas. Perdida em seu beijo, ela não percebeu quando ele a levantou e chutou a porta do quarto atrás deles, isolando-os do resto do mundo.

Protestando, ela tentou se livrar. Então, as mãos dele tocaram a curva dos seios, provocando prazer mesmo por cima de todo o tecido. Ela gemeu contra a boca dele e Marcus inclinou a cabeça em resposta, intensificando ainda mais o profundo beijo. Elizabeth permaneceu rígida, com os braços colados ao corpo, pensamentos guerreando contra as necessidades do corpo. Suas veias queimavam e sua pele ardia.

– Eu quero você – a voz dele soava como uma carícia áspera. – Quero me enterrar dentro de você até esquecermos quem somos.

– Não quero esquecer.

Seu tom ficou mais grave.

– Devo pensar sobre esta missão e os eventos que se passaram hoje, mas não consigo. Pois tudo em que consigo pensar é você. Não há lugar para mais nada.

Pousando os dedos sobre seus lábios, Elizabeth silenciou as palavras sedutoras que deveriam soar experientes e confiantes, mas não pareciam.

Ele jogou a coberta da cama para o lado, revelando decadentes lençóis de seda. Com suaves beijos carinhosos, Marcus tentou distraí-la de seus dedos, que manuseavam com destreza os botões que o separavam da pele dela. Passando as mãos por baixo das abas abertas, ele empurrou o casaco para o chão. Ela estremeceu, mesmo estando corada e apertada contra o peito dele.

– Não diga nada – ele murmurou contra sua testa. – Isto é apenas entre você e eu. Deixe seu pai e Eldridge fora de nossa cama.

Ela enterrou o rosto em sua camisa e respirou fundo.

– Odeio quando você me deixa sem privacidade nenhuma.

Virando a cabeça para pousar o rosto em seu peito, Elizabeth ofegou quando viu a cama enorme, grande o bastante para quatro pessoas com folga. A cama estava à espera... *deles*.

– Olhe para mim.

Quando o olhou, Elizabeth encontrou uma profunda fome esmeralda. Marcus raspou sua boca levemente nos lábios dela.

– Não tenha medo – ele sussurrou.

Permanecer num quarto com ele era o pior tipo de perigo. Muito mais perigoso do que o agressor no parque. Aquele homem atacara sorrateiramente, como uma víbora. Já Marcus era como uma jiboia. Ele a abraçaria e apertaria até tirar toda sua vida e não sobrar nada de sua independência.

– Não estou com medo – ela o empurrou para trás quando seu estômago se apertou. Não se importando com seu casaco, querendo apenas ficar longe dele, Elizabeth andou rapidamente até a porta. – Vou embora.

A fuga estava quase completa quando Marcus a agarrou e a jogou de cara na cama.

– O que você está fazendo? – ela gritou.

Marcus segurou-a na cama, apertando com força enquanto amarrava as mãos dela juntas usando sua gravata.

– Você iria embora seminua – ele rosnou –, no meio de sua ânsia de se distanciar de mim. Este medo que você tem precisar ser destruído. Você precisa confiar em mim implicitamente, de todas as maneiras, sem perguntas, ou poderá morrer.

– É assim que você ganha confiança? – ela retrucou. – Mantendo-me contra minha vontade?

Ele subiu por cima dela, montando-a com os joelhos em cada lado dos quadris, usando seu grande corpo para prendê-la na cama. Seus dentes mordiscaram a orelha dela e sua voz, grave e raivosa, fez Elizabeth tremer por inteiro.

– Eu deveria ter feito isto há anos. Mas eu estava perdido em seus encantos e não enxerguei os sinais. Mesmo até neste momento, eu a considerava tão frágil que pensei que uma mão gentil seria necessária para não assustá-la. Mas agora entendo que o que você precisa é de uma boa mão rude para quebrar essa sua resistência.

– Cretino! – com o coração martelando, Elizabeth tentou se livrar dele. Em resposta, ele se sentou nela, afogando completamente seu protesto.

Dedos ágeis puxaram os laços das saias. Então, Marcus saiu de cima dela. Na beira da cama, ele arrancou as vestimentas de Elizabeth. Ela brevemente considerou rolar de costas para esconder as nádegas, claramente visíveis debaixo do chemise, mas não o fez, decidindo que a frente era o lado que mais precisava de proteção.

– Você não vai se safar com isso – ela o alertou. – Você não pode me prender para sempre, e quando me libertar, irei atrás de você. Eu vou...

– Você não será capaz de andar – ele ironizou.

Ele tocou em suas botas e ela chutou sua mão com toda a força. Então, gritou ao sentir o tapa em sua bunda. O primeiro foi rapidamente seguido por vários outros, cada palmada queimando mais do que a anterior até que ela enterrou o rosto nas cobertas e chorou com a dor. Ele parou apenas quando ela deixou de se debater e recebeu a punição sem reação.

– Seu pai deveria ter feito isto há muito tempo – ele murmurou.

– Eu te odeio! – ela virou a cabeça para olhar em seu rosto, mas não conseguiu alcançá-lo.

O suspiro de Marcus foi alto e resignado.

– Você protesta demais, meu amor. Mas eventualmente irá me agradecer. Eu dei a você a liberdade para se aproveitar de mim. Você pode lutar contra isso o quanto quiser, e ainda assim pode conseguir o que deseja. Todo o prazer sem nenhuma culpa.

As mãos dele tocaram as curvas ardentes das nádegas de Elizabeth e acariciaram-na suavemente. A gentileza em seu toque a excitou, contrastando com o tratamento anterior.

– Tão linda. Tão macia e perfeita – a voz dele ficou mais grave e elogiosa. – Não se reprima, minha querida. Se precisa ser forçada, então por que não aproveita a experiência?

Quando suas mãos se moveram até a barra do chemise e então deslizaram por baixo dele, ela gemeu de antecipação, arrepiando-se ao contato de suas peles nuas. O sangue pegou fogo, sua raiva derreteu-se em algo intoxicante enquanto ele subia os polegares, massageando os dois lados de suas costas. No fundo, seu corpo relaxava com os toques habilidosos. A sensação do ar diretamente em sua pele causou um gemido de alívio em Elizabeth.

– Minha sedutora teimosa, você lutaria contra mim até a morte, se fosse capaz, mas estar amarrada para meu prazer traz recompensas inesperadas, não é mesmo? – ele a virou de costas antes de agarrar seus ombros e a fazer sentar.

Elizabeth mordeu os lábios para esconder o desapontamento que sentiu com a distância indesejada entre seus corpos. Seus mamilos enrijeceram, esperando por um toque que acalmaria seu tormento. Marcus cerrou o olhar sombrio e esverdeado, olhando em seu rosto corado. Não havia ternura, nenhum sinal possível de misericórdia, apenas uma expressão decidida, e ela sabia que não seria poupada. Sentiu um aperto no estômago enquanto, diante de seu desamparo, a umidade se concentrava entre suas coxas.

Ele a ajudou a se levantar e a levou até uma cadeira próxima, de braços elegantemente curvos. Após pressioná-la para sentar-se, ele agarrou a própria camisa e a puxou sobre a cabeça.

Elizabeth observou vidrada, admirando sua virilidade que se mostrava tão perfeita no contorno dos músculos debaixo da pele dourada. Seu ombro esquerdo estava marcado por uma cicatriz circular deixada por uma bala, e riscos prateados em sua pele denunciavam o contato com lâminas afiadas de espadas. Por mais magnífico que fosse, a visão de seus ferimentos do passado a lembrou de que ele não fora feito para ela. Mesmo enquanto seu sangue fervia, seu coração esfriava.

– A agência deixou marcas em você – ela disse desdenhosa. – É repugnante.

Marcus arqueou uma das negras sobrancelhas.

– Isso explica porque você não consegue tirar os olhos de mim.

Irritada, ela se forçou para desviar o olhar.

Ele se ajoelhou diante dela e segurou a parte de trás de seus joelhos, abrindo suas pernas e enganchando-as por cima dos braços da cadeira. Envergonhada, seu rosto esquentou quando os lábios molhados de seu sexo se abriram diante dele.

– Feche as cortinas.

Franzindo as sobrancelhas, ele encarou o ápice de suas coxas.

— Deus, não — Marcus acariciou os cachos com os dedos. — Por que você quer esconder isto? Você carrega o próprio paraíso consigo. Uma vista que desejei ver por muito tempo, tempo demais.

— Por favor — ela apertou os olhos fechados, sentindo a tensão em seu corpo, e então estremeceu.

— Elizabeth. Olhe para mim.

Lágrimas acompanharam o abrir de seus olhos.

— Por que está tão assustada? Você sabe que eu nunca a machucaria.

— Você não me permite nada, apenas quer tudo.

Ele correu o dedo bruscamente em seu creme e, então, mergulhou-o apenas um pouco para dentro. Contra sua vontade, ela se arqueou na carícia, apesar da dolorosa tensão que o ângulo colocava sobre seus braços.

— Você compartilhou isto com Hawthorne, mas não quer compartilhar comigo? Por quê? — sua voz era rude e abrasiva. — Por que não comigo?

Sua resposta saiu trêmula, denunciando o quanto estava angustiada:

— Meu marido nunca me viu desta maneira.

Aquele dedo diabólico congelou, penetrando-a apenas um centímetro.

— O quê?

— Tais coisas devem ser feitas à noite. É preciso...

— Hawthorne fazia amor com você no escuro?

— Ele era um cavalheiro, ele era um...

— Era um louco. Santo Deus — Marcus riu e retirou o dedo. Então, levantou-se. — Ter você apenas para si, poder fodê-la o quanto quisesse, e não apreciar sua beleza? Que grande desperdício. Aquele homem era um idiota.

Elizabeth baixou a cabeça.

— Nosso casamento não era diferente de nenhum outro.

— Era bem diferente do que seria se você se casasse comigo. Com que frequência?

— Com que frequência? — ela repetiu em voz baixa.

— Com que frequência ele a tomava? Todas as noites? Dia sim, dia não?

— O que isso te importa?

Suas narinas se alargaram numa respiração profunda e seu corpo se tencionou ao lado dela. Correndo a mão pelos cabelos, ele ficou em silêncio por um momento.

– Deixe-me, Marcus, e esqueça isso – sua vergonha era completa, não havia mais nada que ele pudesse fazer a ela.

Dedos fortes ergueram o queixo dela para que ela o olhasse em seus olhos.

– Vou tocá-la em todos os lugares. Com minhas mãos, com minha boca. À luz do dia e na calada da noite. Vou tomar você da maneira que eu quiser, aonde eu escolher. Conhecerei você de um jeito que ninguém a conheceu em sua vida.

– Por quê? – ela se debateu novamente, completamente à mercê dele e insuportavelmente excitada. Aberta para Marcus, sentia o vazio dentro de si e odiava o quanto queria que ele a preenchesse.

– Porque eu posso. Porque depois de hoje você irá me desejar e o prazer que eu posso lhe dar. Porque irá confiar em mim, maldita seja – ele rosnou em sua garganta. – Todos esses anos, casada com ele e depois em luto por ele, enquanto poderia ter sido minha.

Caindo de joelhos, ele segurou os quadris dela e baixou a cabeça. Elizabeth prendeu a respiração quando ele tomou um seio na boca, sugando através dos tecidos da camisa e do chemise. Assustada a princípio, logo ela estava gemendo e arqueando as costas num encorajamento silencioso. Pontadas de prazer irradiavam de seu corpo, movendo em sincronia com a sucção dele, fazendo seu ventre se contrair em espasmos.

Os dedos quentes de Marcus acariciaram-na descendo pela cintura até os cachos escuros abaixo. Uma dolorosa tensão entorpeceu seus sentidos e Elizabeth ofegou em surpresa.

– Vou tocá-la aqui – ele advertiu. – Com meus dedos, minha língua, meu pau.

Ela mordeu os lábios e arregalou os olhos.

– Você irá gostar – ele prometeu, usando o polegar para soltar os lábios dela dos dentes.

– Você quer me tratar como uma vadia. Essa é a sua vingança.

O sorriso dele não continha nenhum humor.

– Quero lhe dar prazer, quero ouvi-la implorando por mim. Por que você deveria se privar disso?

Marcus se levantou e abriu o fecho de sua calça. Colocou a mão dentro e retirou seu pau, e um nível até então desconhecido de desejo fez Elizabeth se contorcer na cadeira. Seu pênis era longo e grosso, a cabeça grande e escura com o sangue que o preenchia. Marcus passou a mão por seu comprimento e uma umidade cremosa vazou pela ponta.

– Está vendo o que você faz comigo, Elizabeth? Está vendo quanto poder você tem? Você está amarrada e indefesa, mas sou *eu* quem está à *sua* mercê.

Engolindo em seco, os olhos dela estavam colados naquilo que ele exibia.

– Confie em mim, Elizabeth. Você deve confiar em mim de todas as maneiras.

Ela levantou o olhar e sentiu uma pontada no peito diante da visão de seu rosto. Ele era tão lindo, mas ao mesmo tempo era rude e áspero da maneira que apenas um homem pode ser.

– Está fazendo isso por causa de sua missão?

– Estou fazendo isso por *nós*. Você e eu – ele se aproximou, então chegou ainda mais perto. – Abra a boca.

– *O quê?* – o ar sumiu de seus pulmões.

– Ponha em sua boca.

– Não... – ela recuou.

– Onde está aquela mulher ousada que disse que não foge diante do desejo de um homem? – Marcus ampliou sua postura até que suas coxas poderosas se apoiaram em cada lado da cadeira e a brilhante cabeça de seu pau pairou diretamente à frente e um pouco abaixo da boca de Elizabeth.

– Isto é confiança – ele sussurrou. – Pense em como você pode me machucar, o quanto eu estou vulnerável. Você pode me morder, meu amor, e até me castrar. Ou pode me chupar e me deixar de joelhos de tanto prazer. Eu lhe peço isso, sabendo do risco, porque confio em você. Da mesma maneira que espero que você confie em mim.

Elizabeth o encarou, fascinada pela repentina mudança de equilíbrio entre os dois. Ela encontrou seus olhos novamente e enxergou todo o desejo ali. Naquele momento, não havia amargura. Ele se parecia como já fora um dia, quando estavam prometidos um ao outro e livres de quaisquer ferimentos do passado. Ele era tão incrivelmente lindo, parecia até mesmo rejuvenescido sem o peso de sua hostilidade.

Foi essa franqueza que decidiu sua mente. Respirando fundo, Elizabeth rendeu-se ao desejo urgente de seu coração e abriu a boca.

CAPÍTULO 6

Marcus foi arrebatado pela agonia da luxúria quando os lábios de Elizabeth se abriram e ela se inclinou para frente para lhe tomar na boca. Enquanto ela o escaldava com um calor molhado, ele respirava com dificuldade entre os dentes cerrados. Seus joelhos começaram a ceder e ele agarrou o encosto da cadeira com a mão livre para conseguir manter-se de pé.

Ela o soltou e se afastou com olhos arregalados de terror.

– Eu o machuquei?

Incapaz de falar, ele apenas sacudiu a cabeça rapidamente. Ela engoliu em seco e o pau pulsou na mão de Marcus. Lambendo os lábios, ela abriu a boca e tentou novamente, desta vez engolindo toda a cabeça.

– Chupe – ele disse ofegante, baixando a cabeça e pairando sobre ela, observando as bochechas dela desinflarem enquanto ela sugava suavemente. As pernas dele tremiam e Marcus soltou um gemido baixo e torturado.

Encorajada, ela o engoliu ainda mais, com sua língua explorando--o timidamente. Sua boca estava esticada para acomodar sua largura, e aquela visão foi suficiente para limpar o cérebro dele de qualquer pensamento racional.

– Vou começar a me mexer – ele disse sofregamente. – Não se assuste – seus quadris começaram a impulsionar para frente, fodendo sua boca com leves pontadas. Os olhos dela se arregalaram, mas ela não se afastou nem protestou, apenas respondia com cada vez menos hesitação.

Observando-a, Marcus estava certo de que havia morrido e estava agora no céu. Tinha medo de acreditar que era Elizabeth quem o servia tão bem.

— Deus, Elizabeth...

Liberando o pau, ele baixou a mão até o meio das pernas dela e acariciou-a entre as dobras abertas de seu sexo. Ela gemeu e Marcus aumentou a intensidade, determinado a se concentrar nela, num esforço para segurar seu próprio orgasmo iminente. Quente e liso, ela se derreteu com seu toque. A sensação da pele dela era demais, tão delicada quanto cetim, e ele cerrou os dentes quando deslizou um dedo para dentro dela. Apertada daquele jeito, imaginou como seria entrar nela de verdade. Seu peito se apertou. Marcus deu um passo para trás com as pernas trêmulas e seu pau deslizou para fora da boca de Elizabeth com um suave e molhado estalido.

Ela lambeu os lábios, com os olhos violeta sombrios e confusos.

Com a voz áspera como cascalho, ele sussurrou:

— Está na hora.

Elizabeth estremeceu. Marcus sempre a olhava como se fosse uma refeição diante de um homem faminto. Porém agora, seu olhar parecia... *desesperado*. A ponta de seu pau vazava profusamente, e ela engoliu, sentindo o sabor de sua essência.

Era tão diferente do que ela esperava. Considerava a si mesma distante da inocência virginal de uma garota. Mas no momento percebia o quão pouco conhecia. Com as pulsantes veias grossas que envolviam a ereção de Marcus, ela imaginara que a sensação seria de dureza e que sentiria sua textura. Mas, em vez disso, a pele era tão macia quanto a seda mais fina, deslizando sobre sua língua num ritmo que despertava uma pulsação sincronizada entre suas pernas.

O ato não foi o que ela esperava, nem um pouco. Pensou que se sentiria usada, que não seria nada além de um receptáculo à luxúria de Marcus. Mas ele estava devastado, ela percebia e sentia isso na maneira como ele tremia. A maneira como sua voz enrouquecera. Descobriu o poder de possuir a paixão de um homem.

– Solte-me – ela ordenou sem fôlego, querendo saber o quão longe isso poderia chegar.

Ele balançou a cabeça e empurrou a cadeira até incliná-la nas pernas traseiras. Perdendo o equilíbrio, ela gritou até ele parar. Foi então que ela entendeu o que ele queria. Ao apoiar o topo do encosto da cadeira contra a parede, Marcus deixou o sexo de Elizabeth perfeitamente alinhado com seu pau. Seu sorriso malicioso a fez ofegar, cheio de promessas ousadas. Ele segurou a ereção e pressionou contra as pernas dela, dobrando seus joelhos até apoiá-lo nas nádegas de Elizabeth. Acariciando seu pênis para cima e para baixo, ele a cobriu com o sêmen que continuava a vazar da cabeça corada.

Elizabeth não conseguiu segurar um soluço causado pela antecipação. A provocação deliberada a deixou suada e sem ar. Ela ignorou a voz que implorava para que fugisse, escolhendo ficar e se aproveitar dele... ao menos desta vez.

– Seus braços estão doloridos? – ele perguntou, sem parar os movimentos, encharcando-a com a evidência de sua excitação.

– *Você* me deixa dolorida.

– Devo parar? – pela maneira como sua voz falhou, ela pôde ver a tortura que era esse pensamento para ele.

– Darei um tiro em você se parar.

Com um gemido, ele se posicionou e enfiou fundo, avançando lentamente. Ela se contorceu com a invasão, sentindo o tamanho dele, grande demais para sua pele tão pouco usada. Sua ponta esfregou dentro dela, alargando-a, com carícias muito melhores do que as feitas por seus dedos mágicos.

Com as duas mãos na parede, Marcus ofegou quando entrou ainda mais fundo.

– Ah, Deus – ele estremeceu. – Você é quente demais e apertada como um punho.

– Marcus... – ela gemeu. Havia algo inegavelmente erótico na maneira como ele a tomava, ainda parcialmente vestido e com as botas. Isso deveria ser ofensivo. Mas não foi assim que ela se sentiu.

Passara todos esses anos consolando as mulheres descartadas por seu pai e ouvindo as fofocas de outras desiludidas pelas inconstâncias de Marcus. Como elas não puderam enxergar a própria influência? Marcus havia quase matado um homem com as próprias mãos, mas aqui estava ele, enfraquecido por sua necessidade.

Ele retirou o pênis, com a cabeça abaixada.

– Quero que me veja fodendo você, Elizabeth – suas coxas poderosas se flexionaram quando o enfiou novamente. Ela observou vidrada quando o grosso e orgulhoso membro, brilhando com seu creme, se afastou apenas para retornar deslizando com uma lentidão dolorosa.

Os braços dela doíam, as pernas se esticavam de um jeito desconfortável, e seu cóccix já estava dormente por suportar todo o peso de seu corpo, mas ela não se importava. Nada importava além do meio de suas pernas e o homem que se saciava ali.

– Isto é confiança – ele disse, impulsionando os quadris com um ritmo firme e preciso.

Confiança. Lágrimas se derramavam por seus cílios enquanto o tormento divino continuava, denunciando a inegável habilidade de Marcus. Ele sabia exatamente como entrar nela, mergulhando com as coxas dobradas, raspando o pau no lugar perfeito para dar o deleite enlouquecedor que ela sentia. Elizabeth ofegava de prazer, e então implorou por isso. O sangue martelava nas veias, os mamilos estavam tão enrijecidos debaixo dos tecidos que até doíam.

– Por favor...

Marcus também ofegava, o peito subia e descia com tanta força que o suor em seus cabelos se desprendia e atingia o rosto dela. Elizabeth sentiu um calor no coração com essa intimidade.

– Sim – ele rugiu. – Agora – estendendo a mão entre as pernas dela, esfregou gentilmente. Como uma mola extremamente apertada, ela se liberou com um grito agudo. Suas costas se dobraram e Marcus se moveu em estocadas lentas e profundas, arrancando o prazer dela, mantendo-a excitada, sem fôlego, chorosa debaixo dele.

– Chega... – ela implorou, incapaz de suportar mais um segundo daquilo.

Ele enterrou o pau o mais fundo que pôde e o manteve lá, deixando as últimas ondas do orgasmo dela o apertarem. Marcus inspirou profundamente e então começou a tremer com tanta força que a cadeira se debatia contra a parede. Ele gemeu longa e dolorosamente enquanto seu pau pulsava dentro dela, preenchendo-a com seu sêmen.

Soltando o ar, ele finalmente parou. Inclinou a cabeça e olhou nos olhos dela. Sua expressão aturdida era um tanto apropriada, perdida em sua própria devastação.

– Rápido demais – ele murmurou. Uma de suas mãos deixou a parede e tocou seu rosto, percorrendo o polegar pela curva de seu queixo.

– Você está bravo? – ela engoliu com dificuldade para acalmar a rouquidão da voz.

– Sim – ele se retirou devagar, com cuidado, mas mesmo assim ela estremeceu. Com muita cautela, ele desenganchou as pernas dela dos braços da cadeira e a ajudou a se levantar. Enfraquecida, ela se aninhou aos seus pés. Marcus a levantou e a carregou até a cama.

Deitando-a de lado, ele desamarrou suas mãos, massageando os ombros e os braços dela como se quisesse ajudar o sangue a retornar aos membros. Então estendeu a mão até o laço no pescoço dela.

Elizabeth se afastou.

– Preciso ir embora agora.

Rindo, Marcus sentou-se ao seu lado. Ele se abaixou para tirar as botas, removendo uma adaga escondida e deixando-a no criado mudo.

– Você está exausta e mal consegue andar. Não tem condições de montar num cavalo.

A mão de Elizabeth percorreu as costas de Marcus, circulando curiosamente uma cicatriz feita por uma bala. Virando a cabeça, ele beijou seus dedos quando alcançaram o topo de seu ombro, surpreendendo-a com a ternura do gesto. Ele se levantou, tirando rapidamente as calças. Ela desviou o olhar ao sentir um calor subindo por seu corpo e mirou a janela, enxergando o céu azul parcialmente escondido entre as cortinas.

– Olhe para mim – ele disse rispidamente, como uma súplica escondida debaixo de uma ordem.

– Não.

– Elizabeth, não é uma vergonha me desejar.

Sua boca se curvou com tristeza, a vista da janela desaparecendo de sua percepção.

– É claro que não. Todas as mulheres desejam.

– Não estou pensando em outras mulheres, e você também não deveria estar – ele suspirou com a exasperação de quem lida com uma criança. – Olhe para mim. Por favor.

Ela virou a cabeça lentamente, com o coração martelando no peito. Ombros inacreditavelmente largos emolduravam uma barriga musculosa, quadris estreitos e longas e poderosas pernas. Marcus Ashford era a perfeição em pessoa, as cicatrizes que marcavam seu torso apenas serviam para mostrar que era, afinal, humano e não um deus grego.

Ela tinha a intenção de manter a vista erguida, mas não conseguiu resistir a baixar os olhos. Longo e grosso, sua impressionante ereção a fez engolir em seco.

– Céus. Como pode? Você ainda está...

Marcus soltou um sorriso diabólico.

– Pronto para o sexo?

– Estou exausta – ela reclamou.

Marcus agarrou o laço no pescoço de Elizabeth, usando a distração dela com seu pau para levantar sobre a cabeça a camisa que ela usava.

– Você não precisa fazer nada – mas quando ele fez menção de tirar o chemise, ela deu um tapa em sua mão. Ela precisava manter alguma barreira entre eles, por mais leve que fosse.

Ele andou casualmente até o banheiro, voltando um momento depois com uma toalha umedecida. Marcus a deitou nos travesseiros e agarrou um joelho. Ela se afastou.

– É um pouco tarde para ser pudica, não acha, meu amor?

– O que pretende?

– Se voltar aqui, mostrarei.

Elizabeth pensou por longos instantes, adivinhando sua intenção e sem ter certeza se deveria permitir esse nível de intimidade.

– Meu corpo esteve dentro do seu – a voz dele soou grave e sedutora. – Não pode confiar em mim para limpar você?

O tom de desafio em sua voz a fez decidir. Ela se deitou de costas e abriu as pernas com o mesmo tipo de desafio. O sorriso malicioso dele a fez corar.

Ele passou gentilmente a toalha nos pelos encaracolados dela, antes de abri-la com dedos reverentes e limpar suas dobras. Dolorida como estava, a fria umidade lhe pareceu uma bênção, e Elizabeth soltou um gemido de prazer. Ela se forçou a relaxar, fechar os olhos e a liberar a tensão trazida pela proximidade de Marcus. Quase caindo no sono, ela se ergueu rapidamente soltando um grito assustado quando sentiu um calor escaldante invadindo seu sexo.

Olhou para baixo de seu próprio corpo com olhos arregalados, sentindo o coração acelerar ao enxergar o sorriso sombrio de Marcus.

– Você... você me *lambeu*?

– Oh, sim – jogando a toalha no chão, ele rastejou sobre ela com uma graça potente. – Pelo visto eu a escandalizei. Já que você sofreu bastante hoje, eu lhe permitirei um breve indulto. Mas esteja preparada para aceitar minhas carícias futuras da maneira como eu escolher.

Estremecendo quando seu peito peludo raspou contra os seios cobertos pelo chemise, Elizabeth afundou ainda mais nos travesseiros, dominada pela pura força de sua presença.

Isso ela conhecia – a sensação de um duro corpo masculino sobre o seu. Mas as emoções que surgiam dentro dela eram todas novas. Ela recebeu Hawthorne em sua cama da devida maneira, e gostava da prontidão e solicitude dele. Com exceção da dolorosa primeira vez, o resto não foi desagradável. Ele era quieto, limpo, cuidadoso. Nunca fora rude e primitivo igual a Marcus. Nunca causara essa necessidade que a roía por dentro. Nunca resultara num lampejo de prazer que a saciara até a alma.

– Calma – ele murmurou em sua garganta enquanto ela se esfregava impaciente contra ele.

O corpo de seu marido sempre foi um mistério, conhecido por ela apenas como uma forma que se aventurava na penumbra em seu quarto, protegido pela escuridão. Marcus implorou para que olhasse, ele quis que ela o conhecesse e o visse como era, em toda sua glória. Sua nudez era magnífica. A mera visão dele era suficiente para deixá-la molhada entre as pernas.

Porém, ela se recusava a ser a única provocada nessa brincadeira.

– Diga do que você gosta, Marcus.

– Gosto que me toque. Quero sentir suas mãos em minha pele.

As mãos dela percorreram suas costas, descendo pelos braços, descobrindo cicatrizes e músculos tão fortes que pareciam pedra. Marcus gemeu quando ela encontrou uma área especialmente sensível, implorando para que ela se demorasse ali. Seu corpo era repleto de texturas macias e duras. Ele fechou os olhos, com os braços suportando seu peso acima dela, permitindo que ela o explorasse como quisesse. Sua ereção pulsava contra a coxa dela, deixando uma trilha úmida que denunciava o quanto ele estava gostando de seu toque desinibido.

Isto era poder.

Gemendo, ele baixou a cabeça e seus cabelos sedosos rasparam nos seios dela, preenchendo o ar ao redor com seu aroma.

— Toque o meu pau — ele ordenou rispidamente.

Tomando coragem por um instante, Elizabeth estendeu o braço entre seus corpos e agarrou a ereção macia, maravilhada com a solidez e a maneira como o pênis dele pulsou ao seu toque. Era óbvio que ele sentia prazer com aquela carícia: seu rosto enrubesceu e os lábios se entreabriram, ofegando rapidamente. Encorajada, ela começou a experimentar. Com força e suavidade, rápida e provocante, ela tentava descobrir o ritmo que o levaria à loucura.

— Você me quer? — ele perguntou. Marcus segurou a mão dela, parando-a, e Elizabeth franziu as sobrancelhas, confusa. Então a mão dele desceu e agarrou o joelho dela, abrindo as pernas de Elizabeth.

— Estou surpresa que um libertino como você precise fazer essa pergunta — ela respondeu, recusando-se a confirmar o que ele já sabia.

Sem avisar, ele a penetrou, deslizando entre os inchaços dela até chegar ao fundo.

Ela gemeu, surpresa. Fazer amor sob a luz do dia era algo que não sabia se algum dia aprenderia a aceitar. Elizabeth olhou em seu rosto, com olhos arregalados.

Prendendo-a com seus quadris, Marcus agarrou as alças do chemise e rasgou o tecido em dois até chegar à cintura.

— Você acha que pode levantar barreiras entre nós com palavras e roupas? — ele perguntou rudemente. — Cada vez que tentar isso, eu irei tomá-la deste jeito, irei me tornar parte de você até que seus esforços sejam todos em vão.

Não havia onde se esconder, não havia para onde correr.

— Esta será a última vez — ela jurou.

Elizabeth estava chocada por ter permitido tal proximidade, um homem cuja beleza e charme sempre a deixava enfraquecida. Então ele baixou a boca até a dela, beijando-a com uma fome voraz. Agarrando os quadris dela possessivamente, Marcus a manteve no lugar enquanto saía e entrava de novo, estremecendo com ela diante daquele prazer imensurável.

Elizabeth se retorcia inquieta, impressionada por seu corpo ter se esticado para acomodá-lo antes, e agora se esticava ainda mais para recebê-lo mais confortavelmente. Era incrível, a ereção dentro dela, preenchendo-a completamente, trazendo uma sensação de conexão tão profunda que ela mal conseguia respirar.

— Elizabeth — a voz dele soava profundamente sexual enquanto envolvia o corpo de Elizabeth com os braços, puxando-a fortemente num abraço completo. Marcus raspou a ponta do nariz em sua garganta. — Apenas quando eu estiver saciado você poderá se livrar de mim.

Após a ameaça, Marcus começou a mexer num movimento sinuoso acompanhado pelo corpo dela.

— Oh! — ela gritou assustada, enquanto as sensações se intensificavam com cada entrada. Ela tinha a intenção de negar seu prazer a ele, pensou em apenas deitar-se lá e não ceder àquilo que ele queria. Mas era impossível. Ele conseguia fazê-la se derreter apenas com o olhar. Foder com ele — como ele mesmo descrevia tão cruelmente — era um ato ao qual ela era incapaz de resistir.

Ela tentou aumentar o ritmo, enlaçando as pernas ao redor dos quadris dele, agarrando seu traseiro e puxando-o para dentro, mas ele era forte demais e determinado demais a manter seu próprio ritmo.

— Me fode — ela ofegou, tentando recuperar a sensação de controle ao roubar um pouco do dele. — Mais rápido.

Marcus gemeu enquanto ela se retorcia debaixo dele. Sua voz surgiu repleta de prazer:

— Eu sabia que seria assim com você...

Em resposta, Elizabeth cravou as unhas na carne de suas costas. Ela adorava sentir sua pele molhada, seu cheiro masculino cercando-a. Perdendo-se em seu ritmo, ele estocou fortemente e com uma profundidade impossível. Ela apertou os dedos dos pés.

Um fogo percorreu suas veias, acumulou-se no meio de seu corpo e então explodiu num clímax. Ela tencionou, envolvendo o pau dele que entrava e saía, gritando seu nome, agarrando seu corpo como uma âncora numa espiral de incríveis sensações.

E Marcus continuou, encharcado de suor, queimando por todos os poros. Ele rugiu o nome de Elizabeth quando se derramou dentro dela, deixando a marca de sua posse.

Fechando os olhos, ela gritou.

Elizabeth sentiu como se seus membros fossem feitos de chumbo. Usou toda sua energia para virar a cabeça e olhar para Marcus, dormindo ao seu lado. Seus longos cílios negros jogavam sombras em seu rosto, a beleza austera de suas feições repousava suavemente.

Ela conseguiu rolar de lado, tarefa nem um pouco fácil com o braço pesado dele jogado casualmente sobre o torso dela. Apoiando-se em um cotovelo, Elizabeth o estudou silenciosamente. Com uma inocência juvenil enquanto dormia, ele estava tão lindo que até a deixava sem fôlego.

Lentamente, ela tracejou com o dedo as generosas curvas da boca dele, passando pelas sobrancelhas e depois pelo queixo. Elizabeth exclamou surpresa quando o braço de Marcus a apertou e puxou seu corpo.

— O que você acha que está fazendo, madame? — ele disse sonolento.

Deslizando para longe dele, Elizabeth sentou-se na beira da cama, tentando mostrar a indiferença que sabia que poderia exibir.

— Não é este o momento em que os amantes se despedem? — ela precisava pensar e não conseguiria fazer isso enquanto ele estivesse nu, deitado ao seu lado.

— Você não precisa ir embora — recostando-se num travesseiro, Marcus deu tapinhas no espaço ao seu lado. — Volte para a cama.

— Não — ela levantou-se do colchão e recolheu as roupas. — Estou dolorida e cansada.

Quando ela deu a volta na cama, ele estendeu rapidamente o braço e a agarrou.

– Elizabeth. Podemos tirar um cochilo e tomar chá mais tarde. Depois você pode ir.

– Isso não é possível – ela murmurou sem olhar para ele. – Preciso ir para casa. Quero tomar um banho quente.

Ele fez uma carícia em seu braço e sorriu.

– Você pode tomar banho aqui. Eu mesmo posso banhá-la.

De pé, Elizabeth rapidamente subiu suas meias. Teve dificuldade com os fechos das saias, sem conseguir prendê-los direito. Marcus levantou-se, sem se importar com sua nudez e cruzou o quarto até Elizabeth, afastando as mãos dela para o lado.

Ela se virou imediatamente, com o rosto corado. *Deus, ele era lindo!* Cada parte dele era perfeita. Os músculos cheios de poder debaixo da pele dourada. Embora tivesse sido saciada há pouco, ela sentiu uma renovada pontada de desejo.

Marcus cuidou rapidamente de vesti-la, ajustando alças e prendendo botões. Sentindo ciúme de sua óbvia experiência, ela permaneceu parada até ele a virar para encará-lo.

Ele suspirou, puxando-a contra seu peito nu.

– Você é tão determinada a manter-se para si mesma que não permite que ninguém mais chegue perto.

Ela encostou o rosto em seu peito por um momento, sentindo seu cheiro que agora se misturava ao dela. Então, Elizabeth o afastou.

– Dei o que você queria – ela respondeu, irritada.

– Quero mais.

O estômago dela deu um nó.

– Procure em outro lugar.

Marcus riu.

– Agora que eu lhe mostrei como ter prazer, você não conseguirá ficar sem mim. À noite, irá se lembrar do meu toque e da sensação de ter meu pau dentro de você. E então, você me desejará.

– Seu arrogante...

– Não – ele agarrou o pulso dela. – Eu também desejarei você. O que aconteceu hoje foi algo singular. Você não encontrará o mesmo em lugar nenhum, mas você irá precisar disso.

Ela ergueu o queixo, odiando a ideia de que, no fundo, suspeitava de que ele estivesse certo.

— Sou livre para procurar.

Os dedos dele a apertaram dolorosamente.

— Não. Não é — Marcus levou a mão dela até sua ereção. — Quando precisar disto, você virá até mim. E não duvide que eu mate qualquer homem que a tocar.

— Essa fidelidade forçada é recíproca? — ela segurou a respiração.

— É claro.

Marcus permaneceu quieto por um momento no meio do tenso silêncio, antes de se virar para recolher sua calça.

Soltando o ar dos pulmões num suspiro de alívio, Elizabeth sentou-se de frente ao espelho e tentou arrumar os cabelos. Ficou surpresa com a figura que a olhava de volta. Rosto corado, lábios inchados, olhos brilhantes — não se parecia em nada com a mulher que fora pela manhã. Desviando os olhos, enxergou o reflexo de Marcus. Observou-o se vestir, analisando suas palavras e amaldiçoando sua própria tolice. Ele estava ainda mais determinado agora que a levara para a cama.

Quando estava pronta, ela se levantou, um pouco rápido demais para suas pernas ainda frágeis por causa dos eventos da tarde. Elizabeth vacilou, mas Marcus estava lá, com os braços ao seu redor servindo como barras de ferro. Ele também esteve observando-a.

— Você está bem? — ele perguntou. — Eu a machuquei?

Ela o dispensou com um gesto das mãos.

— Não, não, estou bem.

Ele deu um passo para trás.

— Elizabeth, precisamos conversar.

— Por quê? — ela ajeitava as saias nervosamente.

— Maldição. Porque eu e você acabamos de fazer amor. Nesta cama — ele gesticulou com um movimento impaciente do queixo. — E na cadeira. E daqui a pouco será no chão, se não parar de me irritar.

— Cometemos um erro — ela disse suavemente, sentindo o estômago congelar com um medo crescente.

– Maldita seja – seu olhar de soslaio foi mordaz e ela se encolheu. – Jogue como quiser e enterre a cabeça na areia se é isso que quer. O que eu quero, vou conseguir de qualquer maneira.

– Jogar não é minha intenção, Marcus – ela engoliu em seco com dificuldade e andou até a porta. Ele não fez menção de impedi-la, então, Elizabeth se assustou quando se virou e o encontrou diretamente atrás de si.

– Não fique assustada com o que aconteceu no parque hoje – ele murmurou, mais uma vez todo charmoso. – Eu a protegerei do perigo.

Os olhos dela se fecharam. De repente, a ideia de ir embora já não tinha tanto apelo.

– Sei que irá.

– Onde você estará hoje à noite?

– No sarau em Dunsmore.

– Então, eu a encontrarei lá.

Ela suspirou e abriu os olhos. O olhar determinado de Marcus e sua persistência obstinada eram um alerta mostrando que ele não deixaria que o assunto entre os dois morresse.

Mas então ele a beijou suavemente antes de dar um passo para trás e oferecer o braço. Desconfiada do que parecia ser uma rendição fácil demais, ela tomou seu braço e permitiu que ele a conduzisse até a sala de estar.

O mordomo estava de prontidão com o chapéu e as luvas de Elizabeth.

– Milorde, o senhor James o contatou.

– No escritório? Excelente. Você não precisa me esperar.

O mordomo fez uma reverência e então se retirou.

Elizabeth analisou o rosto de Marcus enquanto ele acomodava o chapéu na cabeça dela e atava os laços.

– Rezo para conseguir ir embora sem ser vista.

A boca de Marcus se moveu até a orelha dela e ele disse num sussurro sedutor:

– Tarde demais. Agora mesmo os criados estão nos olhando. Não demorará muito até que toda Londres saiba que nos tornamos amantes. Avery ficará sabendo, seja você vista ou não.

Seu rosto ficou pálido. Ela não tinha considerado isso. Os criados produziam o pior tipo de fofoca.

– Imaginei que um homem com uma vida secreta como a sua empregaria apenas criados discretos.

– Isso é verdade. Porém, esta é uma notícia que eu mesmo sugeri que eles espalhassem.

– Você está louco? – então, os olhos dela se arregalaram. – Tem a ver com a aposta?

Marcus suspirou.

– Você me fere dizendo isso. Perder é odioso, meu amor, mas eu nunca a usaria de maneira tão insensível.

– Perder? – ela gritou, com o queixo caído. – Você perdeu?

– Sim, perdi – ele deu de ombros com indiferença. – Que tolice seria evitar uma aposta na qual o resultado é decidido por minhas próprias ações.

Ele franziu as sobrancelhas.

– O que você decidiu?

O sorriso dele era ofuscante e fez seu coração quase parar.

– Você acha mesmo que eu contaria a você?

Com a mão no cotovelo dela, Marcus a acompanhou pelo jardim dos fundos até os estábulos. Ele a observou sombriamente enquanto ela montava o cavalo. Os dois homens da escolta esperaram a uma distância discreta.

Ele fez uma rápida reverência.

– Vejo você à noite.

O calor em suas costas lhe disse que Marcus a observou até que ela dobrasse a esquina e sumisse na rua adiante. A ansiedade em seu peito dificultava sua respiração e ela sabia que isso iria apenas piorar quanto mais tempo passasse com ele.

E Elizabeth sabia o que era preciso fazer quanto a isso.

CAPÍTULO 7

– Por que sinto cheiro de perfumaria aqui? – William resmungou enquanto andava pelo corredor do andar superior da mansão Chesterfield com Margaret.

– Esse aroma vem do quarto de Elizabeth.

Ele a encarou franzindo as sobrancelhas e viu os olhos dela brilhando com uma expectativa travessa.

Ele parou em frente à porta aberta do quarto de sua irmã e piscou rapidamente.

– Parece uma maldita floricultura!

– Não é encantador? – Margaret riu e seus cabelos ruivos balançaram suavemente com o movimento.

William não resistiu e tocou uma das mechas ondulantes. Sua amada e maravilhosa esposa. Aqueles que não a conheciam bem a consideravam uma rara ruiva de temperamento calmo. Mas apenas ele sabia o quanto ela guardava seu lado selvagem e passional unicamente para seu marido. Ao sentir o desejo se espalhar em seu corpo, ele respirou fundo e foi arrebatado pelo perfume avassalador das flores.

– Romântico? – ele ironizou. Entrando no quarto, Margaret o seguiu. Buquês caríssimos de flores ricamente perfumadas cobriam todas as superfícies do cômodo. – Westfield – ele rosnou. – Vou matá-lo.

– Acalme-se, William.

Ele analisou o cenário severamente.

– Desde quando isso vem acontecendo?

– Desde o baile em Moreland – Margaret suspirou, e o som fez William fechar o rosto. – E Lorde Westfield é tão belo.

– Você é uma romântica incurável – ele resmungou, escolhendo ignorar seu último comentário.

Aproximando-se, ela o envolveu com seus braços ao redor de sua esguia cintura.

– Tenho direito de ser.

– Por quê?

– Porque encontrei o verdadeiro amor, então sei que isso existe – ela ficou na ponta dos pés, raspando os lábios na boca dele. William imediatamente aumentou a pressão, beijando-a até deixá-la sem fôlego.

– Westfield é um canalha, meu amor – ele alertou. – Gostaria que você acreditasse em mim.

– Eu acredito. Ele me lembra você.

William se afastou com um grunhido.

– E você quer isso para Elizabeth?

Margaret riu.

– Você não é tão mal assim.

– Porque você me transformou – ele a acariciou com a ponta do nariz.

– Elizabeth é uma mulher mais forte do que eu. Ela facilmente poderia colocar Lorde Westfield de joelhos, se estivesse disposta a isso. Permita que ela cuide dele.

William saiu do quarto, puxando-a junto dele.

– Sua opinião será devidamente considerada.

Ela tentou não mexer os pés, mas ele a ergueu facilmente e a virou em direção de seu quarto de dormir.

– Você não pretende me ouvir, não é mesmo?

Ele sorriu maliciosamente.

– Não, não pretendo. Eu irei lidar com Westfield e você não falará mais disso – ele a beijou profundamente quando chegaram ao quarto. Foi apenas por um acaso do destino que ele virou a cabeça naquele instante e viu Elizabeth alcançar o topo da escadaria. Ele franziu as sobrancelhas e baixou Margaret até o chão. Ela soltou um breve murmúrio de protesto.

– Espere um momento, meu amor – ele começou a percorrer o corredor.

– Você está se intrometendo – ela disse atrás dele.

Algo estava errado com Elizabeth. Era óbvio mesmo à distância. Corada e despenteada, ela parecia febril. O estômago de William deu um nó enquanto se aproximava dela. A cor em seu rosto aumentou quando ela o viu, e por um momento ela se pareceu com sua mãe pouco antes de morrer, queimando de febre. O breve lampejo da lembrança dolorida o fez aumentar os passos.

– Você está passando mal? – ele perguntou, pousando a mão em sua testa.

Os olhos dela se arregalaram, então ela sacudiu a cabeça rapidamente.

– Você parece doente.

– Estou bem – a voz dela soou mais baixa e rouca do que o normal.

– Vou chamar o médico.

– Não é necessário – ela protestou, endireitando as costas.

William abriu a boca para falar.

– Uma soneca, William. É tudo que preciso. Eu juro – ela suspirou e pousou a mão em seu braço, relaxando o olhar violeta. – Você se preocupa demais.

– Sempre me preocuparei – ele colocou a mão por cima da mão dela, depois se virou para acompanhá-la até o quarto. Desde a morte da mãe deles e a fuga emocional de seu pai, Elizabeth fora tudo para ele durante a maior parte de sua vida. Ela era sua única ligação emocional no período anterior a Margaret, quando William vivia determinado a nunca se apaixonar e arriscar sofrer da mesma miséria que seu pai.

Ao se aproximarem do quarto, seu nariz o lembrou da erupção orgânica que os esperava.

– Por que não me contou que Westfield estava perturbando você? Eu teria lidado com ele.

– *Não!*

Seu grito abrupto o fez parar, sentindo o feroz protecionismo de sempre surgindo com desconfiança.

– Diga que você não o está encorajando.

Elizabeth limpou a garganta.

– Já não discutimos isso?

Fechando os olhos, William soltou um longo suspiro e pediu por paciência.

— Se você garantir que irá me procurar se precisar de ajuda, então, eu deixarei de fazer as perguntas que você não quer responder — ele abriu os olhos e olhou em seu rosto, franzindo o cenho diante da cor da pele e dos olhos vidrados de Elizabeth. Ela não parecia nada bem. E o cabelo estava desarrumado. A última vez que seu cabelo esteve desse jeito...

— Você saiu para correr de novo? — ele disse rispidamente. — Pelo menos levou um criado para acompanhá-la? Bom Deus, e se você caísse do cavalo...

— William — Elizabeth riu —, vá procurar Margaret. Estou cansada. Se insiste em me interrogar, você pode fazer isso depois que eu descansar.

— Não estou interrogando. Apenas a conheço bem. Você é teimosa e se recusa a ouvir o bom senso.

— Diz o homem que trabalhou para Lorde Eldridge.

William soltou um suspiro frustrado, reconhecendo em seu súbito tom rude que ela havia terminado a conversa. Que seja. De qualquer maneira, ele pretendia cuidar de Marcus do seu jeito.

— Certo. Venha me encontrar mais tarde — ele se abaixou e beijou sua testa. — Se ainda estiver corada quando acordar, vou mandá-la ao médico.

— Sim, sim — Elizabeth o dispensou com um gesto.

William foi embora, mas sua preocupação não seria tão facilmente descartada, e os dois sabiam disso.

Elizabeth esperou no corredor no lado de fora do escritório de Lorde Nicholas Eldridge, satisfeita consigo mesma por ter escapado de casa enquanto William estava ocupado. Por ter chegado sem aviso, ela já estava preparada para esperar. Mas Eldridge não a manteve esperando por muito tempo.

— Lady Hawthorne — ele a cumprimentou com aquilo que ela imaginou ser uma maneira costumeiramente distraída. Circulando a escrivaninha, ele gesticulou para que ela se sentasse. — A que devo o prazer de sua visita? — embora as palavras fossem educadas, o tom guardava um quê de impaciência. Ele voltou a sentar e ergueu uma sobrancelha.

Ela já havia se esquecido do quão sério e austero ele era. Contudo, apesar da monotonia de seu traje e do cinza de sua peruca, sua presença era arrebatadora. Ele carregava o peso de seu poder com grande facilidade.

– Peço desculpas, Lorde Eldridge, pela natureza inoportuna de minha visita. Eu gostaria de oferecer uma troca.

Olhos cinza a estudaram de um jeito penetrante.

– Uma troca?

– Eu gostaria de trabalhar com outro agente.

Ele piscou.

– E o que oferece em troca?

– O diário de Hawthorne.

– Entendo – ele se recostou na cadeira. – Lorde Westfield fez algo em particular, Lady Hawthorne, que a fez querer um substituto?

Ela não conseguiu impedir que um rubor tomasse conta de seu rosto. Lorde Eldridge percebeu imediatamente o sinal revelador.

– Ele a tratou de alguma maneira não apropriada a seus deveres? Eu levaria muito a sério uma acusação dessas.

Elizabeth se ajeitou desconfortavelmente. Ela não queria que Marcus sofresse uma reprimenda, queria apenas que fosse removido de sua vida.

– Lady Hawthorne. Isto se trata de um assunto pessoal, não é mesmo?

Ela assentiu.

– Eu possuía razões válidas para atribuir Lorde Westfield ao seu caso.

– Tenho certeza de que sim. Porém, não posso mais continuar trabalhando com ele, independente dos seus motivos. Meu irmão está cada vez mais desconfiado – essa não era sua única razão, mas seria suficiente.

– Entendo – ele murmurou. Lorde Eldridge permaneceu em silêncio por um longo tempo, mas ela não se abalou diante de seu escrutínio intimidador. – Seu marido era um membro valioso da minha equipe. Tê-lo perdido e também seu irmão tem sido difícil. Lorde Westfield tem feito um excelente trabalho carregando essa grande responsabilidade, apesar das exigências de seu título. Ele é realmente o melhor homem para esta tarefa.

– Não duvido de suas habilidades.

– Mesmo assim, está determinada, não é mesmo? – ele suspirou quando ela assentiu. – Irei considerar seu pedido.

Elizabeth assentiu novamente, entendendo que ele tinha cedido o máximo que podia. Levantando-se, ela sorriu sem humor para seu olhar inquisidor. Ele a acompanhou até a porta, parando um momento antes de girar a maçaneta.

— Não é da minha conta, Lady Hawthorne, mas sinto que devo dizer a você que Lorde Westfield é um bom homem. Estou ciente da história entre vocês, e tenho certeza de que os desdobramentos dela são desconfortáveis. Porém, ele se preocupa genuinamente com sua segurança. Aconteça o que acontecer, por favor, mantenha isso em mente.

Elizabeth estudou Lorde Eldridge em silêncio, e então, assentiu. Havia algo mais, algo que ele não contara a ela. Não que estivesse surpresa. Em sua experiência, os agentes sempre se mantinham em silêncio, compartilhando muito pouco com qualquer outra pessoa. Ela sentiu um grande alívio quando ele abriu a porta e permitiu que ela escapasse. Embora não tivesse nenhum problema com Eldridge, ainda assim ela esperava com ansiedade o dia em que ele e a maldita agência não fizessem mais parte de sua vida.

Marcus entrou no escritório de Lorde Eldridge um pouco antes das dez horas da noite. A convocação chegou enquanto ele se preparava para ir até o recital em Dunsmore. Embora estivesse ansioso para ver Elizabeth, ele tinha alguns pensamentos para compartilhar sobre a investigação, e essa inesperada audiência era extremamente oportuna.

Marcus ajustou sua roupa e desabou na cadeira mais próxima.

— Lady Hawthorne veio me encontrar hoje de tarde.

— É mesmo? — relaxado, Marcus tomou uma pitada de rapé.

Eldridge continuou a trabalhar sem levantar os olhos dos papéis na mesa, iluminados pelo candelabro em sua escrivaninha e pelo brilho ondulando da lareira ao lado.

— Ela ofereceu o diário do Visconde de Hawthorne em troca de retirá-lo de seus deveres.

A caixa de rapé foi fechada com força.

Com um suspiro, Eldridge colocou sua pena de lado.

– Ela estava decidida, Westfield, até mesmo ameaçando parar de cooperar se eu me recusasse.

– Estou certo de que foi muito persuasiva – sacudindo a cabeça, ele perguntou: – O que pretende fazer?

– Eu disse que pensaria a respeito, e é o que estou fazendo. A pergunta é: o que *você* pretende fazer?

– Deixe que eu cuide dela. Eu estava me preparando para encontrá-la quando recebi sua convocação.

– Se eu descobrir que você está usando sua posição com a agência para fins pessoais, irei puni-lo severamente – a expressão no rosto de Eldridge era sombria.

– Eu não esperaria menos de você – Marcus o assegurou.

– Como está indo o diário?

– Estou progredindo, mas lentamente.

Eldridge assentiu.

– Então acalme as preocupações de Elizabeth. Se ela me procurar novamente, não terei escolha a não ser conceder seu pedido. Isso seria lamentável, já que você está progredindo. Prefiro que continue.

Marcus apertou os lábios e disse o que pensava.

– Avery já relatou os eventos de hoje para você?

– É claro. Mas vejo que você tem algo a acrescentar.

– Pensei sobre a situação sem parar. Algo está errado. O agressor parecia ciente de nossas preparações, como se soubesse de antemão. Certamente ele esperaria que ela contatasse a agência, considerando o envolvimento de seu marido e a importância do diário, mas a maneira como ele se escondeu, a rota de fuga que planejou... Maldição, não fomos incompetentes! Mas ele escapou de quatro homens com o mínimo esforço. Ele *sabia* onde os homens estavam posicionados. E onde estava o diário de Hawthorne. Como ficou sabendo disso?

– Você suspeita de uma traição interna?

– O que mais poderia ser?

– Confio em meus homens inquestionavelmente, Westfield. Do contrário, a agência não poderia existir.

– Considere essa possibilidade. É tudo que peço.

Eldridge arqueou uma sobrancelha.

— Avery? Os homens da escolta? Em quem você confia?

— Avery possui uma óbvia afeição em relação a Lady Hawthorne. Então, você, Avery e eu. Minha confiança se estende só até aí.

— Bom, isso certamente nega o pedido de Lady Hawthorne, não é mesmo? — Eldridge apertou os olhos com os dedos e suspirou. — Deixe-me pensar em quem poderia ter recebido a informação do diário de Hawthorne. Volte amanhã para continuarmos esta conversa.

Sacudindo a cabeça em silêncio, Marcus foi embora. Pelo corredor, olhava os escritórios vazios com seus altos tetos e candelabros que mal iluminavam. Ela nunca envolveria Eldridge a menos que sentisse que era absolutamente necessário. Elizabeth ficara muito abalada depois dos eventos da tarde, abalada o bastante para colocar de lado seu formidável orgulho.

Era uma rachadura em sua armadura. Marcus torcia para que o resto da casca fosse removido e ele pudesse, enfim, mais uma vez enxergar a mulher vulnerável que se escondia lá dentro.

— Há anos você não parece tão saudável assim — Margaret disse, revelando uma charmosa covinha quando sorriu. — Você está radiante.

Elizabeth corou e ajeitou nervosamente a seda azul de sua sobressaia. Parecia que ela tinha sofrido um ataque. Não havia outra forma de descrever.

— É você quem está radiante. Todas as outras mulheres empalidecem em comparação. A gravidez lhe cai muito bem.

A mão de Margaret cobriu a leve saliência de sua barriga.

— Estou feliz por você estar se esforçando para socializar e ser vista. A cavalgada no parque de hoje fez maravilhas com sua pele. William está preocupado com aqueles lindos homens de escolta que você contratou, mas eu expliquei o quanto deve ser difícil para você reaparecer sozinha após a morte de seu marido.

Elizabeth mordeu os lábios.

— Sim — ela concordou suavemente. — Tem sido difícil.

Naquele instante, os cabelos em sua nuca se levantaram. Não era necessário virar para saber a razão.

Marcus havia chegado. Ela se recusava a encará-lo. Seu sangue ainda martelava com o prazer que ele a proporcionara – e um homem observador como ele saberia disso.

Margaret chegou mais perto.

– Céus. O jeito como Lorde Westfield olha para você poderia provocar um incêndio. Para a sua sorte, William preferiu não comparecer hoje. Pode imaginar o que aconteceria? Aposto que trocariam socos. Você nem imagina como foi quando ele disse que arriscaria a vida por você. Todas as mulheres de Londres estão verdes de inveja.

Elizabeth podia sentir o calor do olhar esmeralda do outro lado do salão lotado. Ela estremeceu, com todos os sentidos voltados ao homem que se aproximava.

– Aí vem ele – Margaret levantou uma sobrancelha. – Depois da cena com William na mansão dos Moreland, as fofoqueiras vão enlouquecer. Isso irá apenas alimentar a fogueira – a voz dela morreu de repente.

– Lady Barclay – ronronou Marcus com sua voz de veludo enquanto se reverenciava diante da mão estendida de Margaret. Raspou deliberadamente seu ombro contra o braço de Elizabeth, provocando calafrios na pele alva dela.

– Lorde Westfield, é um prazer – respondeu Margaret.

Ele se virou, e a intensidade de seus olhos tirou todo o ar dos pulmões dela. Santo Deus. Ele parecia como se estivesse prestes a arrancar sua saia a qualquer momento. Vestido com um casaco e calças azul-marinho, ele fazia todos os outros homens parecerem insignificantes.

– Lady Hawthorne – ele capturou a mão dela, que permanecia caída ao lado do corpo, e a levantou até que encontrasse sua boca. Seu beijo não tinha nada de puritano, derretendo através da luva enquanto os dedos acariciavam o centro da palma da mão de Elizabeth.

Elizabeth se excitou instantaneamente, querendo que aqueles dedos a acariciassem por toda a parte, igual fizeram há poucas horas atrás. Ele a observou com um sorriso dissimulado, sabendo muito bem de sua reação.

– Lorde Westfield – ela puxou a mão, mas ele não a soltou. O estômago de Elizabeth se congelou quando os dedos dele continuaram suas gentis carícias.

A Duquesa Viúva de Ravensend anunciou o início do recital, e todos os convidados deixaram o salão social e entraram no salão de baile onde cadeiras estavam dispostas de frente para os músicos. Marcus enlaçou o braço de Elizabeth e a conduziu para fora até o saguão, diminuindo o ritmo para ficar atrás da multidão deliberadamente.

– O homem escapou – ele disse em seu ouvido.

Ela assentiu, sem surpresa.

Ele parou e virou-se para encará-la.

– É preciso fazer mais para protegê-la. E não entregarei essa tarefa para mais ninguém, então, seus esforços de hoje foram inúteis.

– Nossa associação não traz benefícios para nenhum de nós dois.

Ele ergueu a mão para tocar o rosto dela, mas Elizabeth se afastou rapidamente.

– Você age de um jeito arrogante – ela o repreendeu e olhou ansiosa ao redor.

Com apenas um olhar de aviso, Marcus fez os criados se retirarem apressadamente. Então voltou toda sua atenção sobre ela.

– E você se esquece das regras.

– Que regras?

Ele cerrou os olhos e ela deu outro passo para trás.

– Ainda posso sentir seu sabor, Elizabeth. Ainda posso sentir suas contrações em meu pau, e o prazer que você me deu ainda aquece meu sangue. As regras não mudaram desde a tarde. Eu posso possuí-la quando e do jeito que eu quiser.

– Vá para o inferno – com o coração acelerado e o peito apertado, ela cambaleou para trás até que a parede impediu sua fuga.

Marcus diminuiu a distância entre eles, envolvendo-a com seu cheiro rico e caloroso. Música começou a escapar do salão de baile e Elizabeth olhou assustada em direção ao som. Quando olhou de volta para Marcus, ele já estava diretamente à sua frente.

– Por que você insiste em nos levar à loucura? – ele perguntou bruscamente.

Elizabeth começou a mexer nervosamente em seu colar de pérolas.

– O que posso fazer para satisfazer seu interesse? – ela perguntou secamente. – Deve haver algo que eu possa fazer ou dizer para esfriar todo esse seu ardor.

– Você sabe o que pode fazer.

Ela engoliu com dificuldade e o encarou. Ele era tão alto, os ombros tão largos que se agigantavam diante dela até Elizabeth não enxergar mais nada. Mas essa não era a razão de seu medo. Na verdade, apenas se sentia segura quando estava com Marcus. Não, seu medo vinha de dentro, de um lugar gelado e solitário que ela preferia esquecer que existia. E lá estava ele, tão confiante e predador. Ele não possuía nenhuma das incertezas que ela sentia. Mas assim são os libertinos, protegidos por seu inegável charme e apelo. Se pelo menos ela pudesse também exibir uma sexualidade tão segura assim.

Um vagaroso sorriso se curvou nos lábios dela quando a solução para seu dilema apareceu num lampejo de compreensão. Como pôde não perceber o óbvio? Ela passou tempo demais se debatendo e sem saber como responder diante de uma força sexual tão arrebatadora, no entanto, tivera em seu próprio lar dois dos melhores exemplos de como lidar com situações como essa. Simplesmente faria o mesmo que William, ou seu pai, ou o próprio Marcus fariam.

– Que seja. Você pode me encontrar na casa de hóspedes do Chesterfield Hall para satisfazer seu desejo de foder – o palavreado chulo ficou preso em sua língua e Elizabeth ergueu o queixo para esconder seu desconforto.

Ele piscou.

– Perdão?

Ela subiu uma sobrancelha.

– É isso que posso fazer, não é mesmo? Abrir minhas pernas até você saciar sua luxúria? Então se cansará de mim e me deixará em paz – suas veias se aqueceram só de pronunciar as palavras. Imagens daquela tarde preencheram sua mente e ela precisou morder os lábios diante da súbita onda de desejo.

Marcus relaxou o intenso olhar predatório em seu rosto.

– Deus, quando você diz dessa maneira... – as sobrancelhas dele se juntaram formando uma expressão triste. – Você deve me considerar um ogro. Não me lembro da última vez que me senti tão repreendido.

O leve traço de um sorriso apareceu nos lábios dela. Elizabeth deu um passo à frente e sua mão pressionou a seda bordada do casaco de Marcus antes de descer acariciando o espaço musculoso de seu abdômen. Sua mão formigava dentro da luva, lembrando-a do quanto o equilíbrio de poder era delicado entre eles.

Marcus agarrou os dedos dela e a puxou para perto. Encarando-a, ele balançou a cabeça.

— Imagino que você tenha pensado em alguma travessura.

— Não – ela murmurou, afagando sua mão e observando o olhar dele se tornar sombrio. – Minha intenção é dar aquilo que você quer. Certamente não poderá reclamar disso, não é?

— Humm... Então, hoje à noite?

Ela arregalou os olhos.

— Deus do céu. Hoje, de novo?

Rindo, ele cedeu e mostrou um sorriso que a deixou sem fôlego. A mudança nele era impressionante. A arrogância bruta sumiu e foi substituída por um charme jovial ao qual ela achava difícil resistir.

— Que seja – ele deu um passo para trás e ofereceu o braço a ela. – E você está certa, não posso reclamar.

CAPÍTULO 8

Marcus andava de um lado a outro em frente à lareira da casa de hóspedes de Chesterfield Hall e tentou se lembrar de seu primeiro encontro sexual. Acontecera há muito tempo: foi um episódio apressado nos estábulos da família Westfield, do qual se recordava apenas como um borrão de suor, feno pinicando e um alívio ofegante. Ainda assim, apesar da lembrança pouco clara daquela tarde, Marcus tinha certeza de que nunca esteve tão ansioso quanto estava agora.

Após acompanhar Elizabeth de volta para casa depois do recital uma hora atrás, ele correra para sua própria casa para se arrumar, voltando mais tarde cavalgando seu cavalo. Estava esperando desde então.

Dúvidas retorciam seu estômago, uma sensação realmente pouco familiar para ele. Elizabeth apareceria como prometera? Ou será que ele a esperaria a noite toda, desesperado para senti-la em seus braços?

De pé, Marcus alimentou o fogo antes de olhar ao redor do aposento lindamente decorado. Embora preferisse tomar Elizabeth novamente em sua própria cama, ele aceitaria o que lhe fosse dado com um sorriso no rosto.

Seus pés descalços sentiram a maciez do tapete Aubusson enquanto andava de volta para a cadeira em frente ao fogo. Ele removera cada peça de roupa, com exceção das calças, impressionado e nem um pouco desconcertado com sua pressa de pressionar a sua pele nua contra a nudez de Elizabeth.

A porta exterior abriu e depois fechou calmamente. Marcus se levantou e andou até o corredor, encostando-se no batente num esforço para parecer indiferente e menos carente do que se sentia. Então, Elizabeth apareceu no canto do cômodo e ele quase perdeu o fôlego. Contra sua vontade, os pés de Marcus se moveram, um na frente do outro. Ela parou, prendendo os voluptuosos lábios entre os dentes. Vestida de um jeito simples com um tecido leve, com os cabelos soltos e livres de qualquer ornamentação, e o rosto limpo de maquiagem, ela era a imagem de uma casual beleza jovial.

— Onde você esteve? — ele rugiu quando estendeu o braço para ela, agarrando sua cintura e a apertando contra seu corpo.

— Eu...

Marcus interrompeu a resposta com um beijo. Ela ficou tensa a princípio, mas então se abriu para ele repentinamente. Um gemido escapou ao sentir o sabor inebriante dela invadindo sua boca. Firmes, mas ternos, os beijos de Elizabeth sempre o levavam à loucura.

Um baque alto o distraiu momentaneamente e Marcus se afastou para avaliar de onde viera o som. Aos seus pés estava um pequeno livro com capa de couro.

— Você está devolvendo o diário de Hawthorne?

— Sim — ela disse, com a voz ofegante que denunciava sua excitação.

Ao observar o diário no chão, Marcus ficou surpreso com o ciúme que sentiu. Elizabeth carregava o nome de outro homem. Ela já havia se unido fisicamente a outra pessoa. Para seu desgosto, ele ainda sentia a dor por esse fato. Marcus sabia que ele não era mais um jovem tolamente apaixonado buscando a afeição de uma bela donzela.

Mas era assim que ele se sentia.

Marcus entrelaçou seus dedos com os de Elizabeth e a puxou para o quarto.

— Eu vim o mais rápido que pude — ela disse suavemente.

— Mentirosa. No mínimo, você se debateu internamente por um momento.

Ela sorriu e o corpo todo dele endureceu.

— Talvez por um momento — ela confessou.

– Mas veio mesmo assim – ele a envolveu com os braços e então caíram na cama.

Ela riu, e as feições frias e cautelosas de seu rosto desapareceram imediatamente.

– Apenas porque eu sabia que se não viesse, você provavelmente subiria e me carregaria até aqui.

Enterrando o rosto em seu pescoço, ele riu e gemeu ao mesmo tempo. Sob outras circunstâncias, tão dolorosamente excitado como estava, ele posicionaria sua amante e a montaria. Porém, agora estava determinado a encontrar uma maneira de penetrar as defesas de Elizabeth. Satisfação sexual não era seu único objetivo.

Ao menos, não mais.

– Você está certa – ele ergueu o rosto e olhou para ela. – Eu teria carregado você.

A mão dela tocou o rosto dele, num dos raros gestos de ternura que ela se permitiu. Qualquer toque de Elizabeth, qualquer olhar cheio de significado, era suficiente para arrebatá-lo e emocioná-lo.

– Você é arrogante demais. Você sabe disso, não é mesmo?

– É claro – ele sentou-se e ajeitou-a contra os travesseiros. Depois pegou a garrafa de vinho que deixara no criado-mudo e a serviu com uma taça cheia.

Elizabeth lambeu os lábios e baixou os cílios como se escondesse o olhar ao aceitar a taça.

– Você está seminu. Isso é... desconcertante.

– Talvez isso melhore se você se despir – ele sugeriu.

– Marcus...

– Ou se beber. Isso deve relaxá-la – foi por isso que trouxera duas garrafas. Ele se lembrava de como ela ficava ao beber champanhe durante o tempo em que a cortejava, rindo à toa e cheia de travessuras. Marcus estava ansioso para vê-la agir daquela forma novamente.

Como se tivesse pensado o mesmo, Elizabeth levou a taça aos lábios e tomou um grande gole. Normalmente, ele repreenderia tal abuso de um vinho tão antigo, mas, neste caso, ficou muito satisfeito. Uma pequena gota ficou presa nos lábios dela e Marcus prontamente a lambeu, brevemente fechando os olhos de contentamento. Então, foi pego de surpresa quando ela virou a cabeça e o beijou com força.

Arregalando os olhos, Elizabeth se afastou e bebeu o resto do vinho. Depois sacudiu a taça na frente do rosto dele.

— Mais, por favor.

Marcus sorriu.

— Seu desejo é uma ordem — ele a estudou furtivamente enquanto servia a taça, observando a maneira como os dedos dela se arrastavam inquietos sobre suas coxas. — Por que está tão nervosa, meu amor?

— Você está acostumado com este tipo de... encontro. Mas para mim, sentar aqui com você seminu e saber que todo o propósito de estarmos aqui é para... para...

— Sexo?

— Sim — ela abriu a boca e depois fechou, dando de ombros delicadamente. — Isso me deixa nervosa.

— Essa não é a única razão para estarmos aqui.

Elizabeth franziu as sobrancelhas e tomou outro grande gole.

— Não é?

— Não. Eu gostaria também de conversar com você.

— É assim que essas coisas acontecem normalmente?

Ele tentou rir, mas havia um toque de tristeza em sua reação.

— Nada disso é igual a qualquer coisa em minha experiência.

— Oh — os ombros dela relaxaram um pouco.

Agarrando a mão livre dela, Marcus novamente entrelaçou seus dedos nos dela. O rosto de Elizabeth já estava corado, denunciando os efeitos do vinho.

— Você poderia me conceder um pequeno favor? — ele perguntou, apesar de ter prometido a si mesmo que não o faria.

Ela esperou pacientemente.

Ignorando a repentina apreensão que sentiu, rapidamente ele prosseguiu:

— Você poderia me contar o que aconteceu naquela noite em que me deixou?

Ela abaixou os olhos e ficou observando o vinho na taça.

— Eu realmente preciso?

– Se puder fazer a gentileza, meu amor.

– Eu realmente preferia não tocar no assunto.

– É algo tão ruim assim? – ele disse suavemente. – O que foi feito já está feito. Quero apenas que você acabe com minha confusão.

Elizabeth respirou fundo.

– Acho que eu lhe devo isso.

Com seu silêncio se arrastando, ele insistiu:

– Prossiga.

– A história começa com William. Certa noite, cerca de um mês antes do meu baile de debutante, eu não conseguia dormir. A insônia tornara-se frequente após a morte de minha mãe. Sempre que eu me sentia inquieta, visitava o escritório de meu pai e me sentava no escuro. Tinha cheiro de livros antigos e do tabaco de meu pai... eu achava essa combinação relaxante. William entrou um pouco depois, mas não percebeu que eu estava deitada no sofá. Fiquei curiosa, então permaneci em silêncio. Já era tarde da noite e ele estava vestido com uma roupa escura, até mesmo seus cabelos dourados estavam cobertos. Era óbvio que ele estava indo para algum lugar onde não queria ser visto ou reconhecido. Ele se portava de um jeito tão estranho, todo energizado e apressado. Ele saiu e não voltou até o amanhecer. Foi aí que suspeitei pela primeira vez que ele estivesse envolvido em algo perigoso.

Elizabeth fez uma pausa para tomar outro gole.

– Comecei a observá-lo quando saíamos. Estudei suas atividades. Notei que ele tratava com Lorde Hawthorne regularmente. Os dois se separavam dos outros e mantinham acirradas discussões pelos cantos, algumas vezes trocando papéis ou outros itens.

Marcus se ajeitou e deitou a cabeça na mão:

– Nunca notei isso. A experiência de Eldridge com o subterfúgio nunca deixa de me surpreender. Eu certamente nunca suspeitei que William fosse um agente.

– E por que suspeitaria? – ela perguntou simplesmente. – Se eu não estivesse observando-os tão de perto, eu também não suspeitaria de nada. Mas, de repente, William começou a parecer exausto. Fiquei preocupada com ele. Quando pedi para me dizer o que estava acontecendo, ele se recusou a responder. Eu sabia que precisava de ajuda – ela olhou para Marcus com seus olhos violeta mostrando a ansiedade que sentia.

– Foi por isso que você foi me encontrar naquela noite – Marcus não deixou de notar a amarga ironia. Ele tirou a taça das mãos dela e deu um gole para tirar o gosto ruim da boca. – Eldridge mantém as identidades de seus agentes em segredo absoluto. Se acaso um de nós for capturado, temos pouca informação para compartilhar. Pessoalmente, eu sei muito pouco.

Ao apertar os lábios com força, Elizabeth deixou claro seu desgosto pela agência. Neste momento, Marcus também não sentia muita simpatia em relação a Eldridge. A missão de William, assim como a sua, acabou levando seu noivado a um final trágico.

Elizabeth soltou um suspiro desolado.

– Quando retornei de sua casa eu estava abalada demais para dormir, então, fui até o escritório de meu pai. Nigel fora visitar William mais tarde naquela manhã e o mordomo o levou até o escritório, sem saber que eu estava lá. Desabafei minha raiva com ele. Eu o acusei de conduzir William para um caminho de destruição. Ameacei contar ao meu pai.

Marcus sorriu, imaginando a cena.

– Eu aprendi a respeitar seu temperamento, minha querida. Você se torna uma verdadeira fera quando está com raiva.

Ela respondeu com um sorriso fraco, vazio de vida e humor.

– Eu tinha assumido que suas atividades eram degeneradas. Fiquei chocada quando Nigel explicou que ele e William eram agentes da Coroa – seus olhos brilharam com lágrimas represadas. – E, de repente, tudo foi demais para mim... aquilo que achei que você havia feito, o perigo a que William se sujeitava. Contei a Hawthorne sobre sua infidelidade num momento de fraqueza. Ele disse que casamentos baseados em forte paixão raramente resultam em longevidade ou verdadeira felicidade. Eu eventualmente ficaria infeliz, ele me disse. Era melhor descobrir sua verdadeira natureza logo do que tarde demais. Ele foi tão bondoso, tão gentil comigo. Ele me ofereceu uma âncora num momento em que eu estava à deriva.

Marcus rolou de costas e olhou para a cobertura de veludo vermelho acima dele. Após a morte de sua mãe e o declínio de seu pai, numa apatia emocional, as palavras de Hawthorne devem ter soado como a mais pura sabedoria para Elizabeth. Tenso e frustrado, a raiva de Marcus em relação a um homem morto era impossível de ser evitada. Deveria ter sido *ele* a âncora, e não Hawthorne.

– Maldito seja – praguejou veementemente.

– Quando voltei da Escócia eu perguntei sobre você.

– Eu já tinha deixado o país – a voz dele estava distante, perdida no passado. – Eu a chamei naquela manhã, após cuidar da viúva. Eu queria me explicar e arrumar as coisas entre nós. Ao invés disso, William me recebeu na porta e jogou seu recado em meu rosto. Ele me culpava por sua precipitação. Eu o culpei por não ter ido atrás de você.

– *Você* poderia ter ido atrás de mim.

Marcus virou a cabeça para olhar em seus olhos.

– Era isso que você queria?

Quando Elizabeth se afundou nos travesseiros, ele sabia que sua dor e raiva estavam evidentes em seu rosto.

– Eu... – a voz dela sumiu.

– Parte de mim tinha esperança de que você não conseguiria ir até o fim, mas de algum jeito, eu sabia – ele cerrou os olhos. – Eu *sabia* que você tinha feito isso: se casado com outra pessoa. E eu não podia deixar de imaginar como ele estava ao seu lado justo naquele momento, uma vez que os eventos daquela noite não poderiam ter sido previstos. Talvez, como você mesma disse, ele sempre tenha sido uma opção. Eu não poderia permanecer na Inglaterra depois daquilo. E teria ficado longe por mais tempo, caso meu pai não tivesse falecido. Quando voltei, descobri que você estava viúva. Enviei minhas condolências para que soubesse que eu estava de volta. Esperei que você viesse até mim.

– Fiquei sabendo de seus casos amorosos e de sua longa fila de mulheres – as costas dela se endireitaram e ela jogou as pernas para o lado da cama.

– Onde diabos você acha que vai? – ele rugiu.

Marcus colocou a taça vazia no criado-mudo e agarrou o corpo dela. Segurá-la em seus braços instantaneamente apaziguou a inquietude que era sua companheira constante. Apesar de tudo, Elizabeth agora era sua.

– Pensei que o clima estava arruinado – ela disse fazendo um beicinho.

Ele arqueou os quadris, pressionando sua ereção na coxa dela. O olhar de Elizabeth se tornou sombrio enquanto o desejo tirava seu fôlego.

– Não pense – ele disse com a voz rouca. – Esqueça o passado.

– Como?

– Beije-me. Vamos esquecer tudo juntos.

Ela hesitou apenas por um momento antes de abaixar a cabeça e pressionar os lábios umedecidos na boca dele. Congelado, Marcus permaneceu debaixo dela, sentindo a leve pressão das curvas de Elizabeth queimando sua pele e o aroma de baunilha intoxicando seus sentidos. Ele apertou os quadris dela para esconder o tremor de suas mãos. Não sabia por que ela o afetava daquela maneira, embora gastasse inúmeras horas tentando compreender isso.

Ela levantou a cabeça e ele gemeu com seu afastamento.

– Desculpe – ela murmurou e seu rosto perdeu a cor. – Não sou boa nisto.

– Você está se saindo maravilhosamente bem.

– Você não está se movendo – ela reclamou.

Ele riu tristemente.

– Estou com medo de me mover, meu amor. Quero você demais.

– Então, chegamos a um impasse – havia uma doçura no sorriso dela. – Eu não sei o que fazer.

Pegando a mão de Elizabeth, ele a colocou em seu peito.

– Quero que me toque.

Ela se sentou, montando sobre os quadris dele. Cachos emolduravam a beleza do rosto de Elizabeth.

– Onde?

Marcus duvidava que pudesse sobreviver, mas morreria feliz.

– Em toda a parte.

Sorrindo, ela passou o dedo hesitante entre os pelos do peito dele. As pontas dos dedos circularam ao redor da cicatriz que marcava seu ombro e depois rasparam os mamilos. Ele estremeceu.

– Você gosta disso?

– Sim.

Elizabeth assentiu, pousando as mãos sobre a barriga dele, que endureceu com o contato.

— Fascinante.

Segurando uma risada, ele disse:

— Espero que seu interesse vá além da curiosidade.

Ela riu, já um pouco alta por causa da bebida, ele pensou.

— Você é o homem mais bonito que já conheci — estendendo a mão, ela acariciou acima de seus ombros, depois desceu pelos braços até entrelaçar suas mãos nas dele. Foi um momento simples, porém, altamente complexo. Superficialmente, pareciam dois amantes, perdidamente apaixonados um pelo outro, mas debaixo daquela imagem havia uma grande quantidade de cautela em ambos os lados.

— Eu esperava por isso.

— Por quê? Para que pudesse me seduzir com facilidade?

Marcus levou suas mãos entrelaçadas até seus lábios e beijou os dedos dela.

— É você que está seduzindo.

Elizabeth riu.

— Você é um incurável, Lorde Westfield. Um indomável. Quando nosso caso terminar...

Puxando-a com firmeza, Marcus a beijou com ímpeto. Ele não queria ouvir, nem mesmo pensar sobre o fim.

Soltando suas mãos, ele desceu os dedos pelas costas de Elizabeth, abrindo seu vestido. Marcus murmurou seu prazer ao não encontrar nada por baixo, nenhum espartilho ou chemise. Embora estivesse assustada com suas maneiras, mesmo assim viera preparada para ele. Poderia até dizer que estava ansiosa, considerando suas carícias frenéticas. Abrindo as costas do vestido, ele puxou a parte da frente e expôs os seios. Eram adoráveis, com a palidez tão marcada ao redor dos mamilos rosados. Ele ainda não havia tido o prazer de dar atenção a eles, um erro que planejava corrigir imediatamente.

Ela tentou erguer as mãos, mas ele as afastou.

— Não. Não se esconda, minha querida, gosto tanto de olhar para você quanto você gosta de olhar para mim.

— Depois de tantas mulheres...

— Não mais — ele advertiu. — Chega desse assunto — suspirando, ele desceu as mãos até as coxas dela. — Não posso mudar meu passado.

— Você não pode mudar aquilo que é — toda a gentileza do rosto dela sumira. Apenas Elizabeth poderia sentar com o peito desnudo diante de um homem e agir tão desprendida.

— Droga, minha história sexual não define quem eu sou. E se eu fosse você, pensaria duas vezes antes de reclamar, já que sem minha experiência eu não seria capaz de lhe dar prazer tão bem.

— Você acha que eu deveria ser grata? — ela respondeu com rispidez. — Eu seria mais grata se você tivesse voltado suas atenções para outras coisas.

Ela tentou se livrar, mas ele a apertou ainda mais. Marcus empurrou os quadris para cima, pressionando sua ereção contra o local umedecido entre as coxas dela. Quando ela ofegou, ele repetiu o movimento, observando enquanto ela se ajeitava sobre seu pau. Sua imediata resposta impotente aliviou a irritação dele.

— Por que meu passado a deixa com tanta raiva?

Uma sobrancelha finamente arqueada se levantou.

— Diga — ele insistiu. — Eu realmente quero saber — ele não chegaria a lugar algum com Elizabeth se continuasse erguendo essas barreiras entre os dois. Certamente poderia ter seu corpo, mas ele queria mais do que isso.

Ela franziu o nariz.

— Você realmente não se importa com os corações que você partiu?

— Esse é o problema? — ele reprimiu sua exasperação. — Elizabeth, as mulheres que me entretêm são extremamente experientes.

A expressão dela era de descrença.

Deslizando as mãos por baixo da barra do vestido dela, ele acariciou a suave pele de suas coxas e os polegares pousaram nos pelos encaracolados de seu sexo. Seu pau endureceu ainda mais quando percebeu que apenas o tecido de suas calças separava o tormento do doce alívio.

— Mulheres são um pouco mais suscetíveis a arroubos emocionais após encontros sexuais — ele admitiu. — Mas, honestamente, raramente alguma mulher se tornava apegada demais a mim, e mesmo quando isso acontecia, duvido que tenha sido amor.

— Talvez você simplesmente não tenha percebido a extensão do apego delas. Eu juro, William sempre ficava confuso quando uma de minhas amigas deixava de me receber porque ele não correspondia aos sentimentos dela. Marcus se encolheu.

– Sinto muito, meu amor.

– E deveria. Sofro de uma extrema falta de amizades por causa de homens como você e William. Graças aos céus ele se casou com Margaret.

Marcus raspou a ponta dos polegares pelos lábios macios e úmidos do sexo dela e seus quadris impulsionaram para frente num inegável convite.

– Serei igual a suas tantas outras amantes – ela disse de repente.

Movendo as mãos, ele a abriu com os dedos e raspou em seu clitóris, que enrijeceu quando ele o circulou.

– Como? Você é diferente de qualquer mulher que já conheci.

– *Eu* irei descartar *você*.

Gentilmente, ele pressionou o polegar no ponto mais úmido e a penetrou. Aquilo era dele. Ela não poderia lhe negar esse prazer.

– Talvez eu a deixe completamente em êxtase até que você não consiga mais imaginar uma noite sem meu pau aqui, bem fundo dentro de você.

O gemido queixoso dela foi a ruína de Marcus. Ele abriu sua calça com violência. Observou os olhos de Elizabeth se derreterem. Descartá-lo, claro. Ela iria entregar aquele gélido autocontrole, disso ele tinha certeza.

– Quero saborear você, Elizabeth.

Ela ficou tensa quando ele agarrou seus quadris e a posicionou em cima de seu pau.

– O quê... – a voz dela morreu quando ele a empurrou para baixo, enterrando-se nela.

Ele gemeu ao sentir o calor agarrando-o como um punho de veludo. Seu corpo todo se esticou, fazendo Marcus apertar os dentes e levantar seu torso.

– Deus – ele ofegou. Se respirasse errado, acabaria gozando.

Elizabeth se contorceu em cima dele, encontrando uma posição confortável que o acomodasse melhor. Com o suor escorrendo pelas sobrancelhas, ele relaxou as mãos nos quadris dela e afundou de volta nos travesseiros.

Com seu adorável rosto corado, olhos arregalados e cheios de desejo, ela o encarou numa indagação silenciosa.

– Sou todo seu, meu amor – ele a encorajou, desejando que ela fizesse o esforço. Querendo apenas ficar deitado ali e ser fodido loucamente pela mulher que o abandonara há tanto tempo.

Mordendo os lábios, ela se ergueu, subindo por seu pau até deixar apenas a ponta lá dentro. Quando baixou novamente, os movimentos dela se tornaram hesitantes, desconexos, mas mesmo assim devastadores. As mãos dele socaram as cobertas da cama. Elizabeth moveu-se novamente, ofegando, e o ar frio em seu pau foi seguido pelo calor do sexo dela, provocando um forte gemido em sua garganta.

Ela parou.

– Não pare – ele implorou.

– Não sei...

– Mais rápido, querida. Mais forte.

E para seu deleite, ela obedeceu, mexendo sobre ele com sua graça natural. A visão dela, quase nua, com os seios saltando, o arrebatou. Marcus a observava, com olhos semicerrados num prazer entorpecido, lembrando-se dela do outro lado do salão do Moreland, a visão de uma beleza magnífica e inatingível. Agora Elizabeth era sua, da maneira mais crua possível, com seus gemidos denunciando o quanto ela sentia prazer com ele, apesar de tudo.

Quando ele não podia mais aguentar, quando a necessidade de gozar era tão grande que ele temia deixá-la para trás, ele a segurou no ar e estocou os quadris para cima, fodendo o corpo suspenso de Elizabeth com rápidas e impacientes investidas.

– Sim... – as mãos dela cobriram as dele e sua cabeça caiu para trás num gesto de total rendição. – Marcus!

Ele conhecia aquele grito, entendia a ordem: *Me possua*. E rolando para cima de Elizabeth, ele fez exatamente isso, entrando nela tão forte que jogava seu corpo cada vez mais acima da cama. Ainda assim, não conseguia entrar fundo o bastante. Marcus rugiu, frustrado por até mesmo seu ato mais primal não ser suficiente para matar a necessidade que crescia ainda mais forte toda vez que ele tentava saciá-la.

Elizabeth arqueou o pescoço, posicionando os seios e apertando os mamilos duros no peito dele. Com um grito agudo e sufocado, ela se contraiu antes de se dissolver nas carícias ondulantes que eram totalmente diferentes de qualquer coisa que sentira antes.

Ele continuou fodendo como um louco, forçando seu pau em profundidades cada vez mais exageradas, mergulhando no escaldante creme que banhava seu sexo e seduzia seu membro. Marcus rugiu quando gozou, espalhando o sêmen até pensar que fosse morrer assim. Baixando a cabeça, ele mordeu o ombro dela, punindo-a por ser a ruína de sua existência, a fonte de seu mais alto prazer e mais profunda dor.

O leve som de páginas virando acordou Elizabeth. Ela se sentou na cama, assustada e um pouco constrangida por encontrar-se completamente nua e descoberta pelos lençóis. Olhando ao redor do quarto, ela encontrou Marcus igualmente nu com o diário de Nigel aberto à sua frente. O olhar dele estava voltado para ela.

Sentindo-se vulnerável demais, ela puxou um lençol sobre seu corpo.

– O que você está fazendo?

Mostrando um sorriso matador, ele se levantou e andou até a cama.

– Eu pretendia decifrar o código de Hawthorne, mas fiquei constantemente distraído pela vista.

Ela segurou um sorriso.

– Seu devasso. Deveria existir uma lei proibindo observar uma mulher dormindo.

– Tenho certeza de que existe – ele pulou na cama. – Mas não se aplica a amantes.

A maneira como ele disse a palavra "amantes" a fez tremer. Declarar sua paixão, por mais breve que fosse, fazia o sangue dela se aquecer. E depois congelar. Eram emoções demais em tão pouco tempo.

– Você diz isso de um jeito tão convencido – olhando rapidamente para a lareira, os dedos dela aranhavam nervosamente o bordado do lençol. – Sem dúvida está satisfeito com a facilidade com que me conquistou.

– Facilidade? – ele ironizou, desabando de costas nos travesseiros e abrindo os braços. – Dificílimo, isso sim – virando a cabeça para observar Elizabeth, ele franziu as sobrancelhas e sua voz perdeu o tom provo-

cador. Rolando para o lado, Marcus apoiou a cabeça na mão. – Conte-
-me sobre seu casamento.

– Por quê?

– Por que não?

Ela deu de ombros, desejando que pudesse encontrar o controle que possuía anteriormente.

– Não há nada de especial para contar. Hawthorne era um marido exemplar.

Apertando os lábios, Marcus observou o fogo, pensativo. Antes que ela pudesse resistir ao impulso, Elizabeth estendeu o braço e retirou uma mecha de cabelo da testa dele.

Ele se virou para beijar sua mão.

– Então vocês tinham um acordo?

– Nós gostávamos de atividades semelhantes e ele se contentava em permitir minha liberdade. Ele era tão ocupado com o trabalho da agência que eu mal o via, mas a distância agradava a nós dois.

Marcus assentiu, perdido em pensamentos.

– Então você não se importava tanto com a agência nessa época?

– Não. Eu já a odiava mesmo naqueles tempos, mas eu era ingênua e não tinha a noção de que pudessem ocorrer mortes.

Quando ele não disse nada, Elizabeth olhou em seu rosto de soslaio, imaginando o que poderia estar pensando e por que ela ainda não havia ido embora. Pois já deveria.

Então, ele disse:

– Acredito que parte do que está escrito no diário é sobre Christopher St. John, mas até que eu tenha uma oportunidade para analisar o livro à vontade, não poderei ter certeza.

– Oh – ela enrolou a ponta do lençol nos dedos. Aqui estava sua oportunidade de se retirar sem constrangimento. – Desculpe por ter perturbado – deslizando as pernas para a beira do colchão, ela tentou descer da cama, mas foi impedida pela mão dele agarrando seu cotovelo. Elizabeth olhou por cima do ombro.

Olhos esmeralda cheios de fogo a encaravam de volta.

– Você é uma distração que eu considero bem-vinda – ele murmurou com a voz profundamente sexual que ela aprendera a antecipar.

Marcus a puxou de volta, subindo por cima dela, apertando-a contra o colchão, passando a boca em sua barriga por cima do lençol.

– Você não tem ideia do quanto me afeta estar em sua companhia desta maneira, e o quanto é difícil trabalhar nos momentos em que você está ocupada.

Ofegando quando a boca dele tomou seu mamilo por cima do lençol, a mão de Elizabeth alcançou a pele aquecida dos ombros e braços dele, sentindo o poder ali dentro enquanto Marcus mantinha seu corpo pairando sobre o dela. Com voltas rítmicas de sua língua, ele raspava o mamilo ereto, instintivamente sabendo como deixá-la louca por ele.

– Marcus... – ela se debateu, sabendo que era errado ceder, lutando para retomar o controle.

Com um grave rugido, ele soltou o seio e arrancou o lençol do caminho. Marcus cobriu o corpo dela com o seu e a beijou, o calor e a rigidez do corpo dele fazendo-a se derreter impotente naquele abraço. As mãos se moviam com uma habilidade delicada, conhecendo-a tão bem, atacando seus sentidos, acabando com sua tensão.

Até que ela se dissolveu em prazer, caindo em desgraça com um grito de rendição, sabendo que o caminho de volta estava cada vez mais difícil...

CAPÍTULO 9

Elizabeth entrou na casa principal da mansão pelo jardim. Embora ainda não tivesse amanhecido, as cozinheiras já estavam preparando as refeições para o dia e ela não queria arriscar cruzar o seu caminho com o de alguma delas. Não com seu cabelo todo desarrumado e a pele corada.

– Elizabeth.

Assustada, ela deu um pulo. Sentiu um nó no estômago quando viu William ao lado da porta aberta.

– Sim, William?

– Gostaria de conversar com você um momento, se me permite.

Suspirando, ela esperou ele entrar na sala e fechar a porta. Elizabeth se preparou para ouvir um sermão.

– Que diabos você estava fazendo com Westfield? Em nossa casa de hóspedes? Você perdeu a cabeça?

– Sim – não havia motivo para negar.

– Por quê? – ele perguntou, claramente confuso e magoado.

– Não sei.

– Vou matá-lo – ele rugiu. – Tratá-la desse modo, usá-la tão insensivelmente. Já disse para ficar longe dele e que suas intenções são desonrosas.

– Eu tentei, juro que tentei – virando-se, Elizabeth desabou numa cadeira próxima.

Resmungando, William começou a andar de um lado a outro na frente dela.

— Você poderia ter qualquer pessoa. Se está tão decida a não se casar, então poderia ao menos ter escolhido uma companhia mais adequada.

— William, agradeço sua preocupação, mas sou uma mulher adulta e posso tomar minhas próprias decisões, principalmente sobre algo tão pessoal quanto um amante.

— Meu Deus. Ter que falar de tais assuntos com você é...

— Sabe, você não precisa falar sobre isso — ela disse secamente.

— Oh, sim, eu preciso — ele a circulou. — Após sofrer com seus intermináveis sermões sobre meu comportamento desregrado...

— Entende? Aprendi com o melhor.

William parou.

— Você não compreende. Você não sabe onde está se metendo.

Elizabeth respirou fundo.

— Talvez. Ou talvez seja Westfield quem não saiba onde está se metendo — e se não souber, logo saberá.

Ele riu.

— Elizabeth...

— Já chega, William, estou cansada — ela se levantou e andou até o corredor. — Westfield virá me buscar hoje à noite para me acompanhar até o jantar na casa dos Fairchild — ela tentara impedi-lo, mas Marcus insistiu que sua segurança estava em jogo. Ou iria em sua companhia, ou não iria. Ele fora inflexível, à sua maneira charmosa.

— Que seja — William respondeu secamente. — Falarei com ele quando chegar.

Ela fez um gesto indiferente sobre o ombro.

— Fique à vontade. Mande-o até mim quando terminar.

— Isto é detestável.

— Imaginei que pensasse assim.

— Uma abominação.

— Sim, sim — ela adentrou o corredor.

— Irei acabar com ele se você se machucar — William gritou atrás dela.

Elizabeth parou e virou para encará-lo. Por mais intrometido que fosse, William agia por amor, e ela o adorava por isso. Com um sorriso afetuoso, ela retornou para ele e o abraçou. William a abraçou de volta ainda mais forte.

— Você é uma irmã muito irritante — ele disse em seus cabelos. — Por que não pode ser mais calma e flexível?

— Porque eu o deixaria entediado e o enlouqueceria.

Ele suspirou.

— Sim, acho que está certa — ele desfez o abraço. — Por favor, tenha cuidado. Eu não aguentaria vê-la machucada novamente.

A tristeza evidente em seu rosto provocou uma pontada no coração de Elizabeth e a lembrou da precariedade de sua situação. Brincar com Marcus era como brincar com fogo.

— Não se preocupe tanto, William — enlaçando seu braço, ela o puxou em direção à escadaria. — Confie em mim para cuidar de mim mesma.

— Estou tentando, mas fica difícil quando você faz coisas estúpidas.

Rindo, Elizabeth soltou seu braço e começou a subir a escada correndo.

— O primeiro a chegar ao vaso no final da galeria ganha.

Facilmente chegando primeiro, William acompanhou Elizabeth até seu quarto. Depois retornou para o seu e não perdeu tempo se trocando. Ele deixou Margaret aturdida na cama e foi até a cidade em direção à casa de Westfield. Subindo os degraus de dois em dois, ele golpeou com força o batedor de bronze que ornamentava a porta.

A porta se abriu, revelando um mordomo que apenas o olhou por cima de toda sua altivez.

Entregando seu cartão, William entrou pela porta e parou no saguão.

— Você deve me anunciar para Lorde Westfield — ele disse secamente.

O mordomo olhou para o cartão.

— Lorde Westfield não está disponível, Lorde Barclay.

— Lorde Westfield está em sua cama — William rebateu. — E você irá acordá-lo e trazê-lo até aqui ou eu mesmo irei atrás dele.

Erguendo uma sobrancelha com desdém, o criado o conduziu até o escritório, depois se retirou.

Quando a porta se abriu novamente, Marcus entrou. William pulou sobre seu antigo amigo sem dizer uma palavra.

– Mas que diabos? – Marcus praguejou quando foi derrubado no tapete. Praguejou novamente quando William acertou um soco em suas costelas.

William continuou a desferir golpes enquanto os dois rolavam pelo chão, batendo na poltrona e derrubando uma cadeira. Marcus se esforçou para se desviar dos ataques, mas em nenhum momento revidou.

– Filho da mãe – William rugiu, ainda mais enfurecido por ter sua luta negada. – Eu vou te matar!

– Você está fazendo um ótimo trabalho – Marcus ironizou.

De repente, havia mais braços na briga, intervindo e separando-os. Levantado à força, William se debateu contra quem prendia seus braços nas costas.

– Maldito seja, Ashford. Solte-me.

Mas Paul Ashford o manteve preso.

– Num instante, milorde. Sem ofensas. Mas mamãe está em casa e ela não gosta de brigas em nosso lar. Ela sempre nos faz ir lá fora para isso, entende?

Marcus ficou de pé a poucos metros dele, dispensando a ajuda de Robert Ashford, o mais novo dos três irmãos. A semelhança entre os dois era impressionante. Apenas os óculos dourados de Robert e sua leve magreza os distinguiam. Diferentemente do irmão atrás de William, que tinha cabelos e olhos negros.

William parou de se debater e Paul o libertou.

– Convenhamos, meus amigos – Paul disse, endireitando seu casaco e peruca. – Por mais que eu goste de uma boa briga pela manhã, vocês deveriam ao menos se vestir para a ocasião.

Segurando a mão ao seu lado, Marcus ignorou seu irmão e disse:

– Suponho que já tenha se acalmado, Barclay?

– Levemente – William o encarava. – Seria mais honesto se você participasse.

– E arriscar irritar Elizabeth? Não seja idiota.

William riu.

— Como se você se importasse com os sentimentos dela.

— Não duvide disso.

— Então, por que isso? Por que usá-la dessa maneira?

Robert ajeitou os óculos e limpou a garganta.

— Acho que terminamos aqui, Paul.

— Espero que sim – Paul murmurou. – Não é o tipo de conversa que gosto de ter a essa hora da manhã. Agora, comportem-se, cavalheiros. Da próxima vez, quem virá intervir poderá ser a mamãe. Eu teria pena de vocês dois se isso acontecesse.

Os irmãos fecharam a porta quando saíram.

Marcus passou a mãos nos cabelos.

— Lembra-se daquela garota que você cortejava quando estávamos em Oxford? A filha do padeiro?

— Sim – William se lembrava dela muito bem. Era uma jovem linda que falava demais e fazia de tudo. Celia adorava uma boa transa mais do que a maioria das garotas, e ele a atendia prontamente. Uma vez, passaram três dias na cama, parando apenas para tomar banho e comer. Ela se divertia sem qualquer compromisso.

De repente, ele entendeu a insinuação.

— Você *quer* morrer? – William rugiu. – Você está falando sobre minha irmã, pelo amor de Deus!

— Uma mulher adulta – Marcus acrescentou. – Uma viúva, não uma garota inocente.

— Elizabeth não tem nada a ver com Celia. Ela não possui a experiência para se meter em encontros casuais. Ela poderia se machucar.

— Oh, é mesmo? Ela foi capaz de me dispensar muito rápido e não mostra remorso algum por suas ações.

— E por que mostraria? Você foi um completo bastardo.

— Nós dois temos culpa – Marcus andou até uma das poltronas ao lado da lareira e sentou-se. – Porém, as coisas aparentemente funcionaram para o melhor. Ela não era infeliz com Hawthorne.

— Então deixe-a em paz.

— Não posso. Ainda existe algo entre nós. Ambos concordamos, como adultos responsáveis, que devemos deixar isso seguir seu rumo.

William andou e sentou-se na poltrona oposta.

— Ainda não consigo entender como Elizabeth poderia ser tão...

— Despreocupada? Liberal?

— Sim, exatamente — ele esfregou a nuca. — Ela ficou devastada com o que você fez, sabia disso?

— Ah, sim. Tão devastada que se casou com outro homem imediatamente.

— Que melhor maneira para fugir?

Marcus piscou.

— Você acha que eu não a conheço? — William perguntou, sacudindo a cabeça. — Tenha cuidado com as emoções dela — ele advertiu enquanto se levantava e andava em direção à porta. William parou no batente e olhou para trás. — Se você a machucar, Westfield, eu o encontrarei num duelo no primeiro amanhecer.

Marcus inclinou a cabeça assentindo.

— Nesse meio-tempo, chegue mais cedo hoje à noite. Podemos esperar as mulheres juntos. Meu pai ainda possui uma ótima coleção de conhaques.

— É um convite irresistível. Estarei lá.

Um pouco mais calmo, William se retirou. Também fez uma anotação mental para limpar suas pistolas.

Por via das dúvidas.

O baile era um sucesso tremendo, como se podia ver pela lotação no salão e pelo rosto radiante da anfitriã, Lady Marks-Darby. Elizabeth abriu caminho pela multidão e escapou até uma varanda deserta. Abaixo de onde estava, ela podia ver casais percorrendo o intricado labirinto de sebes do jardim. Ela fechou os olhos e respirou fundo.

A última semana fora ao mesmo tempo o céu e o inferno. Ela visitara Marcus todas as noites na casa de hóspedes, e embora ele nunca tenha prometido nada, ela mantinha suas próprias expectativas.

Quando ela sugeriu o caso amoroso, Elizabeth pensara que ele a agarraria imediatamente quando chegasse ao quarto, iria carregá-la até a cama e, quando terminasse, simplesmente iria embora. Mas ao invés disso, ele conversava muito com ela e trazia consigo suntuosos banquetes. Marcus encorajava os assuntos mais diversos e parecia genuinamente interessado nas opiniões dela. Perguntava sobre seus livros favoritos e comprava aqueles que ela mencionava e que ele ainda não havia lido. Tudo era muito estranho. Ela estava completamente desacostumada com tamanha intimidade, que parecia muito mais invasora do que suas relações físicas. Não que Marcus a deixasse se esquecer disso.

Marcus a mantinha num constante estado de agitação física. Um mestre do erotismo, ele usava todo seu formidável repertório para certificar-se de que em nenhum momento ela pensaria em qualquer outra coisa. Ele encontrava maneiras de raspar discretamente em seus ombros ou de passar a mãos em suas costas. Ele se aproximava demais quando falava, respirando em sua orelha de um jeito que a fazia tremer de desejo.

Uma risada no labirinto lhe trouxe um respiro de seus próprios pensamentos. Duas mulheres encontraram um beco sem saída diretamente abaixo da varanda e suas vozes melodiosas podiam ser ouvidas claramente.

— Há uma escassez de bons partidos no momento — disse uma delas para a outra.

— Infelizmente isso é verdade. E que desgraça Lorde Westfield estar tão determinado a vencer essa aposta. Ele está praticamente caçando a viúva de Hawthorne.

— Ela parece não gostar muito dele.

— É uma tola, não sabe o que está perdendo. Ele é glorioso. Seu corpo todo é uma obra de arte. Devo confessar, estou completamente enfeitiçada por ele.

Elizabeth agarrou a bancada com força até seus dedos ficarem brancos enquanto uma das mulheres ria.

— Atraia ele novamente, se sente tanta falta assim.

— Oh, farei isso — respondeu convencida. — Lady Hawthorne pode ser bonita, mas é muito gélida. Ele está atrás dela meramente por esporte. Depois de conquistar seu objetivo, ele irá querer um pouco mais de fogo em sua cama. E eu estarei esperando.

De repente, as mulheres exclamaram de surpresa.

– Com licença, senhoras – interrompeu uma voz masculina. As duas mulheres prosseguiram pelo labirinto, deixando Lady Hawthorne fumegante na varanda.

Mas que maldita audácia a dele! Elizabeth apertou os dentes até o maxilar doer. A maldita aposta. Como ela pôde ter esquecido?

– Lady Hawthorne?

Ela se virou ao ouvir seu nome pronunciado com uma voz grave e prazerosamente rouca atrás dela. Observou o cavalheiro que se aproximava, tentando identificá-lo por sua aparência.

– Sim?

O homem era alto e se vestia de modo elegante. Não podia dizer a cor de seu cabelo, coberto por uma peruca que se alongava nas costas e se prendia com um laço na nuca. Ele vestia uma máscara que envolvia os olhos, mas a brilhante cor azul de sua íris se recusava a desaparecer. Algo nele chamava a atenção de Elizabeth, acordando sua memória de um modo vago, mas, ao mesmo tempo, ela estava certa de que nunca o encontrara antes.

– Nos conhecemos? – ela perguntou.

Ele sacudiu a cabeça e ela se endireitou, estudando-o mais de perto quando ele emergiu das sombras. O que ela podia enxergar do rosto era digno daqueles belos olhos. Honestamente, ele era muito mais do que apenas bonito.

Os lábios, embora finos, eram curvados de um jeito que poderia ser descrito como sensual, mas seu olhar... havia uma determinação fria nele. Ela sentiu que ele era o tipo de homem que não confiava em nada nem ninguém. Mas essa observação não foi o que lhe causou um tremor apreensivo. Sua inquietação foi causada inteiramente pelo modo como ele se aproximou. A sutil inclinação de seu corpo em direção a ela era decididamente predatória.

A voz rouca surgiu novamente.

– Lamento importuná-la, Lady Hawthorne, mas temos assuntos urgentes para tratar.

Elizabeth se protegeu com sua conduta social mais gélida.

– Meu senhor, acho muito difícil compartilhar assuntos urgentes com estranhos.

Ele dobrou as pernas numa reverência exagerada.

– Perdoe-me – ele respondeu, usando a voz num tom deliberadamente baixo e tranquilizador. – Sou Christopher St. John, milady.

O ar ficou preso na garganta de Elizabeth. Com a pulsação disparando, ela deu um passo para trás.

– O que pretende discutir comigo, senhor St. John?

Ele se posicionou ao lado dela, pousando as mãos na bancada de ferro forjado e olhando para o labirinto. Sua postura casual era enganadora. Assim como Marcus, ele usava um comportamento amigável para acalmar as pessoas ao seu redor, sutilmente as induzindo a baixar a guarda. A tática causava o efeito oposto em Elizabeth. Ela tentava não mostrar sua tensão, enquanto se contorcia internamente.

– Você recebeu um diário que pertencia a seu falecido marido, não é mesmo? – ele perguntou suavemente.

Seu rosto perdeu a cor.

– Como você sabe disso? – os olhos dela se arregalaram quando o olhou de cima a baixo. – Você é o homem que me atacou no parque? – ele não parecia estar machucado.

– Você corre grande perigo, Lady Hawthorne, enquanto estiver com o diário. Entregue-o para mim e eu me certificarei de que você não será mais perturbada.

Medo e raiva se misturavam dentro dela.

– Você está me ameaçando? – ela ergueu o queixo. – Devo lhe dizer que não estou aqui desprotegida.

– Estou muito ciente da sua proeza com uma pistola, mas esse talento não é páreo ao tipo de perigo ao qual você está exposta. O fato de ter envolvido Lorde Eldridge apenas complica a situação – ele olhou para ela e a frieza em seu olhar a fez congelar até os ossos. – É do seu maior interesse que me entregue o livro.

A voz de St. John carregava uma ameaça velada, com olhos penetrantes atrás da máscara. Sua postura casual não conseguia esconder a vibrante energia que o caracterizava como um homem perigoso.

Elizabeth não parava de tremer de medo e repulsa. Ele praguejou em voz baixa.

– Aqui – ele murmurou asperamente, enfiando a mão num pequeno bolso de seu colete branco de cetim. Tirou um pequeno objeto e mostrou a ela. – Acredito que isto pertence a você.

Recusando-se a tirar os olhos de seu rosto, ela fechou a mão ao redor do objeto.

– Você deve... – ele parou e se virou rapidamente. Ela seguiu seu olhar e um alívio a cobriu ao encontrar Marcus parado na porta.

Uma ira feroz irradiava do corpo dele. As feições em seu rosto estavam endurecidas, refletindo seu intento assassino.

– Afaste-se dela – ele ordenou. Sua tensão era palpável, como uma mola apertada, pronto para disparar com a menor provocação.

St. John encarou Elizabeth sem mostrar qualquer perturbação e fez outra reverência. Seu comportamento despretensioso não enganava ninguém. Uma profusão de raiva e ressentimento preencheu o ar ao redor dos dois homens.

– Continuaremos nossa conversa em outra ocasião, Lady Hawthorne. Enquanto isso, eu imploro que considere meu pedido. Para sua própria segurança – ele se retirou e passou ao lado de Marcus com um sorriso provocador. – Westfield. É um prazer, como sempre.

Marcus deu um passo para o lado, impedindo a fuga de St. John para o salão.

– Aproxime-se dela novamente e eu vou te matar.

St. John sorriu.

– Você me ameaça de morte há anos, Westfield.

Marcus mostrou os dentes num sorriso selvagem.

– Eu estava meramente passando o tempo até encontrar uma boa desculpa. Agora eu a tenho. Logo terei aquilo de que preciso para vê-lo enforcado. Você não pode fugir da justiça para sempre.

– Não? Ah, bem... esperarei até que seja mais oportuno para você – St. John olhou para Elizabeth mais uma vez antes de circular Marcus e desaparecer na multidão.

Ela olhou para o objeto em sua mão e o choque do reconhecimento fez a mão livre buscar o apoio da bancada. Marcus chegou ao seu lado num instante.

– O que é isso?

Ela abriu a mão.

– É um broche de camafeu que Hawthorne me deu de presente de casamento. Eu quebrei o fecho. Está vendo? Ainda está quebrado. Ele disse que levaria para o joalheiro consertar na manhã do dia em que foi assassinado.

Marcus pegou o broche de sua mão e o examinou.

– St. John o devolveu? O que ele disse? Conte tudo.

– Ele quer o diário – Elizabeth encarou seu rosto fechado. – E ele sabia do ataque no parque.

– Maldição – Marcus murmurou, guardando o broche no bolso. – Eu sabia – enlaçando seu braço, ele a conduziu para fora da varanda.

Em questão de minutos, Marcus buscou seus casacos e chamou uma carruagem, ajudando Elizabeth a entrar assim que a condução chegou. Ordenando aos homens da escolta para ficarem de guarda, ele começou a andar de forma determinada em direção à mansão.

Esticando-se na janela da carruagem, Elizabeth chamou por ele.

– Onde você está indo?

– Atrás de St. John.

– Não, Marcus – ela implorou, agarrando a moldura da janela, sentindo o coração bater como louco. – Você mesmo disse que ele é perigoso.

– Não se preocupe, meu amor – ele disse por cima do ombro. – Eu também sou.

Elizabeth esperou uma eternidade, devastada até a alma. Pela primeira vez desde que começara o caso amoroso, ela percebeu o quanto não tinha controle de nada. Marcus não se importava com sua preocupação ou aflição. Sabendo como ela deveria estar se sentindo, ele a deixou mesmo assim, procurando o perigo deliberadamente. E agora ela esperava. Ele havia saído há bastante tempo. Tempo demais. O que estava acontecendo? Teria encontrado o pirata? Será que trocaram palavras? Ou socos? Talvez Marcus estivesse machucado...

Ela olhou para o nada através da janela enquanto seu estômago se retorcia. Certa de que iria passar mal, Elizabeth abriu a porta e cambaleou para fora. A escolta prontamente surgiu ao seu lado no mesmo instante em que Marcus reapareceu.

– Meu amor – ele a abraçou. A seda pesada de seu casaco estava fria com o ar noturno, mas por dentro ela estava muito mais gelada. – Não tenha medo. Eu vou protegê-la.

Elizabeth soltou uma risada angustiada e meio insana. O perigo mais iminente vinha do próprio Marcus. Ele era um homem que gostava do perigo e da perseguição. Ele sempre se colocaria em risco, pois isso fazia parte de sua natureza.

A agência... St. John... Marcus...

Ela precisava fugir de tudo isso.

Para muito, muito longe.

CAPÍTULO 10

Marcus andava de um lado a outro na casa de hóspedes e fez uma pausa para observar o tapete persa debaixo de seus pés. Procurou por sinais de desgaste causados por suas andanças.

Esse maldito caso amoroso estava se tornando mais do que frustrante. Seu desejo por Elizabeth não dava sinais de que iria diminuir, seu corpo constantemente duro desejava o toque dela. A reação física, por si só, era irritante, mas ainda pior era a ocupação total de seus pensamentos.

Em todos os seus outros casos, ele nunca passava a noite inteira com suas amantes. Nunca levava uma mulher até sua casa, nunca compartilhava a própria cama, nunca entregava mais do que um breve uso de seu corpo. Nunca quisera nada disso.

A situação com Elizabeth era totalmente diferente. Ele precisava se esforçar para deixá-la, esperando até que o infeliz raiar do sol o forçasse a ir embora. Ele voltava para casa com o aroma dela em sua pele, deitando na cama que um dia ela ocupou e revivendo memórias dela, nua e suplicante debaixo dele. Era o mais delicioso tipo de tortura.

E não era apenas quando estava sozinho que sua necessidade o enlouquecia. Quando pisou naquela varanda e reconheceu o homem com quem ela conversava, seu coração simplesmente parou de bater. Depois, acelerou com o instinto primitivo de proteger aquilo que era seu.

Ele queria ficar perto, maldição! Elizabeth queria distância. Ela estava perfeitamente feliz em manter as coisas simples e sem as complicações de emoções e sentimentos. Em relacionamentos passados, ele teria gostado disso. Dessa vez, neste relacionamento, ele não estava nem um pouco contente com isso.

E Elizabeth também não estava imune. O olhar dela se demorava enquanto achava que ele não estava prestando atenção, e quando a abraçava, ele podia sentir seu coração acelerado batendo contra seu peito. Ela se aninhava nele quando dormiam e, às vezes, murmurava seu nome, dizendo que ele invadira seus sonhos, da mesma forma que ela invadia os dele.

Quando a porta se abriu e Elizabeth entrou, Marcus virou-se rapidamente. Ela ofereceu um sorriso pouco entusiasmado, depois desviou o olhar.

Fingimento, disfarces, barreiras – ele detestava todas as ferramentas que ela usava para mantê-lo afastado. Uma raiva percorria seu sangue.

– Olá, meu amor – ele murmurou.

Ela franziu as sobrancelhas diante daquele tom de voz.

Marcus a olhou de cima a baixo. Quando os olhos voltaram a encará-la, Elizabeth estava corada.

Ótimo. Melhor do que indiferença.

– Venha cá – ele ordenou com arrogância. Havia barreiras entre eles que Marcus poderia remover, começando pelas roupas dela.

– Não – a voz dela estava carregada como aço.

– Não? – ele ergueu uma sobrancelha. Havia algo diferente nela, uma rigidez em seu comportamento que fez seu estômago revirar.

Elizabeth relaxou os olhos. Imaginando o que viu, Marcus olhou por cima da cabeça de Elizabeth no espelho atrás dela e se assustou com o desejo feroz em seu próprio rosto. Apertou os punhos fortemente.

– Marcus. Não ficarei com você esta noite. Vim até aqui apenas para dizer que nosso caso amoroso terminou.

Ele sentiu como se todo o oxigênio sumisse do quarto de uma só vez. Ele estava sendo descartado facilmente... *de novo*.

– Por quê? – foi tudo que ele conseguiu dizer.

– Não há necessidade para continuarmos nos encontrando.

– E quanto a paixão entre nós?

– Irá se dissolver – ela disse, dando de ombros.

– Então continue sendo minha amante até que isso aconteça – ele desafiou.

Elizabeth sacudiu a cabeça.

Ele se aproximou, com o coração martelando num ritmo desesperado, atraído pelo cheiro dela e a necessidade de sentir sua pele.

– Quero que me convença: por que devemos terminar nosso caso?

Os olhos violeta dela se arregalaram, depois murcharam, e ela se afastou dele.

– Eu não quero mais você.

Aproximando-se, Marcus não parou até pressioná-la contra a parede, posicionando a coxa no meio das pernas dela, envolvendo sua nuca com a mão. Mergulhando o rosto em seu pescoço, ele respirou seu aroma de mulher excitada.

Ela estremeceu em seus braços.

– Marcus...

– Você poderia ter falado qualquer outra coisa e eu acreditaria. Mas dizer que não me quer mais é uma mentira tão grande que eu não posso dar crédito a isso – ele inclinou a cabeça e a beijou.

– Não – ela disse, virando o rosto. – Uma resposta física não significa nada, como você sabe muito bem.

Lambendo os lábios dela, Marcus travou uma batalha de sedução, tentando penetrar as defesas que ela erguera contra ele.

– Nada? – ele sussurrou.

Ela abriu a boca para responder, mas a língua dele deslizou para dentro, lenta e profundamente, sentindo todo o sabor dela. Elizabeth deixou escapar um gemido. Depois outro.

A mão dele segurou a cabeça dela no lugar quando Elizabeth tentou se afastar, a outra agarrou a cintura, encaixando-a no calor de sua ereção. Marcus gemeu, com o corpo precisando dela, sentindo seu interior se retorcer enquanto as mãos dela permaneciam paradas, rejeitando-o silenciosamente mesmo quando seu corpo respondia indefeso aos toques dele. Praguejando, ele se afastou.

Ele não a queria se fosse contra a vontade dela. Ele a queria quente e disposta, sentindo a mesma atração que ele sentia.

– Como quiser, Elizabeth – ele disse friamente, com o olhar vazio. Marcus pegou seu casaco, que estava pendurado ao lado do espelho. – Logo você precisará de mim. Quando acontecer, venha me procurar. Talvez eu ainda esteja disponível para seu prazer.

Quando ela desviou o olhar, o coração de Marcus endureceu. Ele estava ferido. Os acontecimentos haviam tomado um rumo muito indesejado.

Ele se retirou batendo a porta, montando seu cavalo com pressa para ir embora. Com um breve movimento das mãos, ele ordenou aos guardas que vigiavam a casa de hóspedes para continuarem ali.

Enquanto cavalgava para longe, seus pensamentos permaneceram com Elizabeth. Encontrá-la na varanda com St. John quase o deixara de joelhos. Mas ela se portou com muita coragem, mantendo a postura ereta e orgulhosa. Elizabeth não era nada boba; ele a alertara sobre o perigo, mas ela não iria se acovardar.

Maldita! Será que não se abalava com nada? A superfície calma de sua postura era enganadora. As profundezas da natureza de Elizabeth possuíam correntes revoltas que ele ansiava explorar, mas nunca conseguia alcançá-las.

Ela era uma alma torturada, disso ele sabia, porém, era Marcus quem perambulava pelas ruas de Londres enquanto ela permanecia na segurança de Chesterfield Hall. Era ele quem sofria, mas era ele também o único culpado disso.

Por que em vez de buscar consolo, como deveria fazer nesta noite, ela escolhia fugir? Meras horas atrás, ela estava acolhedora e passional, seu corpo se arqueando debaixo dele, as coxas separadas para receber as investidas de seu pau. Marcus ainda podia ouvir o som de seu nome nos lábios dela, ainda sentia as unhas se enterrando na carne de suas costas. Ela ardia em chamas, queimando de paixão. Durante a última semana, ele poderia ter jurado que a intimidade que sentia com ela era recíproca. Recusava-se a acreditar que estava enganado.

Sentindo o ar gelado da noite, ele forçou sua mente a se recompor e a afastar os pensamentos de Elizabeth. Aturdido, ele ficou assustado ao ver a fachada do Chesterfield Hall. Inconscientemente, Marcus retornara, impelido por uma parte de si que gritava para ser ouvida.

E ele havia ignorado.

Diminuindo a velocidade até parar em frente à casa de hóspedes, que já se encontrava escurecida, Marcus olhou ao redor, enxergando as montarias dos guardas amarradas nas proximidades. Eles deviam estar patrulhando a pé ou haviam seguido Elizabeth até a mansão. Marcus encarou a casa de hóspedes e imaginou se a porta ainda estaria trancada e se o maravilhoso aroma de baunilha e rosa dela ainda pairava no saguão. Marcus desceu do cavalo e testou a maçaneta, que se abriu facilmente. Entrando, ele fechou os olhos para aguçar seu olfato e inspirou profundamente.

Sim, lá estava – o leve cheiro inebriante de Elizabeth. Lentamente, ele o seguiu, ainda de olhos fechados, deixando que as memórias daquele lugar o guiassem pela escuridão.

Enquanto vagava em silêncio pela casa, Marcus permitiu que sua mente divagasse, relembrando pedaços de seus momentos secretos juntos. Lembrou-se da risada dela, da rouquidão da voz, da textura sedosa da pele...

De repente, parou e fez força para ouvir.

Não, não se enganara. Estava ouvindo os sons abafados de alguém chorando. Tenso, andou cautelosamente em direção ao quarto. Agora com os olhos abertos, enxergou a luz fraca da lareira dançando pela fresta embaixo da porta. Girou a maçaneta e entrou no quarto. Elizabeth estava lá, sentada em frente ao fogo. No mesmo estado em que ele se encontrava.

Ela estava certa – era hora de terminar o caso. Marcus fora um tolo por ter aceitado isso.

Eles não pertenciam um ao outro.

Marcus não conseguia pensar e seu trabalho sofria tanto quanto seu sono. Era impossível viver dessa maneira.

– Elizabeth – ele chamou suavemente.

Seus olhos se abriram e ela enxugou furiosamente as lágrimas no rosto.

O coração dele amoleceu. A rachadura em sua armadura estava escancarada e ele podia enxergar a mulher que se escondia tão bem, frágil e solitária. Queria se aproximar e oferecer o conforto que obviamente lhe era necessário, mas ele a conhecia muito bem. Ela teria que vir até ele. Qualquer investida de sua parte apenas forçaria uma nova fuga. E Marcus não queria isso. De fato, não suportava nem pensar nisso. Ele queria abraçá-la e cuidar dela. Queria ser aquilo de que ela precisava, mesmo que fosse apenas uma única vez.

Sem dizer mais nada, Marcus removeu suas roupas com movimentos deliberadamente casuais. Jogou as peças ao lado das cobertas e deitou-se na cama. Então, ele a observou, esperando. Assim como fazia todas as noites, ela recolheu as roupas dele e as dobrou com cuidado. Elizabeth estava gastando seu tempo, recompondo-se, e Marcus sentiu um aperto no peito ao entender isso.

Quando ela se aproximou e ofereceu as costas, ele não disse nada, apenas soltou seu vestido em resposta ao comando silencioso dela. Sentiu seu membro pulsar e depois endurecer quando ela deslizou para fora do vestido, revelando seu corpo nu. Abrindo espaço, ele a deixou se deitar ao seu lado, aninhando-se em seus braços. Marcus a apertou contra o peito e olhou para a paisagem emoldurada em cima da lareira.

Isto é felicidade, ele pensou.

Com o rosto encostado em seu peito, Elizabeth suspirou:

— Isto deve acabar.

Marcus acariciou as costas dela com movimentos longos e tranquilizantes.

— Eu sei.

E, simples assim, o caso amoroso chegou ao fim.

Marcus entrou no escritório de Lorde Eldridge um pouco depois do meio-dia. Desabando na velha poltrona de couro em frente à escrivaninha, ele esperou que Eldridge o cumprimentasse.

— Westfield.

— Lady Hawthorne foi abordada por St. John no baile de Marks-Darby na noite passada — ele disse sem rodeios.

Olhos cinza disparam em seu rosto.

— Ela está bem?

Marcus deu de ombros, esfregando suas abotoaduras de bronze.

— É o que sua aparência indica — mais do que isso ele não poderia dizer. Não conseguira convencê-la a falar sobre isso. Apesar de sua persuasão mais dedicada, ela não proferiu nenhuma outra palavra pelo resto da noite. – Ele sabia do diário e do encontro no parque.

Eldridge se apoiou na grande escrivaninha.

– Um homem cuja descrição corresponde à de St. John foi tratado de um ferimento à bala no ombro naquele dia.

Marcus soltou um longo suspiro.

– Então, sua suposição sobre o envolvimento de St. John no assassinato de Lorde Hawthorne parece estar correta. O médico relatou mais alguma coisa?

– Nada além da descrição – Eldridge se levantou e olhou pela janela para a rua lá embaixo. Emoldurado pelo veludo escuro das cortinas e pelas janelas enormes, o líder da agência parecia menor, mais humano e menos lendário. – Estou preocupado com a segurança de Lady Hawthorne. Abordá-la num evento tão lotado é um ato de desespero. Nunca imaginei que St. John pudesse ser tão audacioso.

– Também fiquei surpreso – Marcus admitiu. – Pretendo encontrá-la ainda hoje. Francamente, estou com medo de deixá-la sozinha. St. John possuía um broche de Elizabeth que, segundo ela, Hawthorne o carregava na noite em que foi assassinado.

– Então é assim que estamos, não é? – Eldridge suspirou. – Ousadia nunca faltou para aquele pirata.

Marcus apertou os dentes, lembrando-se dos muitos encontros desagradáveis que tivera com St. John durante os anos.

– Por que você o tolera, Eldridge?

– É uma boa pergunta. Já considerei a alternativa muitas vezes. Porém, ele é tão popular que temo que seu desaparecimento o transforme num mártir. O trabalho de Hawthorne era um segredo. Não podemos revelá-lo, mesmo que seja para justificar a morte de um criminoso.

Praguejando, Marcus se levantou.

– Sei que é muito irritante, Westfield. Mas um julgamento público seguido de enforcamento seria ótimo para desmistificá-lo.

– Isso é o que você acha – ele começou a andar de um lado a outro. – Tenho trabalhado no diário todos os dias. O código criptografado muda a cada parágrafo, às vezes a cada sentença. Não consigo encontrar um padrão e não descobri nada importante.

– Traga-o para mim. Talvez eu possa ajudar.

– Eu gostaria de continuar minha análise. Acho que já descobri o suficiente para avançar.

– Mantenha sua mente equilibrada – Eldridge o alertou, virando-se quando Marcus grunhiu com irritação.

– E quando não agi de tal maneira?

– Todas as vezes em que Lady Hawthorne esteve envolvida. Talvez ela tenha informações importantes. Você já discutiu alguma coisa sobre isso com ela?

Marcus prendeu a respiração por um momento, sem querer admitir que não gostava de conversar sobre o casamento dela.

Eldridge suspirou.

– Eu esperava que não chegasse a isso.

– Sou o melhor agente para protegê-la – Marcus rebateu.

– Não, você é o pior, e nem imagina o quanto é difícil dizer isso. Seu envolvimento emocional está afetando esta missão, exatamente como eu alertei que aconteceria.

– Meus assuntos pessoais dizem respeito somente a mim.

– E esta agência é de minha responsabilidade. Você será substituído.

Marcus parou e se virou com tanta intensidade que as caudas do casaco estalaram em suas coxas.

– Meus serviços são imprescindíveis. Ou já se esqueceu? Você possui poucos agentes à disposição.

Eldridge permaneceu parado com as duas mãos nas costas. Os tons sóbrios de suas vestes e de sua peruca combinavam com suas feições austeras.

– Admito que quando você entrou no meu escritório pela primeira vez sabendo qual era o meu trabalho, fiquei muito impressionado. Impetuoso, obstinado, certo de que seu pai viveria para sempre e que você poderia fazer o que quisesse, você era perfeito para ser enviado atrás de St. John. Você nunca perdeu a ilusão juvenil de imortalidade, Westfield. Você ainda aceita riscos que outros se recusariam a correr. Mas nunca duvide de que existam outros como você.

– Tenha certeza de que nunca me esqueci do quanto sou descartável.

– Lorde Talbot irá assumir o caso.

Marcus sacudiu a cabeça e soltou uma risada seca e irônica.

— Talbot aceita ordens muito bem, mas não tem iniciativa.

— Ele não precisa de iniciativa. Talbot simplesmente deve continuar de onde você parou. E trabalha bem com Avery James, já os coloquei juntos muitas vezes.

Praguejando, Marcus girou nos calcanhares e andou até a porta.

— Faça como quiser. Mas eu não a deixarei sob os cuidados de outra pessoa.

— Não estou oferecendo uma escolha, Westfield — Eldridge disse atrás dele.

Marcus bateu a porta.

— Eu também não estou dando uma escolha a você.

Marcus montou em seu cavalo e se dirigiu para Chesterfield Hall. Ele planejara ir até lá de qualquer maneira, mas agora sua necessidade era mais urgente. Elizabeth com certeza não queria mais nada com ele. Mas teria que convencê-la do contrário rapidamente. O caso amoroso estava terminado, e ainda bem. Agora era o momento de cuidar de todo o resto.

Ele foi conduzido imediatamente para o escritório onde se obrigou a se sentar em vez de andar nervosamente de um lado a outro. Quando a porta se abriu atrás dele, Marcus se levantou e se virou com um sorriso charmoso para Elizabeth, mas fez uma careta quando encontrou William.

— Westfield — veio o cumprimento conciso.

— Barclay.

— O que você quer?

Marcus piscou e depois soltou um suspiro frustrado. Dois passos para frente e um para trás.

— A mesma coisa que quero sempre que venho aqui. Gostaria de falar com Elizabeth.

— Ela não quer falar com você. Na verdade, deixou instruções específicas dizendo que você não é mais bem-vindo aqui.

— Quero apenas um momento do tempo dela e tudo ficará bem, eu asseguro.

William riu.

– Elizabeth não está aqui.

– Então vou esperar seu retorno, se não se importa – ele esperaria na rua, se fosse preciso. Precisava falar com ela antes que Eldridge o fizesse.

– Não, você não entendeu. Ela deixou a cidade.

– Perdão?

– Ela fez as malas. Viajou. Foi embora. Ela acordou de sua loucura e percebeu o cretino que você é.

– Ela disse isso?

– Bom... – William disfarçou. – Na verdade, eu não conversei com ela, mas Elizabeth mencionou para sua criada o desejo de deixar Londres nesta manhã, embora tenha saído sem a garota. O que é bom, considerando a bagunça que deixou para trás.

Sinais de alerta dispararam na mente de Marcus. Uma das muitas coisas que aprendera sobre Elizabeth em seu curto tempo juntos era que ela sempre deixava tudo meticulosamente arrumado. Marcus disparou em direção à porta.

– Ela disse qual era seu destino?

– Mencionou apenas que precisava ficar distante de você. Assim que ela se acalmar e nos enviar notícias, eu irei atrás dela se não voltar por si só. Esta não é a primeira vez que você provoca uma reação ríspida da parte dela.

– Mostre-me o quarto dela.

– Westfield. Não estou mentindo. Ela se foi. Eu mesmo irei cuidar dela, como sempre fiz.

– Irei atrás do quarto dela sozinho, se for preciso – Marcus alertou.

Resmungando, praguejando e reclamando, William o conduziu até a suíte de Elizabeth no andar superior. O olhar de Marcus começou sua análise passando pelos tapetes revirados e cobertos de flores pisadas, chegando ao armário cujas portas estavam escancaradas e seu conteúdo espalhado. As gavetas estavam abertas e as cobertas da cama jogadas numa cena que parecia saída de um pesadelo.

– Parece que ela estava com muita raiva – William disse timidamente.

– De fato – o rosto de Marcus permaneceu impassível, mas por dentro ele se contorcia. Então, virou para a criada. – Quantos vestidos ela levou consigo?

A garota fez uma rápida reverência e respondeu:

– Até onde sei, nenhum, milorde. Mas ainda não terminei a arrumação.

Marcus não esperaria para descobrir.

– Ela disse algo importante para você?

– Não é necessário ser rude com a pobre menina – William disse rispidamente.

Marcus ergueu a mão pedindo silêncio e continuou encarando a criada com olhos penetrantes.

– Apenas disse que estava ansiosa para viajar, milorde. Ela me enviou até a cidade e foi embora enquanto eu estava ausente.

– Ela costuma viajar sem você?

A garota sacudiu levemente a cabeça.

– É a primeira vez, milorde.

– Vê o quanto ela estava ansiosa para se livrar de você? – William perguntou severamente.

Marcus o ignorou. Esta não era uma cena provocada por mera raiva da vida. O quarto de Elizabeth fora saqueado.

E ela estava desaparecida.

CAPÍTULO 11

– Sente-se, Westfield – Eldridge ordenou. – Seu andar frenético está me deixando maluco.

Marcus o encarou enquanto se sentava.

– *Eu* estou enlouquecendo. Preciso saber onde está Elizabeth. Deus sabe o que ela está passando... – sua voz sumiu na garganta.

As feições normalmente austeras de Eldridge suavizaram com simpatia.

– Você mencionou que os homens da escolta que você atribuiu a ela também estão desaparecidos. É um bom sinal. Talvez eles tenham conseguido segui-la e irão nos informar quando tiverem uma oportunidade.

– Ou então estão mortos – Marcus rebateu. Ele se levantou e começou a andar em círculos novamente.

Eldridge se recostou na cadeira e juntou as pontas dos dedos.

– Tenho agentes checando todas as estradas que passam por Chesterfield Hall e perguntando a todos que vivem ao redor se viram ou ouviram alguma coisa. Alguma informação deverá surgir.

– Tempo é um luxo que não temos – Marcus rosnou.

– Vá para casa. Espere por notícias.

– Vou esperar aqui.

– Seus homens podem tentar entrar com contato com você. Talvez até já tenham tentado. É melhor voltar para casa. Mantenha-se ocupado. Arrume as malas e prepare-se para viajar.

A ideia de uma mensagem esperando por ele deu a Marcus uma motivação.

– Que seja, mas se você souber de alguma coisa...

– Sim, qualquer coisa, chamarei você imediatamente.

Durante a breve cavalgada de volta para casa, Marcus sentiu-se produtivo, mas no momento em que chegou e soube que não havia nada de novo, sua feroz agitação voltou com plena força. Com sua família presente em casa, ele não podia ventilar suas frustrações e sentiu-se forçado a se afastar dos olhos curiosos de sua mãe e irmãos.

Ele vagou pelas galerias apenas de camisa, a pele molhada de suor, o coração acelerado. Esfregou a nuca até deixar a pele irritada, mas não conseguia parar. As imagens em sua mente... pensamentos torturantes de Elizabeth precisando dele... machucada... amedrontada...

Deixou a cabeça cair para trás num gemido angustiado. Não conseguia mais suportar. Queria gritar, rosnar, destruir alguma coisa.

Uma hora se passou. Depois outra. Finalmente, não podia mais esperar. Marcus voltou para seu quarto, vestiu o casaco e desceu as escadas com intenção de caçar St. John. A pressão de sua faca na bainha da bota alimentou sua sede de sangue. Se Elizabeth se machucasse de qualquer maneira, não haveria misericórdia.

Ao chegar ao saguão, ele avistou o mordomo abrindo a porta e revelando um dos homens da escolta. Coberto de poeira por causa de seu rápido retorno, o homem fez uma reverência quando Marcus se aproximou.

– Onde ela está?

– A caminho de Essex, milorde.

Marcus congelou. *Ravensend*. Residência do falecido padrinho dela, o Duque de Ravensend.

Elizabeth estava fugindo. Maldita.

Ele agarrou sua valise e se virou para Paul, que estava de pé ao lado da porta do escritório.

– Estarei em Essex.

– Está tudo bem? – Paul perguntou.

— Logo estará.

Em questão de segundos, Marcus já estava na estrada.

As rodas da carruagem de Westfield esmagavam o cascalho conforme se aproximava da Mansão de Ravensend, antes de chegar ao caminho de paralelepípedos que circulava a propriedade. A lua já estava alta no céu, jogando seu leve brilho sobre a grande mansão e o pequeno chalé aos fundos.

Marcus desceu da carruagem e ordenou a seus homens que se dirigissem para a cocheira. Afastando-se da mansão, ele tomou o caminho até o penhasco onde ficava a casa de hóspedes e onde Elizabeth estaria. Ele se anunciaria ao duque pela manhã.

As luzes da pequena residência estavam todas apagadas quando Marcus entrou pela cozinha. Fechou a porta com cuidado, silenciando o rugido das ondas que batiam na costa apenas a alguns metros dali. Andando pela casa no escuro, Marcus checou cada quarto até encontrar Elizabeth.

Deixando sua valise no chão perto da porta, Marcus despiu-se em silêncio e subiu na cama ao lado dela. Elizabeth agitou-se ao sentir sua pele fria.

— Marcus — ela murmurou, ainda dormindo profundamente. Ela se aninhou em seu peito, inconscientemente compartilhando seu calor.

Apesar de sua raiva e frustração, ele a abraçou. A confiança dela em seu sono era reveladora. Ela se acostumara a passar as noites ao seu lado durante o breve caso amoroso.

Marcus ainda estava furioso com ela por ter fugido, mas seu alívio por encontrá-la bem e fora de perigo era mais importante em sua mente. Nunca mais passaria por um tormento como aquele. Não haveria mais dúvidas de que ela era dele. Nem na mente de Eldridge, e nem na mente dela.

Exausto pela preocupação, ele enterrou o rosto na doce curva cheirosa de seu ombro e dormiu.

Elizabeth acordou e se afundou ainda mais no calor da cama. Lentamente voltando para a consciência, ela se espreguiçou e sua perna resvalou na panturrilha de Marcus.

Com um sobressalto, ela se sentou e disparou os olhos para o lado. Marcus dormia calmamente de bruços, com os lençóis cobrindo sua cintura e deixando as costas musculosas expostas.

Ela pulou para fora da cama como se estivesse pegando fogo.

Ele abriu os olhos ainda sonolentos e seus lábios se curvaram num sorriso lânguido. Então voltou a dormir, obviamente considerando que a surpresa raivosa dela não era um perigo.

Juntando suas roupas, Elizabeth dirigiu-se para o outro quarto para se vestir, imaginando como ele pôde encontrá-la tão rápido. Ela deliberadamente evitara qualquer propriedade de sua família para dificultar ao máximo ser encontrada. Porém, Marcus a localizara em menos de um dia.

Furiosa e perturbada por encontrá-lo em sua cama, Elizabeth saiu da casa e andou até o caminho que descia pelo penhasco chegando à praia, lá embaixo.

Progrediu cuidadosamente pela descida íngreme e cheia de pedras. A encosta se erguia numa altura considerável sobre a praia e Elizabeth ignorou a incrível vista para focar o chão aos seus pés. Não se importou com a concentração necessária. Até gostou da distração momentânea.

Quando finalmente chegou à praia, ela se sentou na areia e abraçou os joelhos. Rezava para que o som das ondas a acalmasse.

Lembrava-se vividamente do primeiro momento em que pôs os olhos em Marcus Ashford, então Visconde Sefton. Lembrava-se de ter perdido o fôlego, da pele esquentando e do coração acelerando até pensar que fosse desmaiar. E essa reação não fora a única. Sentiu-se da mesma maneira muitas vezes depois, inclusive há poucos momentos, quando ele sorriu sonolento exibindo sua beleza masculina.

Ela não poderia viver assim, não conseguia imaginar como alguém pudesse viver consumido por um desejo que parecia insaciável. Inexperiente como era, Elizabeth nunca soube que um corpo pudesse desejar o toque de outro da mesma maneira que precisa de comida e ar. Agora, finalmente, ela tinha uma ideia da fome que seu pai deveria sentir todos os dias. Sem sua mãe, ele permanecia eternamente faminto, sempre buscando algo que pudesse aliviar o vazio deixado por sua perda.

Inclinando a cabeça, Elizabeth fechou os olhos e encostou o rosto no joelho.

Por que Marcus não poderia simplesmente sumir?

Marcus entrou na pequena varanda e admirou a paisagem. O frio ar matinal estava carregado com o sal do oceano. Ele imaginou se Elizabeth teria levado um agasalho antes de sair. Dizer que ela pareceu horrorizada ao descobri-lo em sua cama seria um eufemismo. Conhecendo-a muito bem, suspeitou que ela tivesse saído correndo sem pensar duas vezes.

Para onde diabos ela foi?

— Ela foi até a praia, Westfield — disse num tom seco uma voz à sua esquerda. Marcus virou a cabeça para saldar o Duque de Ravensend.

— Milorde — ele abaixou a cabeça numa reverência. — Eu pretendia me apresentar esta manhã e explicar minha presença aqui. Espero que não considere minha estadia uma imposição.

O duque conduzia um cavalo negro pelas rédeas e parou diretamente em frente a Marcus. Embora tivessem a mesma idade, Marcus era quase uma cabeça mais alto.

— É claro que não. Já faz muito tempo desde a última vez que nos encontramos. Venha caminhar comigo.

Sem poder recusar, Marcus relutantemente deixou a sombra da casa de hóspedes.

— Cuidado com o cavalo — alertou o duque. — Ele gosta de morder.

Atendendo a advertência, Marcus tomou o lado oposto.

— Como vai Lady Ravensend? — ele perguntou quando começaram a andar. Marcus olhou para trás e observou longamente o caminho que levava até a praia.

— Melhor do que você. Pensei que seria mais esperto e não buscaria mais abusos. Mas entendo o apelo. Lady Hawthorne ainda é uma das mulheres mais bonitas que tive a felicidade de encontrar. Eu mesmo a cortejei. Assim como a maioria dos homens.

Assentindo com irritação, Marcus chutou uma pedra para fora do caminho.

— Imagino quem ela irá receber após dispensar você. Talvez Hodgeham? Ou Stanton novamente? Alguém jovem, tenho certeza. Ela é tão selvagem quanto este aqui — o duque fez um gesto indicando seu cavalo.

Marcus cerrou os dentes.

— Stanton é um amigo na acepção mais casta da palavra e Hodgeham... — ele riu com desdém. — Hodgeham não conseguiria lidar com ela.

— E você consegue?

— Melhor do que qualquer outro homem.

— Então deveria se casar com ela. Ou talvez essa seja sua intenção? Será você ou algum outro pobre homem. E você já caiu nessa armadilha antes.

— Ela não tem planos de se casar novamente.

— Mas terá — Ravensend disse assentindo com confiança. — Ela não tem filhos. Quando o instinto surgir, ela escolherá alguém.

Marcus parou de repente. Eldridge, William e agora Ravensend. Quem mais iria se intrometer em seus assuntos particulares?

— Perdoe-me, milorde.

Ele girou nos calcanhares e andou rapidamente até o caminho que levava à praia. Iria colocar um fim em todas essas intromissões de uma vez por todas.

Elizabeth andava inquieta pela orla, apanhando pequenas pedras e conchas pelo caminho. Ela as jogava na água, tentando fazê-las ricochetear na superfície, mas falhando miseravelmente. William uma vez passou uma tarde inteira tentando ensiná-la como fazer isso. Embora nunca tenha aprendido, o movimento repetitivo de seu braço a acalmava. A música da costa inglesa — o quebrar das ondas e o canto das gaivotas — trouxe um pouco de paz para seus pensamentos febris.

— É necessário uma superfície calma, meu amor — veio a voz luxuriante atrás dela.

Endireitando os ombros, ela se virou para encarar aquele que a atormentava.

Vestido casualmente com um suéter gasto e calças de lã, Marcus nunca estivera tão viril, com a aspereza de suas feições intocada por qualquer verniz social. Seu cabelo estava amarrado na nuca, mas a brisa do mar soprava as mechas soltas em seu bonito rosto.

Apenas olhar para ele a deixava com vontade de chorar.

— Você não deveria ter vindo — ela disse.

— Eu não tinha escolha.

— Sim, você tinha. Se tivesse algum juízo você permitiria que... — ela gesticulou para todo o lado. — esta coisa entre nós morresse graciosamente, em vez de arrastar-se para um fim inevitavelmente ruim.

— Maldita seja — um músculo em seu maxilar tremeu quando ele deu um passo em sua direção. — Maldita seja por jogar fora aquilo que existe entre nós como se não significasse nada. Arriscando a vida...

Ela fechou os punhos diante do tom severo de sua voz.

— Eu trouxe a escolta junto comigo.

— Foi o único sinal de razão que você mostrou desde que te conheci.

— Você é um intimidador! Sempre foi, desde o princípio. Seduzindo, tramando e manipulando minha vida a seu bel prazer. Volte para Londres, Lorde Westfield, e encontre outra mulher para arruinar a vida.

Virando de costas para ele, Elizabeth começou a andar rapidamente em direção ao penhasco. Marcus agarrou seu braço quando ela tentou passar ao seu lado, puxando-a até parar. Ela se debateu soltando um grito assustado diante do olhar possessivo no rosto dele:

— Eu vivia contente até você aparecer. Minha vida era simples e tranquila. Quero aquilo de volta. Não quero você.

Ele a sacudiu com tanta força que ela cambaleou.

— E, no entanto, você me tem.

Ela correu para o caminho no penhasco.

— Como quiser. *Eu* vou embora.

— Covarde — ele disse lentamente atrás dela.

Arregalando os olhos, Elizabeth se virou para encará-lo mais uma vez. Assim como na vez em que pedira uma dança no baile do Moreland, havia um brilho desafiador em seus olhos esmeralda. Porém, desta vez, ela não morderia a isca.

— Talvez — ela admitiu, erguendo o queixo. — Você me assusta. Sua determinação, seu atrevimento, sua paixão. Tudo em você me assusta. Não é assim que pretendo viver minha vida.

Seu peito se expandiu numa profunda inspiração. Atrás dele as ondas continuavam a castigar a costa, e o ritmo implacável já não era mais calmante. Ao contrário, as ondas pareciam exclamar para ela fugir. *Corra. Corra para longe.* Elizabeth deu um passo para trás.

– Quero que me dê duas semanas – ele disse rapidamente. – Você e eu sozinhos, aqui na casa de hóspedes. More comigo, como minha parceira.

– Por quê? – ela perguntou, assustada.

Marcus cruzou os braços sobre o peito.

– Quero me casar com você.

– *O quê?* – sentindo uma tontura súbita, Elizabeth se afastou colocando a mão na garganta. Tropeçando nas saias, ela caiu de joelhos. – Você está louco – ela gritou.

A boca dele se curvou num sorriso amargo.

– Aparentemente, sim.

Ofegando, Elizabeth se inclinou para frente, afundando os dedos na areia úmida. Ela não olhou para Marcus. Não poderia.

– O que fez você conceber uma ideia tão ridícula? Você não deseja se casar, e eu também não.

– Não é verdade. Eu devo me casar. E você e eu combinamos.

Ela engoliu com dificuldade, sentindo o estômago revirar.

– Fisicamente, talvez. Mas a paixão um dia acaba. Em pouco tempo você se cansará de ter uma esposa e buscará prazer em outros lugares.

– Se você se cansar da mesma maneira, então, não se importará com o que eu fizer.

Furiosa, ela agarrou dois punhados de areia e atirou-os nele.

– Vá para o inferno!

Ele riu, limpando o suéter com uma indiferença enlouquecedora.

– Ciúme é uma emoção possessiva, meu amor. Você terá que se casar comigo se quiser ter o direito de se sentir assim.

Elizabeth estudou seu rosto tentando achar sinais de que ele a estava enganando, mas encontrou apenas uma indiferença gélida. O rosto, tão deslumbrante, não revelava nada de seus pensamentos. Mas o aperto determinado do maxilar era muito familiar.

– Não pretendo me casar novamente.

– Considere os benefícios – Marcus levantou a mão e contou nos dedos. – Um novo título de nobreza. Grande riqueza. Irei permitir a você a mesma independência de que desfrutou com Hawthorne. E você terá a mim na cama, um cenário que sei que considera muito atraente.

– Seu patife pretencioso. Permita-me também contar os pontos negativos. Você gosta de viver em perigo. Você busca a morte. E você é arrogante demais.

Sorrindo maliciosamente, ele ofereceu a mão e a ajudou a se levantar.

– Peço apenas duas semanas para você mudar de ideia. Se eu não conseguir convencê-la, eu a deixarei em paz e nunca mais irei te aborrecer. Renunciarei a esta missão e outro agente será encarregado de protegê-la.

Ela sacudiu a cabeça.

– A situação aqui é muito diferente do que nossa vida seria em circunstâncias normais. Existe pouco perigo por aqui para o seu gosto.

– É verdade – ele admitiu. – Mas talvez eu possa tornar sua vida tão prazerosa que nem se importará mais com meu trabalho na agência.

– Impossível!

– Duas semanas – ele implorou. – É tudo que peço. Você me deve ao menos isso.

– Não – o brilho nos olhos dele era evidente. – Sei o que você realmente quer.

Marcus olhou-a diretamente nos olhos.

– Não irei tocar em você. Eu juro.

– Isso é mentira.

Marcus ergueu uma das sobrancelhas.

– Você duvida que eu possa me controlar? Compartilhei a cama com você na noite passada e não fizemos amor. Posso lhe assegurar que tenho controle sobre minhas necessidades mais básicas.

Elizabeth mordeu os lábios, analisando as opções. Talvez pudesse se livrar dele para sempre...

– Você dormirá em outro quarto? – ela perguntou.

– Sim.

– Promete não tentar nada?

– Prometo – a boca dele se curvou maliciosamente. – Quando você me quiser, terá que pedir.

Ela se irritou com sua arrogância.

– O que pretende conseguir com isso?

Ele se aproximou e usou a voz mais suave que podia.

– Nós já sabemos que você gosta de mim em sua cama. Pretendo provar que você também gostará de mim no resto de sua vida. Nem sempre eu sou tão cansativo. Na verdade, dizem até que eu sou muito agradável.

– Por que eu? – ela perguntou melancolicamente, pousando a mão em seu coração. – Por que um casamento?

Marcus deu de ombros.

– Porque é "uma boa hora" seria a resposta mais simples. Gosto da sua companhia, apesar de você frequentemente ser muito obstinada e desagradável.

Quando ela levou as mãos à cabeça, ele franziu o rosto.

– Você já me disse sim antes.

– Isso foi antes de eu descobrir a agência.

Desta vez, ele usou um tom de voz bajulador.

– Você não gostaria de cuidar da sua própria casa novamente? Não gostaria de ter filhos? Construir uma família? Com certeza você não quer ficar sozinha para sempre.

Assustada, ela o encarou com olhos arregalados. Marcus Ashford considerando ter filhos? A emoção que surgiu em seu corpo de repente a assustou ainda mais.

– Você quer um herdeiro – ela virou o rosto para esconder sua reação.

– Eu quero você. O herdeiro e o resto da prole seriam prazeres adicionais.

Os olhos dela dispararam para encará-lo novamente. Aturdida por sua proximidade e determinação, Elizabeth se virou e começou a andar em direção ao caminho de volta.

– Estamos de acordo? – ele disse, permanecendo onde estava.

– Sim – ela respondeu sobre o ombro e sua voz foi carregada pelo vento. – Duas semanas, então, você sumirá da minha vida.

A satisfação de Marcus era palpável e ela quis se afastar dele.

Elizabeth alcançou o topo do penhasco e caiu de joelhos. *Casamento*. A palavra apertou sua garganta e a deixou com tonturas, ofegando como um nadador que passou tempo demais submerso. A força de vontade de Marcus era esmagadora. Que diabos ela poderia fazer agora que ele cismara em querer se casar novamente?

Levantando a cabeça, ela olhou angustiada para a cocheira. Seria um alívio muito grande apenas ir embora e deixar tudo isso para trás.

Mas ela descartou a ideia. Marcus iria atrás dela, iria sempre localizá--la enquanto ainda o desejasse. E por mais que tentasse, Elizabeth era incapaz de esconder o tamanho de sua atração.

Portanto, a única maneira de se livrar da atenção dele era aceitar a proposta que ele oferecia. Marcus teria que terminar sua busca por sua própria vontade. Era a única maneira para aquele homem obstinado desistir dela.

Vencida pelo cansaço, Elizabeth se levantou e andou até a casa de hóspedes. Ela teria que se portar cuidadosamente. Ele a conhecia bem demais. A menor indicação de que sentia prazer seria usada por ele para pressioná-la com sua crueldade habitual. Ela teria que se mostrar relaxada e indiferente. Era a única solução.

Satisfeita por agora ter um plano de ação, ela acelerou os passos.

Enquanto isso, Marcus permaneceu na praia e questionou a própria sanidade. Que Deus o ajudasse, pois ele ainda a desejava. Até mais do que antes. Anteriormente, torcia para apenas satisfazer sua necessidade e finalmente poder se livrar dela. Agora, rezava para que seu desejo nunca acabasse, pois o prazer era grande demais para se jogar fora.

Se ao menos soubesse da armadilha que o esperava antes de cair em seus braços pela primeira vez. Mas não havia como saber. Mesmo com toda sua experiência, ele ainda assim nunca poderia ter imaginado o êxtase lancinante que era a cama de Elizabeth, ou a necessidade sempre crescente que sentia de dominá-la debaixo de si, deixando-a tão perdida em desejo quanto ele próprio.

Apanhando uma pedra da pilha que Elizabeth deixara para trás, ele a atirou na água. Marcus criara um grande desafio para si mesmo. A única vulnerabilidade dela sempre fora o desejo que os dois sentiam um pelo outro. Nua e saciada, Elizabeth era suave e aberta ao diálogo. Agora, ele não poderia usar a sedução para alcançar seus objetivos. Teria que cortejá-la como um cavalheiro, algo que nunca conseguira nem mesmo da primeira vez.

Mas se conseguisse, poderia frustrar os planos de Eldridge para substituí-lo e provar de uma vez por todas que Elizabeth era dele. Não poderia haver dúvidas disso.

Casamento. Ele deu de ombros. Finalmente, aconteceu. A mulher o levara à loucura.

— Quero ver aonde você está me levando.

— Não – Marcus sussurrou em seu ouvido, conduzindo-a com as mãos em seus ombros. – Não seria uma surpresa se você soubesse.

— Não gosto de surpresas – Elizabeth reclamou.

— Bom, você terá que se acostumar, minha querida, pois sou cheio de surpresas – ela bufou e ele riu, sentindo o coração leve como a bruma da tarde. – Ah, meu amor. Por mais que não goste, você me adora.

A boca exuberante dela se curvou num sorriso cujas extremidades tocaram a venda que tapava seus olhos.

— Sua arrogância não possui limites.

Ela gritou quando ele a ergueu no ar e depois apoiou um joelho no chão. Marcus a baixou na coberta previamente estendida por ele e retirou a venda de Elizabeth, observando com expectativa enquanto ela piscava contra a súbita claridade da luz do dia.

Com ajuda dos criados do duque, ele havia arranjado um piquenique, escolhendo um gramado pouco além da mansão principal onde podiam observar o oceano ao longe. Ela estivera estranhamente tensa desde a conversa na praia, e Marcus sabia que precisava fazer algo inesperado se quisesse progredir.

— Que adorável – ela exclamou, com olhos arregalados e cheios de prazer. Sem a ajuda de uma dama de companhia e sem estar disposta a deixá-lo ajudar a se vestir, Elizabeth usava um vestido supreendentemente simples. Com o cabelo amarrado para trás, nada competia com a singular beleza de suas feições.

Satisfeito por ter conseguido surpreendê-la, Marcus silenciosamente concordou com ela. Elizabeth estava maravilhosa, com seu adorável rosto protegido pela grande aba de seu chapéu de palha.

Sorrindo, ele enfiou a mão na cesta e retirou uma garrafa de vinho. Encheu uma taça e entregou a ela, sentindo o resvalar de seus dedos enviar uma corrente elétrica por suas costas.

— Estou contente com sua aprovação – ele murmurou. – Esta é apenas minha segunda tentativa de um cortejo formal – seus olhos se encontraram. – Estou um pouco nervoso, para dizer a verdade.

— Você? – ela arqueou uma sobrancelha.

— Sim, meu amor – Marcus deitou de costas e olhou para o céu de verão. – É aterrorizante pensar que posso ser rejeitado. Eu me sentia mais confiante na primeira vez.

Elizabeth riu, e o som agradável provocou um sorriso no rosto dele.

— Você irá encontrar outra candidata muito mais adequada. Uma jovem mulher que vai venerar seu charme e sua notável beleza masculina, e que será muito mais obediente.

— Eu nunca me casaria com uma mulher dessas. Prefiro muito mais as mulheres passionais, de temperamento forte e sedutoras, assim como você.

— Não sou uma sedutora! – ela protestou e ele riu.

— Você certamente foi na outra noite. A maneira como ergueu a sobrancelha e mordeu o lábio antes de me foder loucamente. Eu juro, nunca vi nada tão sedutor. E sua aparência quando...

— Conte-me sobre sua família – ela interrompeu, sentindo o rosto corar. – Como estão Paul e Robert?

Marcus a olhou de soslaio, adorando a visão dela emoldurada pela paisagem natural, livre das amarras da sociedade. A grama ao redor fluía como ondas na gentil brisa que soprava, enchendo o ar com o aroma da terra fresca e do oceano.

— Eles estão bem. Perguntam sobre você, assim como minha mãe.

— É mesmo? Estou surpresa, mas contente por saber que eles não se ressentem de mim. Eles deveriam sair mais. Já faz quase duas semanas desde que chegaram, mas não apareceram em nenhum evento social.

— Robert ainda não possui nenhum interesse por eventos sociais. Paul prefere seu clube. Passa a maior parte do tempo lá. E minha mãe precisa usar vestidos novos a cada estação e se recusa a sair antes de estarem prontos – ele sorriu com ternura. – Deus a livre de ser vista num vestido do ano passado.

Ela sorriu.

– Robert ainda é parecido com você?

– É o que dizem.

– Você não acha?

– Não. A semelhança existe, mas não mais do que o esperado. E Paul ainda é tão diferente de mim quanto você é de seu irmão – ele tomou a mão dela e entrelaçou os dedos, precisando da conexão física. Ela tentou se soltar, mas ele a segurou com força. – Você mesma verá logo.

Ela franziu o nariz.

– Você parece muito confiante em sua capacidade de ganhar a minha mão.

– Não posso pensar de outra maneira. Agora, diga que você escreveu para Barclay dizendo onde está.

– Sim, é claro. Ele ficaria maluco e insuportável com Margaret se eu não desse notícias.

Eles caíram no silêncio e Marcus gostou dessa rara ocasião em que concordaram sobre algum assunto. Então, se contentou em apenas aproveitar a luz do dia ao lado dela.

– No que está pensando tão seriamente? – ele perguntou após um tempo.

– Em minha mãe – ela suspirou. – William diz que ela adorava o mar. Costumávamos vir aqui com frequência e brincávamos na areia. Ele me contava sobre as vezes em que dançava na praia com meu pai.

– Você não se lembra?

Ela apertou os dedos levemente e tomou um longo gole de vinho. Olhou para o horizonte e sua voz, quando saiu, parecia suave e longínqua.

– Às vezes acho que me lembro de seu aroma ou do tom de sua voz, mas não consigo ter certeza.

– Sinto muito – ele disse, acariciando a mão dela com o polegar.

Elizabeth suspirou.

– Talvez seja melhor que ela permaneça apenas uma vaga impressão. William se lembra dela e isso me entristece. É por isso que ele é tão protetor, eu acho. A doença progrediu tão rapidamente que tomou a todos de surpresa. Principalmente meu pai.

Havia um tom estranho na voz de Elizabeth quando se referiu a seu pai. Marcus virou de lado e apoiou a cabeça na mão, mantendo sua pose casual ao mesmo tempo em que a estudava intensamente.

– Seu pai nunca se casou novamente.

Ela devolveu o olhar, franzindo levemente as sobrancelhas.

– Ele amava demais minha mãe para poder encontrar outra esposa. E ainda ama.

Marcus pensou na reputação libidinosa do Conde de Langston. E isso, por sua vez, o fez considerar seu próprio desgosto por relacionamentos românticos.

– Conte-me sobre seu pai – ele pediu, curioso. – Apesar de já termos conversado muitas vezes, ainda conheço muito pouco sobre ele.

– Você provavelmente conhece mais do que eu. Minha semelhança com minha mãe é dolorosa, então, ele me evita. Muitas vezes penso que ele ficaria melhor se nunca tivesse se apaixonado. Deus sabe que isso trouxe um pouco de felicidade e uma vida inteira de desgosto.

Havia uma tristeza em seus olhos e uma firmeza nos lábios que denunciava sua angústia. Marcus queria puxá-la para seus braços e confortá-la, então, fez exatamente isso, sentando-se e puxando-a contra seu peito. Jogando o chapéu para o lado, ele beijou o pescoço dela e sentiu seu aroma. Juntos, observaram o oceano.

– Fiquei preocupado com minha mãe quando meu pai faleceu – Marcus murmurou enquanto acariciava os braços dela. – Eu não sabia se ela conseguiria viver sem ele. Assim como os seus pais, os meus também eram apaixonados um pelo outro. Mas ela é uma mulher forte e se recuperou. Embora provavelmente nunca mais se case, minha mãe encontrou a felicidade sem um marido.

– E eu também – Elizabeth disse suavemente.

Lembranças de como ela não precisava dele não beneficiariam sua causa. Ele precisava convencê-la antes que ela soubesse da decisão de Eldridge. Afastando-se relutantemente, Marcus retirou a taça da mão dela.

– Está com fome?

Elizabeth assentiu, obviamente aliviada. Então mostrou um sorriso encantador que o fez perder o fôlego e esquentou suas veias.

Naquele momento, ele soube. Ela era dele e iria protegê-la. Custe o que custasse.

Um calafrio subiu por suas costas quando se lembrou do quarto saqueado. O que teria acontecido se ela estivesse em casa? Apertando o maxilar, ele jurou nunca precisar descobrir.

O casamento parecia um preço pequeno para mantê-la segura.

CAPÍTULO 12

Os criados da mansão trouxeram a ceia.

Elizabeth tirou os olhos do diário de Hawthorne e encontrou Marcus encostado na porta. Suspirando, ela fechou o livro e tirou o cobertor de cima de suas pernas. Levantando-se da poltrona, aceitou o braço oferecido por ele. Após acomodarem-se na pequena sala de jantar, ele atacou a vitela com sua fome costumeira.

Ela o observou com um leve sorriso. O apetite de Marcus pela vida era admirável. Ele não fazia nada pela metade.

— Acredito que os homens da escolta lhe contaram sobre meus planos de viagem — ela disse secamente.

— Outra razão para nos casarmos — ele respondeu entre mordidas. — Você é uma passageira problemática e requer muita vigilância.

— Sou perfeitamente capaz de cuidar de mim mesma.

Ele franziu o rosto, com um olhar penetrante debaixo das sobrancelhas unidas.

— Seu quarto foi saqueado após sua partida, Elizabeth.

— Perdão? — a cor sumiu de seu rosto.

A boca dele se torceu severamente.

— Essa foi minha reação quando o vi. Pensei que você tivesse sido sequestrada — ele ergueu sua faca e a sacudiu na frente do rosto dela. — Nunca mais me assuste dessa maneira.

Elizabeth mal registrava suas palavras. Seu quarto. *Saqueado*.

— Levaram alguma coisa? — ela sussurrou.

— Não tenho certeza — Marcus baixou os talheres. — Se estiver faltando alguma coisa, eu irei repor.

Irritada com a oferta, que considerou arrogante demais, Elizabeth foi atingida por um pensamento terrível.

— William? Margaret?

— Todos estão bem — ele disse, acalmando-a e relaxando o rosto.

— Então William já deve saber sobre o diário?

— Seu irmão pensou que você havia sido a responsável pela bagunça. Pensou que fora um acesso de raiva por minha causa. Ele não sabe de mais nada.

Levando a mão ao peito, Elizabeth tentou imaginar a cena.

— Todas as minhas coisas reviradas — ela estremeceu. — Por que não me contou antes?

— Você já estava abalada demais, meu amor.

— É claro que isso me abalou, é algo terrível.

— Você tem toda a razão de se sentir violada. Agradeço a Deus por você não estar em casa naquele momento. Mas isso não é um encorajamento para você fugir sempre que quiser.

— Às vezes, é necessário um respiro — ela retrucou, com a palma das mãos úmidas com o desconforto.

— Eu sei disso muito bem — ele murmurou, lembrando-a de que ele próprio deixara Londres após o casamento de Elizabeth. — Mas preciso saber onde você se encontra todos os dias, a cada minuto de todas as horas.

Aturdida com a notícia e sentindo-se culpada, ela respondeu de repente:

— *Você* foi a razão que me fez precisar de um descanso!

Marcus soltou um suspiro claramente frustrado.

— Coma — ele ordenou.

Ela mostrou a língua, depois tomou seu vinho num esforço para esquentar o calafrio que sentia por dentro.

Eles terminaram o resto do jantar em silêncio, ambos perdidos em pensamentos. Depois, retiraram-se para a sala de estar. Elizabeth voltou a analisar o diário enquanto Marcus tirou as botas e começou a lustrá-las.

Usando o livro para disfarçar o olhar, ela o observou em sua tarefa, coberto pela luz da lareira que jogava um brilho dourado sobre seu corpo. Com seus músculos poderosos à mostra, Elizabeth sentiu um desejo familiar se espalhar por suas costas. Não pôde evitar se lembrar de seu corpo poderoso flexionando em cima dela, dissolvendo sua vontade num prazer decadente. Após anos de sossego, ela se inundava com sensações fortes demais para serem controladas.

Com muito esforço, ela voltou a atenção para o diário, mas sua mente já não conseguia mais se concentrar nas intermináveis páginas de códigos.

Ajeitando-se na cadeira, Marcus estava muito ciente do olhar faminto de Elizabeth. Queria poder levantar a cabeça e responder, mas ela se sentiria constrangida por ser flagrada olhando e isso destruiria o silêncio confortável do qual estavam desfrutando. Ele continuou monitorando com discrição enquanto esfregava furiosamente o couro das botas.

Vestida como uma camponesa, ela estava sentada na poltrona com as pernas encolhidas debaixo de um cobertor. Seus cabelos estavam soltos desde a manhã. Ele adorava o cabelo dela. Adorava tocá-lo e agarrá-lo com os punhos. Relaxada e casual tanto nas vestes como no comportamento, Elizabeth era capaz de excitá-lo apenas com a respiração.

Ele não conseguiu segurar um sorriso. Como sempre, Marcus sentia-se ao mesmo tempo calmo e excitado pela presença dela. Ele não se importaria se o mundo queimasse ao redor deles, ali sozinho com ela, sem criados nem família. Apenas os dois juntos.

Em camas separadas.

Deus. Ele estava maluco.

Elizabeth fechou o diário com um leve estalido. Levantando a cabeça, ele a observou com expectativa. O desejo corria em suas veias quando encontrou os olhos dela, sombrios e dissimulados. Sentiu uma pontada de esperança. Ela o queria.

– Acho que vou me deitar – ela disse com a voz rouca.

Ele respirou fundo para esconder sua profunda decepção.

– Tão cedo?

– Estou cansada.

– Então, boa noite – ele disse, tentando soar o mais indiferente possível antes de voltar a trabalhar nas botas.

Elizabeth parou embaixo da porta e observou Marcus por um momento, torcendo para que ele quebrasse sua promessa e a atacasse. Mas ele a ignorou. Sua atenção estava toda naquilo que fazia desde a última hora. Era como se ela nem estivesse ali.

– Boa noite – ela finalmente disse antes de cruzar o corredor até seu quarto.

Pressionando as costas contra a porta, ela se fechou no quarto com um forte clique. Elizabeth se despiu e vestiu a camisola, depois subiu na cama. Fechando os olhos, ela se forçou para dormir.

Mas o sono não vinha. Sua mente pulava entre vários pensamentos lascivos, lembrando da aspereza das mãos de Marcus, da sensação de sua força e do som de seus gemidos guturais quando alcançava o clímax dentro dela. Saber que poderia possuí-lo quando quisesse, mas mesmo assim privar a si mesma desse prazer, estava levando Elizabeth à loucura.

Gemendo em seu travesseiro, ela desejou desesperadamente que seu corpo deixasse de querê-lo, mas não conseguia esquecer Marcus, sentado em frente à lareira com sua incrível virilidade. Sentiu a pele apertada demais, quente demais... os seios pesados e inchados, os mamilos eretos e doloridos.

Ele viera até ela todas as noites e saciava sua fome por tempo suficiente para aguentar algumas horas até poder ficar com ele de novo. Agora já se passavam dois dias e ela estava faminta pelo toque dele e pelas carícias de sua boca. Elizabeth se revirava na cama e seus movimentos a deixavam com mais calor. Jogou as cobertas para o lado, sentindo a pele e os cabelos úmidos de suor, as coxas apertadas com força numa tentativa de aplacar o vazio que sentia ali.

Casamento. O homem estava louco. Quando se cansasse, Marcus procuraria diversão em outro lugar enquanto ela ficaria em casa, igual estava agora, ardendo por ele.

Maldito seja! Ela não precisava dele. Elizabeth tocou os próprios seios e os apertou, deixando escapar um gemido diante do súbito calor entre suas pernas. Constrangida e sabendo que era errado, ela não conseguiu evitar que seus mamilos rolassem entre os dedos enquanto imaginava que era Marcus. Arqueou as costas e abriu as pernas contra sua vontade, seu corpo estava desesperado pelo sexo diário no qual havia se viciado.

Desesperada, sua mão desceu pelo corpo e deslizou para o meio das pernas. Os dedos se molharam quando encontrou a fonte do tormento.

Sua cabeça inclinou para trás e ela soltou um grito afogado, determinada a aliviar a si mesma.

A porta se abriu com tanta força que bateu violentamente na parede. Com um sobressalto, ela gritou e se sentou.

Marcus ficou de pé numa fúria silenciosa, com uma única vela nas mãos.

– Sua teimosa, cabeça dura! Eu posso te ouvir – ele rosnou, avançando pelo quarto como fazia todas as noites. – Você prefere punir a nós dois em vez de admitir a verdade.

– Saia daqui! – ela gritou, horrorizada por ter sido flagrada numa posição tão comprometedora.

Ele deixou a vela no criado-mudo e agarrou a mão de Elizabeth, levando-a até o nariz. Seus olhos se fecharam e ele aspirou o aroma do sexo dela. Então, abriu a boca e chupou os dedos.

Com olhos arregalados, Elizabeth soluçou quando o veludo quente da língua dele girou ao redor e entre seus dedos, sugando todo seu creme. Um alívio a inundou, deixando-a mole e dócil. Graças a Deus ele viera até ela. Elizabeth não poderia suportar mais nenhum momento sem seu toque, seu cheiro...

– Aqui... – ele enfiou os dedos molhados dela sem cerimônia entre suas pernas.

– O que você está fazendo? – ela perguntou ofegante, puxando a mão até a cintura para segurar a camisola.

Sob a luz da vela e iluminado por trás pela lareira, Marcus parecia o próprio Mefistófeles, austero e irradiando uma palpável energia sombria. Não havia nenhuma suavidade nele, nenhuma sedução, apenas um silêncio irrefutável de comando.

– Estou encontrando o alívio que você me negou.

Ele abriu violentamente sua calça e retirou seu magnífico pênis. Elizabeth sentiu água na boca. Duro e grosso, a ereção pulsava com veias pronunciadas. As pernas dela se abriram ainda mais.

Marcus inclinou a cabeça de um jeito arrogante.

– Você terá que pedir, se quiser isto – sua mão agarrou a base e deslizou até a ponta.

Ela gemeu sua angústia. Ele era impiedoso. Por que simplesmente não tomava aquilo que queria?

– Você quer que eu quebre minha promessa – ele disse com a voz grave enquanto segurava seu pau como um presente para ela. – Você quer que decida para que você não se sinta culpada. Bom, não farei isso, meu amor. Você estabeleceu as regras e eu dei minha palavra.

– Cretino!

– Cretina – ele rebateu. – Tentando me seduzir, oferecendo o céu com uma mão enquanto com a outra me nega a entrada – ele mexeu a mão e uma gota vazou da ponta de sua ereção.

– Você sempre precisa ter tudo à sua maneira? – ela sussurrou, tentando entender como podia desejá-lo e odiá-lo com a mesma intensidade.

– E você precisa sempre me negar? – ele respondeu, com a voz baixa e profunda, raspando na pele dela como uma seda áspera.

Elizabeth se encolheu e se virou de costas para ele... e um segundo depois, foi virada de barriga para cima e arrastada para a beira do colchão, chutando e gritando.

– Você é um bruto!

Ele se abaixou sobre ela colocando as mãos em cada lado de sua cabeça. A ponta sedosa da ereção pressionou entre suas coxas. Seus olhos esmeralda se apertaram e pareciam queimar.

– Você ficará deitada aqui com as pernas abertas enquanto eu tomarei meu prazer – investindo contra as coxas dela, Marcus a provocou com aquilo que ela desejava, criando uma trilha molhada por onde passava. – Se você se mexer ou tentar escapar, eu vou amarrá-la.

Furiosa, Elizabeth ergueu os quadris e quase o alcançou. Ele deslizou para dentro por um instante, apenas a ponta, e ela ofegou de alívio.

Marcus se retirou praguejando.

– Se meu objetivo fosse menos valioso, eu te foderia do jeito certo. Deus sabe que você está precisando.

– Eu te odeio! – lágrimas se acumularam e desceram por seu rosto, porém, seu corpo ainda o desejava. Não fosse por seu orgulho, ela estaria implorando.

– Tenho certeza de que você gostaria que isso fosse verdade.

Com mãos longe de serem gentis, ele a ajeitou do jeito que queria sobre uma pilha de travesseiros. Elizabeth ficou com os quadris na beira da cama e as pernas caídas uma para cada lado, abertas ao máximo possível. Ela estava completamente exposta da cintura para baixo e seu sexo brilhante ficou iluminado pela vela. Como sempre, Marcus tinha todo o poder enquanto ela não tinha nenhum.

O olhar dela subiu até o rosto dele, então percorreu o corpo, observando os músculos em seu torso poderoso enquanto ele se movia. Envolvendo o pau com seus longos dedos, Marcus mexia a mão por seu comprimento, com fluidez e graça apesar de seu óbvio desejo. Seu olhar estava vidrado entre as pernas dela.

Elizabeth estava paralisada pela visão dele. Nunca vira nada tão erótico em sua vida, nunca nem poderia ter imaginado algo assim. Alguém poderia pensar que uma pessoa ficaria vulnerável naquela posição, porém, Marcus parecia orgulhoso, apoiando-se numa postura ampla enquanto dava prazer a si mesmo. Num esforço para enxergá-lo melhor, ela tentou se sentar, mas as mãos dele pararam.

– Fique onde está – ele ordenou laconicamente enquanto apertava em seu punho a cabeça inchada de seu pênis. – Encoste os calcanhares no colchão.

Elizabeth lambeu os lábios e o gesto o fez gemer. Ela ergueu as pernas como ele mandara e percebeu uma onda de calor subir pelo rosto dele. Suas pupilas se dilataram até o verde-esmeralda se transformar numa fina borda ao redor de uma piscina negra.

Foi então que Elizabeth percebeu que o poder na verdade estava com ela. Sempre se esquecia do quanto ele a desejava, o quanto sempre a desejou, tomando suas palavras duras como verdade quando todas as suas ações desmentiam o que ele dizia. Cheia de uma confiança renovada, ela abriu ainda mais as pernas. Os lábios dele se separaram em busca de ar. Ela apertou os mamilos e ele gemeu. E o tempo todo ela observou as mãos dele, bombeando seu pau com uma força que parecia dolorosa, mas que obviamente dava prazer a ele. As mãos dela desceram pelo corpo na direção de seu sexo e os movimentos dele se tornaram mais urgentes.

Ela sentiu a umidade vazando entre suas pernas e então mergulhou os dedos para dentro. Marcus rosnou. Elizabeth imaginou se ele sabia que ela estava lá ou se ela era apenas uma visão inspiradora.

– *Elizabeth*.

Seu nome soava como um lamento atormentado nos lábios dele enquanto o sêmen quente espirrava em rajadas leitosas entre os dedos e misturava-se com a própria excitação dela. Aturdida com a chocante intimidade, ela estremeceu e gozou, afundando a cabeça nos travesseiros com um grito afogado.

Sentindo-se perversa, maravilhosa e desfrutando de outras sensações que não conseguia nomear porque nunca as sentira antes, Elizabeth deslizou os dedos na boca e sugou o inebriante sabor salgado de seu próprio prazer.

Marcus ficou parado por um momento observando-a com olhos tão ardentes que fizeram o rosto dela corar. Depois, ele se dirigiu para o banheiro e ela ouviu a água da bacia sendo derramada enquanto ele lavava as mãos. Com a calça fechada, ele retornou e limpou seu orgasmo da barriga e coxas dela. Elizabeth gemeu com o toque, impulsionando-se em suas mãos. Ele se abaixou e pressionou um beijo firme e rápido em sua testa.

— Estarei no quarto ao lado se você me quiser.

Então, retirou-se sem dizer mais nenhuma palavra e sem olhar para trás.

Ela ficou encarando a porta fechada com a boca aberta e esperou. Com certeza ele voltaria, não é? Não poderia ser só isso. Aquele homem era insaciável.

Mas não voltou, e ela se recusou a rastejar por sua atenção.

Suando embaixo das cobertas, mas sentindo frio sem elas, Elizabeth desistiu de tentar dormir a poucas horas do raiar do dia. Ela vestiu seu manto e voltou para a sala de estar.

Marcus havia apagado o fogo da lareira, mas a sala ainda estava aquecida. Envolvendo os pés com a manta da poltrona, ela apanhou o diário, torcendo para se entediar até dormir.

O sol estava apenas começando a iluminar o céu quando Marcus encontrou Elizabeth dormindo profundamente com o diário de Hawthorne no colo. Ele sacudiu a cabeça e sorriu levemente.

Uma noite sem dormir, agora só faltavam mais treze.

Confuso pelo desconforto que lhe afligia profundamente a alma, ele girou nos calcanhares e saiu da pequena residência. Cruzou o caminho de paralelepípedos que envolvia tanto a casa principal como a casa de hóspedes e se dirigiu para os estábulos. Ouviu o som rítmico das ondas batendo ao fundo do penhasco e sentiu a brisa enevoada que o envolvia. Assim que adentrou o calor dos estábulos, foi atingido pelo aroma do feno e dos cavalos, um contraste gritante com a maresia lá de fora.

Colocou a rédea num dos cavalos de sua carruagem e conduziu-o para fora da cocheira. Determinado a trabalhar até a exaustão para que pudesse dormir à noite, ele tomou para si a tarefa de escovar os cavalos. Quando o calor o fez suar demais, Marcus tirou o casaco. Perdido em pensamentos sobre a noite anterior e a lembrança de Elizabeth exibindo--se eroticamente sob a luz da vela, ele teve um sobressalto quando ouviu alguém exclamar atrás de si.

Virando-se, ele encarou a bela jovem que trazia suas refeições.

– Milorde – ela disse, fazendo uma rápida reverência.

Olhando para os aposentos dos cavalariços atrás dela, ele rapidamente entendeu seu medo.

– Não se preocupe – ele assegurou. – Sou cego e mudo para certas ocasiões.

A criada o estudou com uma óbvia curiosidade. Seu olhar agradecido desceu para o peito nu de Marcus. Surpreso por sentir-se um pouco aca-nhado com a análise sensual de uma mulher, ele se virou para apanhar o casaco. Quando sua mão alcançou a vestimenta, que estava pendurada na cocheira mais próxima, o cavalo temperamental que estava lá dentro teve a audácia de mordê-lo.

Praguejando, Marcus puxou a mão machucada e olhou feio para o cavalo do duque.

– Esse aí é um pouco rabugento – a garota disse com simpatia. Ela tocou o braço dele e ofereceu um lenço, que Marcus aceitou rapidamente e amarrou ao redor da mão para estancar o sangue.

A garota era realmente bonita, com suaves madeixas castanhas e um rosto corado. Seu vestido estava amarrotado, denunciando suas ativida-des recentes, mas seu sorriso era genuíno e cheio de bom humor. Marcus estava prestes a retribuir o sorriso quando a porta do estábulo se abriu com violência, assustando seu cavalo que se mexeu nervosamente, jogan-do Marcus contra a criada e fazendo os dois caírem ao chão.

– Seu maldito calhorda!

Marcus levantou a cabeça do ombro da garota e encontrou um olhar tão furioso que o fez perder a respiração por um momento. Elizabeth estava de pé na porta do estábulo com as mãos na cintura.

— Nunca me casarei com você por razão nenhuma! — ela gritou, antes de girar num tufão de saias e sair correndo.

— Oh, Deus — Marcus ficou de pé num instante e ajudou rapidamente a criada a se levantar. Sem dizer uma palavra, ele começou a correr atrás dela, passando pelo cavalariço assustado e ainda sonolento e saindo do estábulo.

Elizabeth, uma mulher acostumada com o esforço físico, já estava vários metros na frente dele e Marcus acelerou os passos.

— Elizabeth!

— Vá para o inferno — ela gritou de volta.

Seu ritmo era frenético e seu trajeto próximo demais do penhasco. Com o coração martelando no peito, Marcus pulou e a jogou para o lado, caindo com as costas nuas no chão. Pequenas pedras e a grama selvagem rasparam em sua pele quando deslizou com o orvalho da manhã, segurando o corpo de Elizabeth colado ao seu.

— Pare — ele rugiu, girando para prendê-la debaixo de si e desviando dos socos dela.

— Fidelidade não existe para você, seu maldito — seu rosto, tão desoladoramente perfeito, estava avermelhado e molhado com lágrimas.

— Não é o que você pensa!

— Você estava seminu em cima de uma mulher!

— Não foi nada mais do que um acidente — ele prendeu os braços dela acima da cabeça. Apesar do frio da manhã, da dor em sua mão e costas, e apesar da consternação que juntava suas sobrancelhas com força, ele ainda estava muito ciente da linda mulher que se debatia debaixo dele.

— O acidente foi você ser flagrado — Elizabeth virou a cabeça e mordeu seu bíceps. Marcus rugiu e enfiou o joelho entre as pernas dela de um jeito muito íntimo.

— Morda de novo e verá o que posso fazer com o joelho.

— Toque em mim e eu vou atirar em você — ela retrucou.

Sem saber o que fazer, ele baixou a cabeça e a beijou, deslizando a língua brevemente dentro da boca de Elizabeth antes de puxar a cabeça para trás diante dos dentes dela.

Ele rosnou.

— Se você se preocupa tanto com minha fidelidade, você deveria se casar de uma vez comigo.

Ela abriu a boca, espantada.

— Como pode ser tão arrogante num momento desses?

— Mulher egoísta. Você não me quer, mas Deus a livre se alguma outra mulher quiser.

— Outra mulher pode ficar com você, e sentirei muita pena dela.

Ele encostou a testa nela e murmurou:

— Aquela moça está tendo um caso com um dos cavalariços. Você assustou meu cavalo e causou o acidente.

— Não acredito. Por que ela estava tão perto de você?

— Eu me machuquei — Marcus segurou os pulsos dela com uma das mãos e mostrou a outra mão enfaixada. — Ela estava tentando me ajudar.

Franzindo as sobrancelhas, mas relaxando as feições, Elizabeth perguntou:

— Por que você está sem camisa?

— Eu estava com calor, meu amor — Marcus sacudiu a cabeça diante da risada irônica dela. — Irei apresentar a moça a você para explicar tudo.

Uma lágrima deslizou por seu rosto.

— Eu nunca vou confiar em você — ela disse.

Ele raspou os lábios por cima da boca dela.

— Mais uma razão para se casar comigo. Juro que quem se casar com você nunca mais olhará para qualquer outra mulher.

— Isso foi cruel — ela fungou.

— Estou frustrado, Elizabeth — ele admitiu bruscamente, sentindo a pressão das curvas dela debaixo de seu corpo apenas exacerbando seu desconforto. — O que mais posso fazer para ganhar você? Poderia me dar uma pista? Alguma indicação da distância ainda a ser percorrida nessa estrada?

Os olhos avermelhados dela cruzaram com os olhos dele.

— Por que você não desiste? Não perde o interesse? Por que não busca atenção de outra pessoa?

Marcus suspirou, resignado com a miserável verdade.

— Porque eu não consigo.

Ela parou de se debater com um soluço discreto.

Ele a abraçou com mais força. Ela parecia igual a ele: cansada e infeliz. Nenhum dos dois dormia direito, revirando-se na cama, desejando um ao outro. Fisicamente eles eram tão próximos, isolados do resto do mundo, sozinhos e juntos, porém, a distância emocional parecia infinita.

Pela primeira vez desde que a conhecia, Marcus admitiu que talvez não fossem certos um para o outro.

– Você... você tem uma amante? – ela perguntou de repente.

Surpreendido pela rápida mudança de assunto, ele respondeu sem pensar.

– Sim.

A boca dela tremeu debaixo do rosto dele.

– Não posso compartilhar você com outra mulher.

– Eu nunca pediria isso a você – ele prometeu.

– Você deve se livrar dela.

Marcus afastou o rosto e a encarou.

– Eu pretendo me casar com ela.

Elizabeth o encarou de volta.

– Sua boba – ele raspou o nariz contra o dela. – Eu mal tenho energia para perseguir você. Acha mesmo que eu teria a audácia de correr atrás de outras saias?

– Preciso de tempo para pensar, Marcus.

– Eu lhe dou esse tempo – ele prometeu rapidamente. A esperança que já estava quase morta ressurgira novamente.

Ela pressionou os lábios no pescoço dele e depois soltou um longo suspiro.

– Então, que seja. Vou considerar sua proposta.

CAPÍTULO 13

Elizabeth andava nervosamente ao lado de sua cama. As cortinas estavam abertas, assim como estavam desde a terceira noite de sua estadia, e a luz branca da lua iluminava aquele canto do quarto. Não havia motivo para fechá-las. Com ou sem luz, ela não conseguia dormir, tirando apenas uma hora ou duas de descanso por noite.

Ela cobriu o rosto com as mãos. Se não conseguisse algum alívio do miserável desejo que sentia por Marcus, ela enlouqueceria.

Durante os últimos dez dias, ela colecionara centenas de imagens dele em sua mente – Marcus deitado numa toalha na praia, Marcus deitado no sofá apenas vestindo uma camisa, lendo em voz alta, Marcus em frente à lareira, banhado pela luz enquanto cobria o fogo com cinzas.

Ela memorizou seus sorrisos e a maneira como esfregava a nuca quando estava tenso. Sabia como sua barba escurecia seu rosto pela manhã, e sabia a maneira como seus olhos brilhavam travessos quando ele a provocava, apenas para depois escurecerem quando ele a desejava.

E ele realmente a desejava.

A aparência em seus olhos e o timbre de sua voz diziam a ela diariamente o quanto ele gostaria de abraçá-la, tocá-la e fazer amor com ela. Mas ele manteve sua promessa, sem nenhuma vez tentar seduzi-la.

Suspirando, ela observou suas mãos fechadas em frente ao rosto. A verdade era que ele nem precisava se esforçar para que ela o desejasse. Era uma questão de instinto, era algo incontrolável.

Então, por que ela estava aqui, andando de um lado a outro no quarto numa angústia febril quando o alívio que buscava estava no quarto ao lado?

Porque ele não era certo para ela, disso Elizabeth sabia. Ele era a epítome de tudo que ela nunca quisera. Um libertino de renome, ele provara mais uma vez no estábulo que não era confiável. Ela queria trancá-lo em casa, mantê-lo para si mesma, compartilhá-lo com mais ninguém. Apenas assim poderia encontrar alguma paz. Apenas assim poderia respirar e não sentir essa sensação asfixiante de que poderia perdê-lo a qualquer momento.

O ciúme é uma emoção possessiva, meu amor, ele dissera naquele primeiro dia na praia. *Você terá que se casar comigo se quiser ter o direito de se sentir assim.*

O direito. O direito de mantê-lo para si, de declarar a posse dele. Ela queria isso. Apesar da tortura que sabia que seria.

Não haveria prazer em se associar a um homem como Marcus, cujo apetite pela vida e por aventuras impossibilitaria qualquer chance de domá-lo. Haveria apenas um coração partido e decepções sem fim. E o desejo. O desejo carnal que nunca acabaria.

Ela parou e olhou para a cama, lembrando-se da profundidade de sua fome.

Afinal, um anel, seu nome e o direito a seu corpo não seriam melhores do que nada?

Antes que pudesse fazer mais considerações, Elizabeth saiu de seu quarto e entrou no quarto de Marcus sem nem mesmo bater.

Indo direto para a cama, ela diminuiu os passos quando viu que estava vazia, com as cobertas reviradas e esparramadas. Assustada, olhou ao redor e encontrou Marcus em frente à janela.

Nu, ele permaneceu imóvel, iluminado pela lua, observando-a sem nem mesmo piscar.

— Marcus?

— O que você quer, Elizabeth? — ele perguntou secamente.

Ela agarrou as laterais de seu vestido com os punhos úmidos de suor.

– Há uma semana que eu não consigo dormir.

– Você não encontrará seu sono neste quarto.

Ela se mexeu inquieta. Agora que estava ali diante de sua nudez, ela descobriu que sua coragem era efêmera.

– Eu esperava que você dissesse isso – admitiu, baixando a cabeça.

– Então diga o que você quer.

Sem conseguir dizer as palavras, Elizabeth tirou a camisola e a deixou cair no chão.

Marcus a alcançou em dois passos. Envolvendo sua cintura com os braços e soltando um longo rosnado, ele agarrou seu corpo nu com firmeza. Tomou sua boca com toda a fome do mundo, investindo a língua numa espalhafatosa imitação do que estava por vir.

Segurando-a com um braço, ele ergueu e ancorou uma perna dela com o outro, tracejando habilmente a curva de sua bunda com os dedos antes de mergulhar na fenda e nos pelos úmidos de seu sexo. Gemendo seu alívio e prazer, Elizabeth se apoiou nos ombros largos dele, apertando os seios em seu peitoral enquanto ele a provocava entre suas pernas, até que mergulhou mais em seu calor.

Seu pau, duro e quente, queimou a pele da barriga de Elizabeth. Ela estendeu a mão e o segurou, envolvendo os dedos trêmulos ao redor, agarrando sua cintura com o outro braço para manter o equilíbrio. Ele pulsava na mão dela, gemia em sua boca, seu corpo todo estremecia contra o corpo dela.

Elizabeth mal conseguia respirar enquanto os dedos dele penetravam com a experiência de um homem que conhecia muito bem sua amante. Com força e velocidade, ele esfregava em seu desejo, deixando-a enlouquecida com a necessidade. Elizabeth mergulhou o rosto na pele dele, respirando o aroma que marcava todo o corpo dela.

– Por favor – ela implorou.

– Por favor, o quê?

Ela gemeu, ondulando os quadris para acompanhar os movimentos de sua mão.

– Por favor, o quê? – ele exigiu, retirando o toque.

Soluçando com a súbita privação de prazer, ela pressionou beijos desesperados em sua pele.

– Por favor, me possua. Eu quero você.

– Por quanto tempo, Elizabeth? Uma hora? Uma noite?

A língua dela resvalou na elevação do mamilo dele e Marcus aspirou fortemente entre os dentes.

– Todas as noites – ela sussurrou.

Marcus ergueu os pés dela do chão e deu dois passos até a cama, mergulhando no meio das cobertas desarrumadas sobre o corpo dela. Elizabeth abriu as pernas com uma ânsia flagrante.

– Elizabeth...

– Depressa – ela implorou.

Posicionando-se entre as coxas dela, Marcus a penetrou com uma habilidade perfeita. Ele estava mais duro e grosso do que nunca, esticando-a completamente. Ela separou suas bocas e gritou quando atingiu o clímax imediatamente, após tantos dias de abstinência e com a destreza do toque dele.

Marcus enterrou o rosto no pescoço de Elizabeth e gemeu com rouquidão enquanto os intermináveis espasmos do orgasmo dela apertavam sua ereção. Contra sua vontade, ele também gozou, inundando-a com seu sêmen. Foi tudo muito intenso e muito rápido. Ele curvou os dedos dos pés e arqueou as costas num prazer tão grande que foi quase doloroso. Perdido por um instante devastador, ele agarrou o corpo dela em total desespero.

Provavelmente passaram-se apenas alguns minutos, mas pareceram horas até ele conseguir rolar seu peso de cima dela. Colocou o corpo dela sobre o peito, as pernas enlaçando suas coxas, seus corpos ainda unidos. Quaisquer dúvidas que ainda pudesse ter sobre casamento foram dizimadas pelos tremores que ainda percorriam seu corpo.

– Meu Deus – ele a apertou contra seu peito. O sexo durara apenas dois minutos. Ele mal chegou a bombear, porém, nunca experimentara nada tão poderoso em sua vida. Elizabeth havia se rendido a ele, havia reconhecido que era sua. Já não era mais possível voltar atrás.

Ela acariciou os cabelos do peito dele, acalmando-o.

– Quero que você desista do seu trabalho na agência – ela sussurrou.

Ele ficou parado e soltou todo o ar dos pulmões.

– Ah, meu amor, você pede demais, não acha?

Elizabeth suspirou, aquecendo a pele dele.

– Como pode pedir para se casar comigo sabendo do perigo que passa?

– E como não poderia? – ele retrucou. – Nunca me cansarei de você, nunca me cansarei disto – ele investiu gentilmente, mostrando o poder de seu interesse com sua ereção renovada.

– Apenas luxúria – ela disse com desdém.

– Luxúria eu conheço muito bem, Elizabeth. E sei que não se parece em nada com isso.

Ela gemeu quando ele se ajeitou mais fundo dentro dela.

– Então, como chamaria isto?

– Afinidade, meu amor. Nós simplesmente combinamos muito bem na cama.

Elizabeth se ergueu sobre ele, empurrando-o ainda mais fundo, até que seu clitóris molhado encostou na base da ereção. Ela o estudou com os olhos cerrados que Marcus sabia que significavam problemas. Então, ela apertou os músculos internos, abraçando seu pau no mais íntimo dos abraços.

As mãos dele se fecharam em punhos agarrando os lençóis e ele cerrou os dentes. Poucos momentos atrás, Marcus sentira como se estivesse morrendo. Agora, já estava ansioso para sentir aquilo novamente.

Ela subiu, deixando seu pau deslizar para a liberdade e ganhar o ar frio.

– Prometa que vai considerar deixar Eldridge – ela desceu sobre ele lentamente.

Suor se acumulava nas sobrancelhas de Marcus.

– Elizabeth...

Ela subiu e desceu novamente, acariciando o pau com seu clitóris sedoso.

– Prometa que você irá considerar com carinho.

Os olhos dele se fecharam junto a um gemido.

– Maldita.

Elizabeth subiu, retirando-o totalmente.

O corpo inteiro dele ficou tenso, esperando pelo magnífico corpo dela se abaixar e envolvê-lo novamente. Quando ela hesitou, Marcus abriu os olhos. Ela esperava, com uma sobrancelha desafiante. E continuaria a esperar até ele ceder, disso ele tinha certeza.

Sem conseguir contrariá-la, Marcus se rendeu imediatamente.
– Eu prometo.
E sua recompensa valeu muito a pena.

– *Meu Deus!*
Elizabeth acordou com um sobressalto ao ouvir o familiar, porém horrível grito. O braço esticado de Marcus a empurrou de volta e ela ofegou diante da adaga em sua mão. Erguendo a cabeça, olhou para a porta, sentindo o queixo cair ao enxergar seu amado irmão.
– *William?*
Seu irmão estava parado com a mão cobrindo os olhos.
– Vou esperar vocês dois na sala de estar. Por favor... vistam-se.
Com o cérebro ainda sonolento, Elizabeth saiu da cama, estremecendo quando seus pés descalços tocaram o chão frio.
– Eu geralmente digo a mim mesma que William não poderia se tornar mais inconveniente, porém, ele sempre consegue me surpreender.
– Elizabeth.
Ela ignorou o leve tom inquisidor na voz de Marcus e rapidamente apanhou a camisola ao pé da cama. Era um momento constrangedor, relembrando a noite anterior e a maneira como arrancou a promessa dele. Acordar com a imagem de sua adaga foi um chamado à realidade. Ela concordou em casar-se com aquele homem, por nenhuma outra razão além de *afinidade* sexual e possessividade inapropriada. Ela estava louca.
– Você pode ficar na cama, meu amor – ele murmurou. – Eu conversarei com seu irmão.
Endireitando-se com a camisola na mão, Elizabeth fez uma pausa diante da visão de Marcus vestindo a calça. Enquanto ele se movia, as ondulações nos músculos dos braços, peito e abdômen capturaram seu olhar.
Ele ergueu os olhos e sorriu quando a flagrou.
– Você está linda, toda sonolenta e violada.
– Tenho certeza de que minha aparência é abominável – ela disse.

– Impossível. Ainda estou para ver o dia em que você não estará maravilhosa.

Ele circulou a cama, tomou a camisola das mãos dela e a ajudou a vestir. Depois, beijou a ponta de seu nariz.

– Eu não esperava essa pressa para nos levantarmos hoje de manhã – sacudindo a cabeça, ele andou até o armário e terminou de se vestir. – Mantenha a cama aquecida e espere por mim.

– É melhor você aprender desde já que eu não recebo ordens. William é meu irmão. Eu irei conversar com ele.

Marcus suspirou internamente diante da teimosia de Elizabeth, dizendo a si mesmo para se acostumar a isso.

– Como quiser, meu amor.

Ele cobriu seu corpo seminu com um olhar afetuoso antes de fechar a porta atrás de si e cruzar o corredor. Realmente não deveria estar surpreso por terem sido flagrados, mas mesmo assim estava. Surpreso e frustrado. O acordo entre eles era muito recente, o nó ainda não era firme o bastante para acalmar sua mente.

Na primeira vez em que a pedira em casamento, ele sentou no escritório em Chesterfield Hall e discutiu com o pai dela os desembolsos conjugais com duros e gélidos fatos. As intenções foram proclamadas e papéis foram assinados. Chás e jantares foram oferecidos. Ele nunca poderia adivinhar que ela desistiria. Nunca poderia imaginar que ela se casaria com outro homem. E, agora, ele possuía bem menos do que naquela época. No momento, possuía apenas sua promessa, e ela já provara que isso não era muito confiável.

Anos de frustração e raiva subiram como bile em sua garganta. Até que ela o recompensasse pelo que fizera com ele, Marcus nunca encontraria paz.

Ele entrou na sala.

– Barclay, seu senso de oportunidade não é dos melhores. Lamento dizer que você está sobrando por aqui.

William andava nervosamente em frente à lareira com as mãos nas costas.

– Estou traumatizado – ele murmurou.

– Você poderia ter batido na porta.

– A porta estava aberta.

— Bom, foi uma atitude discutível de qualquer maneira; você não deveria ter vindo.

— Elizabeth havia fugido — William parou e o encarou. — Após o ataque de mau humor em seu quarto, eu tinha que encontrá-la para saber se estava bem.

Marcus correu as mãos nos cabelos. Não poderia culpá-lo por isso.

— Ela mandou notícias. Acho que eu deveria ter feito o mesmo.

— No mínimo. Eu também gostaria que você depravasse a irmã de outra pessoa.

— Não estou depravando sua irmã. Vou me casar com ela.

William ficou de queixo caído.

— *De novo?*

— Se você se lembra, não chegamos a nos casar da primeira vez.

— Maldito seja, Westfield — William fechou os punhos até embranquecer os dedos. — Se tiver alguma coisa a ver com aquela aposta idiota, você vai se ver comigo.

Marcus se sentou na poltrona e segurou as palavras duras em sua mente.

— Sua avaliação do meu caráter é muito edificante.

— Por que diabos você quer se casar com Elizabeth depois de tudo que aconteceu?

— Nós temos uma afinidade — Elizabeth disse da porta, analisando os dois homens que eram tão importantes em sua vida e que estavam tão obviamente apreensivos. — Pelo menos é o que ele diz.

— Uma *afinidade*? — William a cobriu com um olhar penetrante. — Que diabos isso tem a ver com qualquer coisa? — então, ele empalideceu e levantou as duas mãos para o ar. — Pensando bem, não quero saber a resposta.

Ela não se mexeu, simplesmente ficou parada na porta tentando decidir se deveria entrar ou não. A tensão na sala era tão espessa quanto uma neblina.

— Onde está Margaret?

— Em casa. A viagem não é aconselhável por enquanto. Ela se enjoa facilmente.

— Você deveria estar com ela — Elizabeth disse.

— Eu estava preocupado com você — ele disse defensivamente. — Principalmente quando Westfield convenientemente desapareceu ao mesmo tempo. Sua carta não disse nada sobre seu estado de espírito ou sua localização. Vocês têm muita sorte por Lady Westfield ter me fornecido seu paradeiro – ele cruzou a sala até Elizabeth e agarrou seu cotovelo. – Venha comigo para fora.

– Está muito frio – ela protestou.

William retirou seu casaco e jogou sobre os ombros dela. Depois a arrastou para fora.

– Você está louca? – ele rosnou quando estavam sozinhos. O frio do ar matinal não se comparava com o gélido tom de sua voz.

– Também pensei isso há pouco – ela disse ironicamente.

– Eu entendo. Você provou... – ele engasgou – o prazer carnal que não teve antes. Isso pode ser inebriante e influenciar indevidamente as mulheres.

– William...

– Não adianta negar. Os homens sabem dessas coisas. As mulheres mostram uma aparência diferente quando estão satisfeitas com seus amantes. Você não tinha essa aparência com Hawthorne.

– Esta é uma conversa muito desagradável – ela murmurou.

– Estou gostando disso tanto quanto se fosse uma visita a um tira-dentes. Mas devo implorar para você reconsiderar essa decisão. Havia uma boa razão para não prosseguir com o casamento na vez anterior.

Elizabeth olhou para o céu e enxergou o azul aparecendo entre as nuvens. Ela imaginou se poderia aprender a encontrar luz num casamento que seria coberto de nevoeiros.

– Você poderia recusar – ele sugeriu, relaxando o tom de voz para combinar com o humor dela.

– Nem mesmo eu sou tão cruel – ela suspirou e recostou-se nele, aceitando a força que ele sempre oferecera.

– Ninguém pode se casar apenas para não se sentir culpado. E não estou tão certo de que as intenções dele sejam as melhores. Ele possui motivos para querer se vingar de você. Uma vez que se casar com ele, eu terei pouco poder para interceder, caso as coisas comecem a desmoronar.

– Você o conhece bem e não deveria pensar essas coisas dele – ela devolveu sua careta. – Honestamente, existem muitas coisas que eu não aguento nele. É arrogante, teimoso, discute demais...

– Sim, eu concordo, ele possuiu seus defeitos, e eu conheço todos eles.

– Se ele quiser recuperar um pouco de sua dignidade perdida se casando comigo, eu não o culparei. Na pior das hipóteses, caso perca interesse, ele simplesmente irá me tratar com seu charme impecável, embora distante, pelo qual é conhecido. Ele nunca me machucaria fisicamente.

William soltou um suspiro frustrado e inclinou a cabeça para trás para observar o céu.

– Ainda não consigo me sentir confortável com isso. Eu queria que você encontrasse o amor na segunda vez. Você é livre para escolher quem quiser. Por que então se casar por "afinidade" quando poderia ter a verdadeira felicidade?

– Você está se tornando um romântico igual Margaret – Elizabeth sacudiu a cabeça e riu. – Às vezes, a companhia de Westfield pode ser genuinamente agradável.

– Então, que seja apenas um caso amoroso – William sugeriu. – É muito menos complicado.

Ela sorriu tristemente. O fato era que Marcus era um dos poucos homens fortes o bastante para encarar William de frente. Ela precisava mostrar a seu irmão que estaria segura com um homem em quem ele poderia confiar. Então, talvez ele se preocupasse menos. Margaret precisava dele agora, assim como seu filho precisaria. A presença de seu irmão aqui apagava qualquer dúvida sobre seu casamento futuro. Ele não poderia mais deixar que a esposa cuidasse de sua irmã.

– Eu quero me casar com ele, William. Não acho que serei infeliz.

– Você o está usando para se esconder. Se escolher um homem que não gosta de você, então não precisará sofrer depois esperando por algo a mais na relação. Nosso pai fez um belo estrago em você. Você ainda tem medo.

Ele ergueu o queixo.

– Entendo que você não aprove minha escolha, mas não precisa me insultar.

– Estou falando a verdade, algo que provavelmente eu deveria ter feito há muito tempo.

– Ninguém sabe que futuro nos guarda – ela argumentou. – Mas Westfield e eu pertencemos à mesma classe social. Ele tem posses e se preocupa com minhas necessidades. Quando essa afinidade diminuir, ainda teremos essa base. Não é diferente de nenhum outro casamento.

William cerrou os olhos.

— Você está decidida.

— Sim — agora ela ficara feliz por ele ter vindo atrás dela. Pensar que estava beneficiando outra pessoa além de si mesma produziu uma paz de espírito que ela não tinha quando acordou. Quisesse William admitir ou não, o casamento também o beneficiaria.

— E nada de fuga desta vez — ele alertou, ainda franzindo o belo rosto.

— Nada de fuga — ela concordou.

— Eu não tenho direito a entrar na discussão? — Marcus perguntou, chegando por trás deles.

— Acho que você já disse o bastante — William retrucou. — E estou faminto. Falei com o conde quando cheguei e ele me disse para arrastar vocês dois até a mansão. Ele praticamente não os viu desde que chegaram.

— Essa era a intenção — Marcus disse secamente. Ele ofereceu a mão a Elizabeth, num gesto afetuoso que nunca compartilharam na frente de outras pessoas. Sem as luvas, era inquestionavelmente íntimo. O olhar em seus olhos parecia um desafio para que recusasse.

Ele estava sempre a desafiando.

E como ela sempre fazia, Elizabeth aceitou o desafio e entregou sua mão.

CAPÍTULO 14

Em todos os aspectos, o baile de noivado estava sendo um sucesso total. O salão em Chesterfield Hall estava completamente cheio, assim como as salas de carteado e bilhar. Sobrecarregada com a agitação, Elizabeth ficou agradecida quando Marcus a conduziu até o jardim para que pudesse respirar o ar fresco noturno.

Considerando a importância da ocasião, ela escolhera um vestido de tafetá de seda cor de vinho. Uma armação expandia a saia, que se abria na frente revelando uma sobressaia de renda branca. O acabamento, também de renda, subia pelos cotovelos e envolvia a base do pescoço. O vestido proporcionou a ela um suporte para sua compostura, mas por dentro seu estômago se revirava.

Elizabeth era especialista no trato social, mas esta noite era muito diferente das interações a que estava acostumada. Lidou com facilidade com os homens. Mas foram as mulheres que a surpreenderam, muitas vezes revelando uma natureza maliciosa e rancorosa. Após uma hora, ela se resignou a apenas sorrir e deixar que Marcus lidasse com as perguntas intrometidas e os comentários maldosos disfarçados de congratulações. A maneira habilidosa com a qual ele tratava as mulheres lhe fervia o sangue, fazendo seu maxilar doer com a artificialidade de suas feições exteriores. Não era a primeira vez que ela lamentava a perda do sossego que experimentara no litoral.

Após William deixar Essex em direção a Londres, Marcus insistiu que permanecessem mais três dias na casa de hóspedes. Viveram aqueles dias num estado de profunda intimidade. Ele a ajudava a se banhar e exigia o mesmo tratamento dela. Ajudava Elizabeth a se vestir e mostrou a ela como deveria despi-lo, pacientemente mostrando como fechar e abrir cada botão até ela se tornar tão boa quanto qualquer dama de companhia. Ele reforçava essas habilidades sempre que podia – na praia, no jardim, em quase todos os aposentos. Em cada toque, em cada olhar, em cada momento, Marcus enfraquecia sua determinação até que ela aceitasse sem reservas que não podia mais viver sem ele.

Resignada com seu futuro juntos, Elizabeth se esforçava para aprender mais sobre os assuntos que eram importantes para ele. Perguntou sua opinião sobre a revogação das Tarifas Townsend e ficou secretamente aliviada quando ele não hesitou em compartilhar suas opiniões com ela. Discutir assuntos sérios com mulheres não era bem visto na sociedade, porém, Marcus não era um homem que seguia convenções.

Contente com o interesse dela, Marcus debateu vários assuntos, desafiando-a e encorajando-a a explorar todos os lados da questão, depois sorrindo orgulhoso quando ela chegava às próprias conclusões, mesmo que fossem opostas às dele.

Elizabeth suspirou. A grande verdade era que ela gostava de sua companhia, e nas vezes em que ele se ausentava por causa do trabalho ou do Parlamento, ela sentia saudades.

– Tenho certeza de que esse foi um suspiro de melancolia – ele murmurou.

Levantando o queixo, ela encontrou seu olhar, que brilhava ainda mais em contraste com sua peruca branca. Vestindo um traje dourado, Marcus ofuscava cada um dos outros cavalheiros presentes no baile.

– Você está muito bonito – ela disse.

Ele sorriu com o canto da boca.

– Eu devo dizer o mesmo de você – o calor em seus olhos não deixava dúvidas sobre o que ele estava pensando.

William proibira os encontros na casa de hóspedes. Ela suspeitava que Marcus havia aceitado tão prontamente apenas para ter certeza de que ela continuaria cooperando. Inquieta e ansiosa, o corpo dela desejava o toque dele, e essa constante lembrança de sua necessidade a impedia de mudar de ideia sobre o casamento que se aproximava.

— Você está corada — ele disse. — E não é pela minha razão favorita.

— Estou com sede — ela admitiu.

— Então vou pegar uma bebida para você — segurando sua mão, ele a virou em direção à mansão.

Ela resistiu.

— Prefiro esperar aqui — a ideia de voltar para a multidão após ter escapado por tão pouco tempo não era muito agradável.

Marcus começou a protestar. Mas então avistou William e Margaret descendo as escadas e decidiu levar Elizabeth até eles.

— Vou deixá-la em boa companhia — ele disse, beijando sua mão. Retirando-se, ele subiu as escadas com uma graça que ela achava difícil não admirar.

Margaret entrelaçou o braço com o dela e disse:

— O baile está sendo um grande sucesso, exatamente como esperávamos. É muito mais excitante fofocar sobre você do que qualquer outro assunto.

William olhou por cima delas.

— Para onde Westfield está indo?

Elizabeth escondeu um sorriso diante de seu tom protetor.

— Para as mesas de bebidas.

Ele franziu as sobrancelhas.

— Gostaria que ele tivesse avisado antes de entrar. Eu também gostaria de uma bebida. Se vocês me dão licença, vou me juntar a ele.

Quando William se retirou, Margaret gesticulou para o jardim e as duas começaram a andar lentamente.

— Você parece bem — Elizabeth disse.

— Mesmo assim, nenhuma costureira conseguiria continuar escondendo esta barriga, então, este baile é meu último evento social da temporada — Margaret sorriu. — Lorde Westfield parece muito apaixonado por você. Com sorte, vocês logo estarão cuidando dos próprios filhos — aproximando-se, ela perguntou: — Ele é tão bom na cama quanto sua fama diz?

Elizabeth corou.

– Que bom para você – Margaret riu, depois estremeceu. – Minhas costas doem.

– Você ficou de pé o dia todo – Elizabeth a repreendeu.

– Já está mesmo na hora de descansar um pouco na sala de estar – Margaret concordou.

– Então vamos nos apressar.

Virando-se, elas se dirigiram para fora do jardim.

Ao se aproximar da mansão, elas viram outros convidados buscando o ar frio da noite. Elizabeth respirou fundo e rezou para que sua paciência durasse até o nascer do sol.

– Você não terá um casamento fácil. Está ciente disso, não é mesmo?

Marcus olhou para William enquanto desciam pela escada que levava ao jardim segurando suas bebidas.

– Não diga – ele ironizou. – E eu aqui pensando que casamento era uma instituição tranquila.

William riu.

– Elizabeth é teimosa e arisca por natureza, mas ao seu lado, ela parece mudar. Parece que se fecha em si mesma. Só Deus sabe como você a convenceu a aceitar seus votos, mas eu não deixei de notar a reticência dela quando está ao seu lado.

– Agradeço sua observação – Marcus ironizou, apertando o maxilar. Ele era um homem orgulhoso. Não gostava da ideia de Elizabeth não se parecer nada menos do que entusiasmada para se casar com ele.

Margaret se aproximou. Seu rosto estava fechado como se sentisse dor. William correu até ela.

– O que você está sentindo? – ele perguntou aflito.

Ela fez um gesto para ele não se preocupar.

– Minhas costas e pés estão doendo, só isso. Nada de mais.

– Onde está Lady Hawthorne? – Marcus perguntou, olhando para o caminho atrás dela.

– Lady Grayton teve um acidente com uma roseira e precisava de mais assistência do que eu – ela torceu o nariz. – Francamente, acho que Elizabeth simplesmente não quer voltar para dentro tão cedo.

Marcus abriu a boca para responder, mas foi silenciado por um grito distante de mulher.

William franziu as sobrancelhas. Porém, Marcus estava praticamente paralisado de medo, com o corpo inteiro enrijecendo quase até doer.

– Elizabeth – ele sussurrou, com seus instintos dizendo que o perigo que a rondava estava ali mesmo no jardim. Deixou cair as taças, não se importando com o delicado cristal se estilhaçando no chão de pedra. Com William atrás dele, Marcus correu na direção do grito, sentindo o estômago congelado.

Ele a deixara com a família quando, na verdade, não deveria tê-la deixado. Sabia qual era sua tarefa, sabia quais eram as regras, sabia que ela não estava segura em lugar nenhum depois de seu quarto ter sido saqueado. Mas ele ignorou tudo isso simplesmente porque ela pedira. Agira como um tolo e agora só podia rezar para que sua imaginação sobre o que pudesse ter acontecido fosse sua única punição.

Talvez não fosse Elizabeth. Talvez fosse um incidente menor como um beijo roubado e uma mulher que gosta de fazer drama...

Quando o pânico começou a tomar conta dele, Marcus a enxergou caída no chão, ao lado de uma roseira espatifada e no meio de um mar de saias e rendas.

Ele caiu de joelhos ao lado dela, amaldiçoando a si mesmo por ter baixado a guarda. Erguendo a cabeça, ele procurou o agressor, mas a noite estava quieta e calma, com exceção da respiração difícil de Elizabeth.

William se abaixou do outro lado.

– Deus – suas mãos tremiam quando a tocou.

Por causa da escuridão, Marcus apalpou o torso dela, procurando por contusões. Elizabeth gemeu quando os dedos dele rasparam de leve em suas costelas, encontrando um objeto que perfurava sua cintura. Movendo o braço dela com cautela, ele viu uma pequena adaga.

– Ela foi esfaqueada – Marcus disse com dificuldade, sentindo sua garganta se fechar.

Elizabeth abriu os olhos ao ouvir sua voz. Sua pele estava pálida debaixo da maquiagem.

– Marcus – a voz dela era apenas um sussurro afogado enquanto seus dedos fracos se curvavam gentilmente sobre a mão que tocava o cabo da adaga. Marcus segurou os dedos com força, tentando transferir um pouco de sua vitalidade, dizendo a ela para ser forte.

Era tudo culpa dele. E Elizabeth pagou o preço. A extensão de seu fracasso era esmagadora, uma queda brutal das alturas da satisfação que sentia no começo da noite.

William se levantou, com o corpo tenso enquanto vasculhava os arredores da mesma maneira que Marcus fizera um momento atrás.

– Precisamos levá-la para dentro.

Marcus a ergueu, tomando cuidado para evitar que a adaga se enterrasse ainda mais. Ela soltou um grito, depois desmaiou e sua respiração caiu num ritmo rápido, mas estável.

– Para onde posso levá-la? – ele perguntou quase desesperado. O salão obviamente não era uma opção.

– Siga-me.

Movendo-se como sombras pelo jardim, eles entraram pela cozinha agitada. Depois usaram a apertada escadaria dos criados, o que provocou uma subida trabalhosa devido à armação das saias de Elizabeth.

Quando chegaram ao quarto dela, Marcus tirou seu casaco e apanhou num dos bolsos uma pequena adaga não muito diferente daquela que estava alojada na cintura dela.

– Chame um médico – Marcus ordenou. – E mande trazer toalhas e água quente.

– Vou instruir uma criada quando estiver saindo. Será mais rápido se eu mesmo for atrás do médico – William se retirou apressadamente.

Com movimentos cuidadosos e hesitantes, Marcus usou sua adaga para cortar os infindáveis tecidos do vestido, saia e sobressaia. A tarefa era torturante, a visão de sua lâmina tão perto da pele alva era um pesadelo. Ele estava encharcado de suor quando terminou.

Um fio de sangue escorria sem parar do ferimento. Ela ainda estava inconsciente, mas ele sussurrava suavemente enquanto trabalhava, tentando acalmar a si mesmo tanto quanto a ela.

A porta se abriu e Marcus olhou rapidamente por cima do ombro, enxergando Lorde Langston e Lady Barclay. Uma criada entrou logo atrás deles, carregando uma bandeja com toalhas e água quente.

O conde olhou para sua filha e estremeceu violentamente.

– Oh, Deus – ele cambaleou, com o rosto completamente endurecido. – Não posso passar por isso novamente.

Marcus sentiu seu estômago se revirar. A dor que acabara de testemunhar no rosto de seu pai era a razão do tormento de Elizabeth. Foi essa mesma dor que a afastou e todas as outras mulheres que tiveram a infelicidade de gostar do belo, mas infeliz viúvo.

– Venha. Deixe-me levá-lo para um lugar mais tranquilo enquanto esperamos, milorde – Margaret disse suavemente.

Langston não hesitou em aceitar, deixando o quarto como se o diabo estivesse atrás dele. Marcus praguejou em voz baixa, lutando para não correr atrás do homem e forçá-lo a se importar com sua filha.

Lady Barclay retornou quinze minutos depois.

– Peço desculpas por Lorde Langston.

– Não é necessário, Lady Barclay. Já passou da hora de ele responder por suas próprias ações – Marcus soltou um longo suspiro e esfregou a nuca.

– Diga o que posso fazer – ela disse.

Com uma eficiência silenciosa, Margaret o ajudou a limpar o sangue da pele de Elizabeth. Quando terminaram, William retornou com o médico, que retirou a lâmina, examinou o ferimento e anunciou que as várias camadas de tecido ajudaram a desviar a adaga de qualquer órgão vital, atingindo a parte macia de sua cintura. Seria necessário apenas pontos e descanso para que ela se recuperasse.

Quase desmaiando de alívio, Marcus se apoiou na armação da cama e tirou sua peruca. Se Elizabeth não estivesse usando o espartilho, o ferimento poderia ser fatal e sua própria destruição seria garantida.

Ele olhou para William e sua esposa.

– Vou ficar aqui com ela, vocês dois deveriam voltar para os convidados. Já é ruim o bastante que eu Elizabeth estejamos ausentes de nossa própria celebração de noivado. A ausência de vocês vai apenas piorar a situação.

– Você deveria descer, Lorde Westfield – Margaret disse gentilmente. – Seria menos constrangedor se pelo menos um de vocês estivesse presente.

– Não. Deixe que eles pensem o que quiserem, eu não vou sair do lado dela.

Margaret assentiu, embora seus olhos ainda mostrassem preocupação.

– O que devo dizer para sua família?

Esfregando a nuca, ele respondeu:

– Qualquer coisa, menos a verdade.

William virou-se para a criada.

– Não diga nada a ninguém se quiser continuar trabalhando aqui.

– E prepare a outra cama da suíte para Lorde Westfield – Margaret acrescentou, ignorando o olhar desaprovador de seu marido. A criada se retirou apressada.

Margaret indicou a porta para William.

– Vamos, meu querido. Lorde Westfield cuidará de tudo. Tenho certeza de que ele nos chamará se precisar de algo.

Ainda pálido e claramente abalado, William assentiu e retirou-se com Margaret.

Elizabeth acordou poucos momentos depois, revirando-se quando o médico começou a costurar os pontos. Marcus ficou ao lado da cama e segurou-a com força.

– Marcus! – ela ofegou, abrindo os olhos repentinamente. – Está doendo!

Ela começou a chorar.

Sentindo a garganta apertada, ele se abaixou e beijou sua testa.

– Eu sei, meu amor. Mas se você conseguir ficar parada, tudo terminará mais rápido.

Marcus observou com muito orgulho e admiração enquanto Elizabeth se esforçava para manter-se quieta durante o procedimento. Ela se retorcia levemente, mas não gritou de novo. Gotas de suor escorriam de suas sobrancelhas e se misturavam com as lágrimas enquanto ela apertava o torso de Marcus com toda a força. Ele ficou aliviado quando ela desmaiou novamente.

Quando o médico terminou, ele limpou os instrumentos cuidadosamente e os guardou.

– Fique de olho no ferimento, milorde. Se infeccionar, mande alguém me chamar novamente – ele foi embora tão rápido quanto chegou.

Marcus andou inquieto pelo quarto, sem tirar os olhos de Elizabeth. Um sentimento de proteção arrebatador surgiu dentro de si. Alguém tentou tirá-la dele. E ele havia facilitado essa tarefa.

Havia muito mais do que afinidade ali. Esse estado relativamente simples não poderia dar conta da loucura que ameaçava sua sanidade. Vê-la tão pálida e ferida, pensar no que poderia ter acontecido... Ele segurou a cabeça nas mãos.

Pelo resto da noite, Marcus não tirou os olhos dela. Quando ela se revirava, ele murmurava suavemente até ela se acalmar. Cuidou do fogo na lareira e checou as bandagens regularmente. Marcus não conseguia ficar parado, não conseguia dormir, sentindo-se tão impotente que queria gritar e destruir alguma coisa.

A alvorada iluminou o céu quando o Conde de Langston retornou ao quarto. Após olhar brevemente para Elizabeth, seus olhos avermelhados pousaram em Marcus. Cheirando à bebida e a perfumes florais, o conde estava desarrumado, com a peruca torta enquanto cambaleava nos saltos.

– Por que você não vai se deitar, Lorde Langston? – Marcus perguntou com um aceno de cabeça irritado. – Está com uma aparência quase pior que a da sua filha.

Langston se apoiou pesadamente contra um criado-mudo.

– E você parece bem demais para alguém que quase perdeu a noiva.

– Prefiro manter a cabeça sóbria – Marcus disse secamente. – Ao invés de me afogar em bebidas.

– Você sabe que Elizabeth é o reflexo de sua mãe? Belezas raras, as duas.

Marcus soltou um longo suspiro e rezou por paciência.

– Sim, estou ciente, milorde, e eu tenho muitas coisas que gostaria de dizer, mas agora não é a hora. Se não se importa, tenho muito que pensar e gostaria de fazer isso em silêncio.

Voltando seus olhos turvos para a cama, o conde estremeceu com a visão de Elizabeth: a palidez de sua pele contrastava com o vermelho que ainda restava da maquiagem.

– Lady Langston lhe deu uma família – Marcus sentiu-se compelido a dizer. – Você não honra sua memória ao negligenciá-los da maneira como faz.

– Você não gosta de mim, Westfield, eu sei disso. Mas você não entende minha situação. E nem pode, já que não ama minha filha como eu amava minha esposa.

– Não se atreva a dizer que Elizabeth não é importante para mim – a dureza da voz de Marcus atingiu a tensão no quarto como um chicote.

– E por que não? Você pensa o mesmo de mim.

Com isso, o conde deixou Marcus com o silêncio que ele desejava, um silêncio ensurdecedor com suas acusações implícitas.

Por que a deixara sozinha?

Como pôde ser tão descuidado?

E será que a frágil confiança que conquistara com tanta dificuldade seria destruída pela quebra de sua promessa de protegê-la do perigo?

Marcus deixou a cabeça cair para trás e fechou os olhos com um gemido amargo.

Ele sequer havia pensado em perdê-la novamente, e agora, confrontado com essa possibilidade, percebeu algo que não admitia antes.

Ela se tornara necessária para ele. Necessária demais.

CAPÍTULO 15

Elizabeth acordou com um sobressalto. Com o coração martelando, levou um momento para registrar a familiar cobertura de sua cama, e depois mais um momento até sentir um forte aroma de flores. Ela virou a cabeça, olhando ao redor e encontrando cada superfície coberta com diversos arranjos de rosas. Em meio à profusão floral, Marcus cochilava graciosamente numa cadeira ao lado da cama. Ele vestia uma camisa de linho aberta no pescoço e uma calça branca, e seus cabelos estavam presos atrás da nuca. Com seus pés descalços sobre um banquinho, ele parecia estar em casa.

Estudando-o em seu repouso, Elizabeth sentiu um orgulho possessivo que a alarmou e a agradou ao mesmo tempo. Uma emoção tão forte que a fez sentir um conforto imediato, e o pânico ao acordar se dissipou com a proximidade dele.

Ela ergueu as mãos para esfregar os olhos, depois tentou se sentar. Acabou gritando com a dor que queimou seus quadris, e Marcus apareceu instantaneamente ao seu lado.

— Espere — ele a segurou e acomodou travesseiros em suas costas. Quando ela estava confortável, Marcus sentou-se ao seu lado na cama e lhe serviu um copo d'água. Com um sorriso agradecido, ela tomou um gole para limpar a garganta seca.

— Como você se sente? — ele perguntou.

Ela torceu o nariz.

– Minha cintura está latejando muito.

– Isso era esperado – Marcus desviou os olhos.

Curiosa com seu humor sombrio, ela estendeu o braço e tocou sua mão.

– Obrigada pelas flores.

O sorriso dele tinha uma ternura íntima, embora seus pensamentos estivessem fechados de um jeito que ela não via há semanas. Estava igual ao baile do Moreland, tantas noites atrás, distante e resguardado.

– Desculpe por perturbá-lo – ela disse suavemente. – Você parecia tão confortável.

– Sempre estou confortável com você – mas o tom de sua voz era ensaiado, suave demais para ser genuíno, e ele gentilmente removeu a mão debaixo da mão dela.

Elizabeth se mexeu nervosamente e voltou a sentir a dor na cintura.

– Pare com isso – ele mandou, apertando com força sua canela.

Ela o cobriu com um olhar cerrado, consternada pela nova barreira entre eles.

Uma leve batida na porta quebrou o momento. Marcus pediu para a pessoa entrar e Margaret apareceu com William atrás dela.

– Você está acordada! – ela saudou Elizabeth com um sorriso aliviado. – Como está se sentindo?

– Péssima – Elizabeth admitiu tristemente.

– Você se lembra de alguma coisa sobre o que aconteceu na outra noite?

Todos olharam para ela com expectativa.

– Na outra noite? – seus olhos se arregalaram. – Quanto tempo eu dormi?

– Dois dias, e você precisava de cada minuto desse descanso.

– Deus do céu – Elizabeth sacudiu a cabeça. – Não me lembro de muita coisa. Tudo aconteceu tão rápido. Lady Grayton saiu correndo zangada, reclamando de nossos jardineiros por deixarem as roseiras crescerem demais. Depois, fui atingida por trás.

– Que horror! – Margaret cobriu a boca.

– Sim, foi horrível. Mas poderia ter sido muito pior.

– Você foi esfaqueada – William rosnou. – Não pode ficar pior do que isso.

Ela ergueu o rosto para encontrar seus olhos.

– Acho que ele não tinha intenção de matar. Mas o outro homem...

Marcus surpreendeu-se com as palavras de Elizabeth. *Mais de um.* Era de se esperar que o ataque fosse organizado, mas a informação foi um duro golpe mesmo assim.

— Que outro homem?

Elizabeth afundou nos travesseiros, franzindo o rosto diante do tom severo de sua voz.

— Posso ter me enganado, mas acho que o homem que me atacou se assustou com outra pessoa.

— Provavelmente com Westfield ou Barclay — Margaret sugeriu.

— Não, foi outra pessoa. Ouvi um grito, uma voz masculina, e depois... veio o resto.

Margaret circulou a cama e sentou-se do outro lado dela. William andou com passos pesados até a porta aberta que levava à sala de estar.

— Westfield, quero falar com você.

Querendo ouvir do que mais Elizabeth se lembrava, Marcus sacudiu a cabeça.

— Prefiro ficar aqui e...

— Eu insisto.

Assentindo rapidamente, ele se levantou e seguiu William, que fechou a porta atrás deles.

Quando William mostrou a poltrona mais próxima, Marcus percebeu que não seria uma conversa curta.

— Barclay, eu realmente preciso...

— Elizabeth foi esfaqueada por minha culpa.

Marcus congelou.

— Do que está falando?

William novamente gesticulou para que se sentasse enquanto ele próprio desabava numa poltrona.

— A morte de Hawthorne não foi resultado de um roubo na estrada, como todos acreditam.

Fingindo surpresa, Marcus desabou na poltrona e esperou por mais.

William hesitou por um momento, estudando-o com uma intensidade inquietante.

– Desculpe, não posso contar tudo que sei. Mas já que Elizabeth logo irá morar com você, sinto que deve saber o que precisará encarar como marido dela – ele fez uma pausa, respirou fundo e disse: – Hawthorne sabia de informações confidenciais que levaram ao seu assassinato. Não foi um acidente.

Marcus manteve o rosto impassível.

– Que informações?

– Não posso lhe contar. Posso apenas dizer que nesses quatro últimos anos minha segurança e a de minha esposa estiveram em risco, e com seu casamento isso também acontecerá com você e Elizabeth. Ela e eu somos os únicos que conheciam Hawthorne bem o suficiente para representar-mos alguma ameaça àqueles que o mataram.

– Entendo. Porém, não vejo como o ataque seria culpa sua.

– Eu sabia do perigo e deveria ter sido mais cauteloso.

Marcus suspirou, sabendo muito bem como ele se sentia. William, no entanto, não tinha conhecimento do diário ou do ataque no parque. A falha de Barclay em prever os eventos no jardim era perdoável. Diferente da falha de Marcus.

– Você sempre cuidou muito bem dela. Não poderia ter feito mais do que fez.

– Não acredito que tenha sido Elizabeth quem fez aquela bagunça no quarto dela, embora insista que foi.

Desta vez, a surpresa de Marcus foi genuína.

– Você não acha?

– Não. Acho que seu quarto foi saqueado. Foi por isso que eu fui atrás dela em Essex. Eu estava aterrorizado – William inclinou a cabeça para trás e fechou os olhos. Contra o couro da poltrona, o cansaço em suas feições era ainda mais impressionante. – Aqueles dez dias foram os piores da minha vida. Quando eu os encontrei juntos, eu quis acabar com vocês por terem permitido que eu me preocupasse daquela maneira.

– Barclay... – Marcus suspirou, sentindo o peso da culpa. – Sinto muito.

William abriu os olhos e fechou o rosto.

– Não consigo entender como você a encontrou antes de mim. Tenho boas conexões...

– Foi um golpe de sorte – Marcus disse rapidamente.

– Sim, bem, eu não sei o que ela possui que é tão valioso, embora Elizabeth obviamente possua algo. Não sei se eles a ameaçaram ou se ela simplesmente quer me proteger. Mas Elizabeth se tornou muito assustada desde a morte de Hawthorne.

– Tenho certeza de que não é fácil perder um marido.

– É claro. Não descarto isso – ele baixou o tom de voz. – Embora Hawthorne fosse um sujeito estranho, ele era um bom homem.

Marcus se inclinou para frente, apoiando os cotovelos nos joelhos.

– Estranho?

– Hawthorne era um tipo imprevisível. Num momento, ele estava calmo como eu e você agora, no momento seguinte, ele andava nervosamente, murmurando para si mesmo. Era uma coisa muito estranha, eu devo dizer. Até mesmo irritante.

– Conheço alguns sujeitos assim – Marcus disse secamente. – O rei, por exemplo.

– De qualquer maneira – William cerrou os olhos –, você parece calmo demais para um homem que acabou de saber que alguém deseja fazer mal à sua futura esposa.

– Descobri isso há dois dias. Já tive tempo para digerir. É claro que isso não pode continuar. Ninguém pode viver dessa maneira, reagindo após os acontecimentos. As ameaças devem ser enfrentadas.

– Eu deveria ter contado antes – William sorriu tristemente. – Achei que teria mais tempo para encontrar a maneira adequada de contar. O que dizer numa situação dessas? São muitas perguntas e poucas respostas. Mas tudo está tão agitado, e vocês são tão populares. Sempre estão no meio de uma multidão. Pensei que o grande volume de testemunhas seria suficiente para sua segurança, mas ela não está segura em lugar nenhum. Um *baile*, pelo amor de Deus! Apenas um louco tentaria permanecer oculto e atacar a convidada de honra num evento com tanta gente. E aquela adaga!

Marcus franziu as sobrancelhas.

– O que tem?

William ficou corado.

– Nada de importante, apenas...

Levantando-se, Marcus foi até seu quarto para apanhar a adaga. Ele a virou sob a luz do dia e examinou. Queria ter feito isso antes, mas a necessidade de ficar com Elizabeth era maior do que qualquer coisa. A adaga poderia esperar, não iria a lugar algum.

Agora ele a estudava cuidadosamente. Era de boa qualidade e muito cara. O cabo de ouro era intricadamente desenhando com vinhas e folhas. Na base havia um monograma com as iniciais *NTM*. Nigel Terrance Moore, o falecido Visconde Hawthorne.

Marcus ergueu os olhos quando William entrou no quarto.

– Onde isso estava?

– Imagino que a pessoa que matou Hawthorne tenha levado todos os seus pertences. Ele sempre carregava isto, e não foi diferente na noite em que foi assassinado.

Perdido em pensamentos, Marcus tentou juntar as peças do quebra--cabeça, mas elas não se encaixavam – por mais que tentasse de diferentes maneiras.

Christopher St. John havia devolvido o broche de Elizabeth, o mesmo broche que Hawthorne carregava quando foi morto. Agora, outro objeto daquela noite reaparecera.

As pistas indicavam que St. John poderia ser o culpado, mas os ataques a Elizabeth não tinham seu estilo. St. John era bem-sucedido devido à sua esperteza e precisão. Os dois ataques contra Elizabeth falharam, algo que o pirata nunca permitiria nem uma única vez, muito menos em duas ocasiões. Embora fosse possível que St. John fosse o culpado, Marcus não conseguia evitar a sensação de que alguma coisa estava errada nessa história.

Por que se arriscar atacando Elizabeth num baile onde centenas de pessoas estavam presentes? Ela não estaria carregando o diário num evento como aquele.

Mas se St. John fosse inocente – uma possibilidade que deixava Marcus furioso – havia mais uma pessoa que sabia do diário e o desejava o suficiente para querer matar alguém. Reconhecendo que seus próprios esforços não foram o bastante, ele lamentou não poder falar abertamente com William, mas iria honrar o desejo de Elizabeth por enquanto. No final, sua segurança era prioridade, e Marcus reuniria toda a ajuda necessária para assegurar-se disso.

Um gemido de Elizabeth vindo da entrada da porta surpreendeu os dois homens. Vestida com uma camisola simples, ela olhava para a adaga em choque e toda a cor de seu rosto sumira. Ela parecia tão pequena, tão infantil com seu cabelo desarrumado e dedos trêmulos.

Marcus sentiu um aperto no peito, mas forçou-se a jogar o sentimento de lado impiedosamente. Sua profunda afeição por ela só traria mais problemas, como já ficara provado recentemente. Guardando a adaga na gaveta, ele correu para o lado dela.

— Você não deveria estar andando tão cedo.

— Onde você encontrou isso? — ela perguntou num sussurro quase inaudível.

— É a adaga com que lhe atacaram.

Os joelhos dela enfraqueceram e Marcus a apoiou em seus braços, tomando muito cuidado com o ferimento nos quadris. Ele a conduziu de volta para o quarto com William seguindo-os de perto.

— Era a adaga de Hawthorne — ela sussurrou enquanto Marcus a deitava na cama.

— Eu sei.

William andou até o outro lado.

— Irei investigar isso, Elizabeth. Por favor, não se preocupe, eu...

— Você não fará isso! — ela gritou.

Ele endireitou os ombros.

— Irei fazer o que for melhor.

— Não, William. Já não é mais o seu dever me proteger. Você deve cuidar de sua esposa. Como eu poderia encarar Margaret caso alguma coisa acontecesse com você por minha causa?

— Mas o que Westfield pode fazer? — ele zombou. — Estou numa posição muito melhor para conseguir a informação de que precisamos.

— Lorde Westfield é um homem poderoso e influente — ela argumentou. — Tenho certeza de que ele também possui conexões importantes. Deixe esse assunto com ele. Não quero você envolvido nisso.

— Você está sendo ridícula — ele resmungou, com as mãos na cintura.

— Fique fora disso, William.

Deixando o lado da cama, ele andou rapidamente até a porta.

— Preciso fazer algo ou irei enlouquecer. Você faria a mesma coisa por mim — ele bateu a porta quando saiu.

Elizabeth mostrava surpresa e decepção. Quando ergueu o olhar, ela estava chorando.

— Marcus, você deve impedi-lo.

— Farei o que puder, meu amor — ele ficou olhando sombriamente para a porta, tentando ignorar a maneira como as lágrimas dela rasgavam sua consciência. — Mas seu irmão é tão teimoso quanto você.

Após uma refeição leve com Elizabeth, Marcus tomou sua carruagem e foi buscar Avery James. Juntos, eles cruzaram a cidade para encontrar Lorde Eldridge.

Olhando pensativamente pela janela da carruagem, Marcus mal registrava a agitação das ruas de Londres ou as chamadas dos vendedores para provar seus produtos. Havia coisas demais para considerar, tudo estava em desordem. Ele não disse uma palavra até chegarem ao escritório de Lorde Eldridge, então, explicou os detalhes que não pôde expor na mensagem que anunciou sua visita.

— Primeiro de tudo, Westfield — Eldridge começou após Marcus terminar sua exposição —, não posso deixar você nessa tarefa. Seu casamento iminente destrói qualquer esperança de objetividade.

Marcus batia os dedos no braço da cadeira.

— Insisto que sou o melhor para protegê-la.

— Neste ponto, sabemos muito pouco sobre o perigo. A melhor proteção seria mantê-la isolada. Mas a segurança dela não é nosso único objetivo. E antes que você proteste, considere as alternativas. De que outra maneira poderemos apanhar o culpado senão atraindo-o para fora de seu esconderijo?

— Você quer usá-la como isca — não fora uma pergunta.

— Se for necessário — Eldridge olhou para Avery. — O que você diz sobre o ataque a Lady Hawthorne, James?

– Não entendo a razão – ele admitiu. – Por que atacar Lady Hawthorne já que ela não está mais com o diário? Qual é o propósito disso?

Marcus parou de bater os dedos e compartilhou sua conclusão.

– Resgate. Lady Hawthorne pelo diário. Eles sabem que a agência está envolvida. O broche e a adaga sugerem que os dois objetos estavam com Hawthorne quando foi morto, então eles sabem que Barclay também está envolvido. O ataque foi apressado, é verdade. Mas foi realmente a única ocasião desde o aparecimento do diário que ela esteve sem proteção.

– Após o incidente com o broche, tenho certeza de que St. John está envolvido – Eldridge falou, levantando-se de sua cadeira e se aproximando da janela que dava para a rua. – Os homens escalados para vigiá-lo o perderam de vista por cerca de uma hora na noite da festa de noivado, um período próximo o bastante do ataque para levantar suspeitas. Embora subordinados possam tê-la atacado, penso que algo dessa natureza seria executado por ele pessoalmente. St. John é um homem ousado.

– Concordo – Marcus disse asperamente. – St. John não tinha problemas em fazer o próprio trabalho sujo. De fato, parecia até preferir.

– Existe uma pessoa que pode nos ajudar – Avery sugeriu. – A pessoa que afugentou o agressor de Lady Hawthorne.

Marcus sacudiu a cabeça.

– Ninguém se apresentou no baile, e tenho certeza de que não posso interrogar cada pessoa na lista de convidados sem revelar a natureza da investigação.

Eldridge segurou as mãos atrás das costas e se inclinou nos calcanhares.

– Realmente é um caso complicado. Gostaria que pudéssemos entender o conteúdo do diário. A chave de todo o caso está lá dentro – ele ficou em silêncio por um instante, depois mencionou casualmente: – Lorde Barclay veio me ver hoje de manhã.

Marcus soltou o ar com desdém.

– Não posso dizer que estou surpreso.

– Ele veio procurar por James.

Avery assentiu.

– Vou conversar com ele assim que puder. Talvez ele me permita investigar o caso em seu lugar.

– Ah! – Marcus riu. – Os Chesterfields são todos uns teimosos. Eu não apostaria que ele vá aceitar isso facilmente.

– Ele era um bom agente – Eldridge comentou. – Eu o perdi quando se casou. Se isso o trouxer de volta... – ele disparou um olhar sobre o ombro.

– Você me disse que agentes jovens e tolamente aventureiros são fáceis de arranjar – Marcus lembrou.

– Ah, mas não existe substituto para a experiência – Eldridge retornou para sua cadeira com um pequeno sorriso. – Mas que seja. Distância emocional é necessária para se colocar a missão em primeiro lugar. Barclay não teria isso. Assim como, eu suspeito, você também não, Westfield. É extremamente possível que seu envolvimento emocional com Lady Hawthorne possa colocar a vida dela em perigo.

Avery se ajeitou nervosamente na cadeira.

Marcus sorriu com o canto da boca.

– Isso já aconteceu. Mas não acontecerá novamente.

O olhar de Eldridge permaneceu impassível.

– Você tem certeza disso?

– Sim – por algumas poucas semanas, ele se esquecera do quanto ela poderia machucá-lo. Pensara que já tinha superado isso. Agora sabia que não era verdade. Seria melhor, para o bem dos dois, que ele mantivesse distância. Marcus se recusava a admitir que precisava que ela vivesse. Ela já provara que não precisava dele. Primeiro, quando fugiu dele, depois, com a facilidade com que terminara o caso amoroso. Não havia dúvida de que ele era supérfluo para ela.

– Todos os homens eventualmente sucumbem, Westfield – Eldridge disse asperamente. – Você não é o único.

Marcus se levantou, cortando a discussão.

– Irei continuar o trabalho no diário. O casamento será daqui a apenas duas semanas, depois, ela ficará em minha casa, onde estará muito mais protegida.

Avery também se levantou.

– Irei conversar com Lorde Barclay para tentar acalmar suas preocupações.

– Mantenha-me informado – Eldridge ordenou. – Do jeito que está, a menos que saibamos mais sobre o diário, só podemos esperar, ou usar

Lady Hawthorne para atrair o agressor. Logo teremos que decidir qual curso tomar.

A luz do sol refletia nas poças deixadas pela chuva leve da manhã. Era um dia monumental, o dia de seu casamento, e Marcus saiu da frente da janela para continuar se vestindo. Ele mandara fazer um casaco e calças cinza perolado com um colete prateado bordado em fios de seda. Do topo da peruca até os sapatos cravejados de brilhantes, seu criado fez de tudo para deixar a aparência de Marcus perfeita, e levou mais de uma hora para se arrumar completamente.

Quando terminou, ele atravessou a sala adjunta e entrou no quarto de Elizabeth. A maior parte dos pertences dela já havia chegado e ele os distribuíra pelo quarto num esforço para que ela se sentisse mais acomodada. Tocar suas coisas parecia algo tão íntimo que ele não permitira que os criados fizessem essa tarefa. Ele manteria sua distância emocional como fizera nas últimas duas semanas, mas agora tinha direitos de marido, e depois de tudo que havia passado por ela, Marcus iria aproveitar esses direitos.

Olhando ao redor do quarto uma última vez, Marcus certificou-se que tudo estava no lugar certo. Seu olhar recaiu sobre a escrivaninha, onde havia uma pequena imagem de Lorde Hawthorne. Marcus apanhou a moldura, incomodado, como sempre, com a reprodução. Não por ciúme ou possessividade: não, a imagem o perturbava por causa de uma sensação de que deveria enxergar algo que ainda não tinha percebido.

Assim como vinha acontecendo frequentemente nos últimos tempos, Marcus se tornara pensativo. Seu futuro seria muito diferente se o visconde ainda estivesse vivo. Quando Elizabeth se casou, Marcus pensara que ela estaria para sempre fora de seu alcance. Sedução até cruzara seus pensamentos. Apesar do título de Hawthorne, ele sempre havia considerado que ela era dele, mas quando retornara da Inglaterra, Elizabeth já era uma viúva, contradizendo suas expectativas.

Marcus recolocou a imagem em cima da escrivaninha, junto a outras pinturas de William, Margaret e Randall Chesterfield. Era melhor esquecer o passado. Hoje, uma grande injustiça seria reparada, e então sua vida poderia retornar à normalidade que gozava antes de ter conhecido Elizabeth.

Descendo a escadaria, Marcus apanhou o chapéu e as luvas antes de entrar na carruagem. Ele foi uma das primeiras pessoas a chegar à igreja e suspirou aliviado ao saber que Elizabeth já estava na sala reservada às noivas, preparando-se para a cerimônia. A verdade era que ele ainda sentia um pouco de medo de que ela não aparecesse. Até que dissesse os votos, Marcus ainda não poderia permitir-se a satisfação que tanto desejava.

Sorrindo, ele recebeu familiares, amigos e importantes membros da sociedade. A segurança ainda era uma preocupação primordial, portanto, vários agentes estavam espalhados entre os convidados. Com exceção de Talbot e James, que sentaram um ao lado do outro, Marcus não sabia quem eram, sabia apenas que estavam lá.

Curioso por natureza, ele não deixou de catalogar mentalmente as pessoas nos bancos, imaginando quem dentre eles também vivia uma vida de agente da Coroa. Também notou a reticência entre os homens e suas esposas. Pensou que também gostaria de sentir essa distância de Elizabeth.

Será que eles enlouqueceriam, como quase acontecera com ele, se suas esposas vivessem ameaçadas? Será que cada respiração também dependia da segurança de suas mulheres? Marcus duvidava disso. Essa fascinação não era natural. Sem essa maldição, seu fracasso em proteger Elizabeth nunca teria ocorrido, e não se sentiria tão nervoso quanto um animal enjaulado.

Estranhamente, a única maneira para encontrar paz era casar-se com a fonte de seu tormento. Por quatro anos, a perda de Elizabeth fora um espinho em sua vida. Agora, poderia retirá-lo. Ficaria livre da dor que o amaldiçoava. Daquele momento em diante, sua missão e sua própria sanidade seriam prioridade. Elizabeth seria sua, e o mundo saberia disso. Aqueles que pretendiam machucá-la saberiam. *Ela* saberia.

Não haveria mais fuga, nem perseguições, nem frustrações. Ele queria virar a página dessa história.

Hoje, faria isso.

CAPÍTULO 16

– Você está tremendo – Margaret murmurou.

– Está frio.

– Então, por que está suando?

Olhando com irritação, Elizabeth encontrou o olhar simpático de sua cunhada no espelho. Sem se abalar, Margaret sorriu.

– Você está linda.

Baixando os olhos, Elizabeth examinou sua aparência no espelho. Ela escolhera um vestido de tafetá de seda azul-clara com mangas até os cotovelos, uma saia combinando e uma sobressaia aberta. O resultado era sereno, uma emoção que gostaria de sentir no momento.

Ela engoliu um soluço e fez uma careta. Após ter jurado que este dia nunca chegaria, ela sentiu-se completamente despreparada para aquela realidade.

– Seu humor irá melhorar assim que estiver ao lado dele – Margaret prometeu.

– Talvez eu me sinta pior – ela murmurou.

Mas quinze minutos depois, enquanto Elizabeth caminhava até o altar conduzida por seu pai, a visão sublime de Marcus a arrebatou, exatamente como Margaret previra. Ele resplandecia em suas vestes e a olhava tão intensamente que Elizabeth podia enxergar a cor esmeralda de seus olhos mesmo a uma longa distância.

Havia mais entre eles do que aquele mero espaço físico. A reputação de Marcus e seu trabalho com Eldridge eram grandes obstáculos que ela se perguntava se conseguiriam superar. Ele insinuara que seria fiel e concordara em considerar deixar a agência, mas não havia promessas. Se não mudasse sua vida em nenhum desses aspectos, ela poderia acabar detestando-o. E se ele estivesse casando para vingar-se, todo o esforço estaria condenado antes mesmo de ter se iniciado. Ela não conseguia deixar de se preocupar, não conseguia deixar de sentir medo pelo futuro.

— Você tem certeza de que este é o caminho que quer seguir? — seu pai perguntou num tom de voz baixo.

Surpreendida, Elizabeth olhou para ele com olhos arregalados. Ele manteve a cabeça firmemente olhando para frente, tão distante como sempre, o mesmo jeito que Marcus adotara nas últimas semanas.

— Por quê? — foi tudo que ela conseguiu dizer.

Seu pai apertou os lábios ao olhar para o altar e para o homem que lá esperava.

— Eu tinha esperança de que você se casasse por amor.

Não fosse pela multidão de espectadores, ela teria deixado o queixo cair.

— Eu não esperava uma afirmação como essa vinda de você.

Ele suspirou e olhou para ela com o canto do olho.

— Eu preferiria sofrer mil tormentos em troca do privilégio de ter sua mãe pelo tempo que tive.

Elizabeth sentiu um aperto no coração diante do vazio que havia nos olhos dele.

— Pai...

— Ainda podemos dar meia-volta, Elizabeth — ele resmungou. — Os motivos de Westfield me preocupam.

Enquanto as dúvidas faziam seu estômago revirar, ela pousou o olhar em seu noivo. A boca de Marcus estava curvada com muito charme, como um silencioso encorajamento, e o coração dela parou.

— Pense no escândalo — ela sussurrou.

Ele diminuiu o passo.

— Não me importo com nada além de seu bem-estar.

Elizabeth perdeu o fôlego por um momento e seus passos se tornaram hesitantes. Há quanto tempo esperava algum sinal de que seu pai se importava com ela? Por tempo o bastante até pensar que seria um sonho impossível. O apoio inesperado para recuar não era apenas impressionante, mas muito tentador. Ela analisou seu pai e os ocupantes da igreja, depois olhou para Marcus novamente. Enxergou o ligeiro passo adiante que ele tomou e viu seus punhos cerrados. Era um alerta discreto que dizia que ele correria atrás dela se decidisse fugir.

Essa ameaça quase imperceptível deveria deixá-la ainda mais amedrontada. Mas ao invés disso, lembrou-se de como o som da voz dele no jardim a encheu de alívio. Lembrou-se da maneira como ele a abraçou após ser esfaqueada, e de como o tremor de seus braços e sua voz denunciaram o que realmente estava sentindo. E também se lembrou das noites ao seu lado e do quanto ela o desejava. Seu coração começou a martelar, mas não era a necessidade de correr que a emocionou.

Elizabeth ergueu o queixo.

– Obrigada, papai. Mas tenho certeza do que estou fazendo.

Marcus olhou para seu irmão mais novo, que estava de pé ao seu lado no altar. Paul sorria maliciosamente, erguendo a sobrancelha numa pergunta silenciosa. *Alguma dúvida?*, é o que parecia dizer.

Marcus abriu a boca para sussurrar uma resposta quando uma súbita agitação na igreja chamou sua atenção. Elizabeth entrou ao lado de seu pai, e a visão de sua noiva o fez perder o fôlego. O assovio baixo de Paul pouco antes de a música começar indicou que sua resposta estava respondida.

Marcus nunca vira uma noiva mais linda.

A sua noiva.

Um choro abafado fez sua atenção se virar para sua mãe, sentada na primeira fila de bancos com lágrimas nos olhos. Seu irmão caçula, Robert, segurava cuidadosamente a mão frágil dela e olhou para Marcus através de seus óculos dourados com um sorriso tranquilizador.

A futura Condessa Viúva de Westfield estava muito feliz. Ela adorava Elizabeth desde seu primeiro encontro anos atrás, e agora dizia que qualquer mulher que conseguisse levar seu filho ao matrimônio deveria ser realmente extraordinária. Marcus nunca explicou que foi *ele* quem precisou arrastar sua noiva até o altar, e não o contrário.

Exatamente quando pensava nisso, os passos de Elizabeth se tornaram incertos. Ela começou a olhar ao redor com uma expressão assustada. Ele deu um passo adiante. Ela não fugiria. Não desta vez. Seu coração acelerou em pânico. Então, Elizabeth olhou em seus olhos, ergueu o queixo e continuou a caminhar até o altar.

A cerimônia começou. E foi longa. Longa demais.

Ansioso para acelerar o andamento, ele declarou seus votos com força e convicção, fazendo a voz ecoar pelos bancos lotados da igreja. Elizabeth declarou os votos lentamente e com muito cuidado, como se estivesse com medo de tropeçar nas palavras. Ele podia vê-la tremendo, sentia o quanto sua mão estava fria, e sabia o quanto ela estava aterrorizada. Marcus apertou sua mão gentilmente, tranquilizando-a, mas com uma inquestionável declaração de posse.

E então, tudo finalmente terminou.

Puxando-a para mais perto, Marcus a beijou, e foi surpreendido pelo ardor com que ela o beijou de volta. O sabor dela invadiu sua boca, intoxicou seus sentidos, o deixou louco de desejo. Sua abstinência forçada pesava dolorosamente entre suas pernas, exigindo os direitos que agora eram apenas dele.

Foi algo terrivelmente escandaloso.

Mas ele não se importava.

Marcus sentiu uma emoção ansiosa e arrebatadora dentro de si quando encarou sua esposa. A fúria daquela emoção quase foi demais para ele.

Então, desviou os olhos.

Elizabeth tentou não pensar muito enquanto se preparava para sua noite de núpcias. Tomando seu banho sem pressa, ela olhou ao redor e ficou contente por encontrar suas coisas, apesar de estar num lugar estranho. O quarto era bonito e espaçoso, as paredes eram forradas num leve tom de rosa damasco. Apenas duas portas separavam-na do quarto onde fizera amor pela primeira vez com Marcus. A lembrança fez sua pele se aquecer e o estômago se revirar. Fazia tanto tempo desde a última vez que ele a tomara que apenas pensar na noite vindoura a fez tremer de antecipação.

Apesar do desejo sem fim ao qual havia se acostumado, ainda era aterrorizante casar-se com um homem cuja vontade era maior do que a dela. Um homem tão determinado a conquistar seus objetivos que nada poderia entrar em seu caminho. Será que ela poderia influenciar um homem como Marcus? Convencê-lo a mudar seus costumes? Talvez a mudança nem fosse possível e ela estava sendo uma tola ao ficar esperançosa.

Quando terminou de se banhar, ela instruiu Meg a deixar seu cabelo solto, depois dispensou sua dama de companhia. Elizabeth andou até a cama onde sua camisola e seu penhoar a esperavam. As duas peças foram encomendadas especialmente para seu enxoval de noiva. Admirando-os, ela passou os dedos pelo fino tecido e intrincada renda.

Parou quando a luz da vela refletiu em seu anel de noivado. Era tão diferente do anel simples que Hawthorne escolhera. Marcus lhe oferecera um diamante enorme cercado de vários rubis. Era impossível ignorar que isso era uma óbvia declaração de posse, e como se não fosse suficiente, o brasão dos Westfield estava gravado no aro de ouro.

Elizabeth ouviu uma leve batida na porta e estendeu os braços para apanhar a camisola, mas então, parou para pensar. Seu marido era um homem com um voraz apetite sexual, e o interesse dele ultimamente parecia ter arrefecido. Se ela esperava mantê-lo fiel, teria que ser mais ousada. Ela não possuía a experiência de suas outras amantes, mas tinha entusiasmo. Torcia para que isso fosse suficiente.

Dispensando as peças de roupa, Elizabeth disse para ele entrar. Respirou fundo e se virou. Marcus abriu a porta e então parou assim que entrou. Vestido num roupão de cetim preto, seu corpo ficou visivelmente tenso quando a viu. Congelado embaixo do batente, seus olhos faiscaram e um formigamento percorreu a pele dela. Elizabeth lutou contra o impulso de cobrir seu corpo com as mãos, levantando o queixo e exibindo uma coragem que ela realmente não tinha.

Sua voz grave e rouca apenas exacerbou o formigamento dela.

– Vestindo nada além do meu anel, você fica extremamente linda.

Ele entrou e fechou a porta, usando movimentos que pareciam casuais. Mas ela não se deixou enganar. Elizabeth podia sentir seu discreto estado de alerta. Observou fascinada a frente de seu roupão balançar e depois subir com sua ereção. Ela sentiu água na boca e apertou as unhas contra as palmas das mãos enquanto esperava que o roupão se abrisse para revelar a parte do corpo dele que ela cobiçava.

– Você parece vidrada, meu amor.

Seu roupão balançava ao redor de suas pernas quando Marcus cruzou o quarto até ela, chegando tão perto que Elizabeth podia sentir o calor irradiando de seu corpo. Seu aroma de sândalo e frutas cítricas a envolveu, e seus mamilos endureceram de imediato, espalhando pontadas de desejo dos seios até seu sexo. Ela engoliu um gemido. A necessidade que sentia por ele crescia dia a dia, agravada pelo celibato forçado do último mês.

Desde quando ela se tornara tão devassa?

– Eu... senti sua falta – ela disse aguardando desesperada por seu toque.

– É mesmo? – Marcus a encarou com uma expressão encantada e Elizabeth devolveu o escrutínio, notando a rigidez de seu maxilar que desmentia o fogo em seus olhos. Ele se tornara tão distante, como se fosse um charmoso estranho. E então, a mão dele alcançou o meio das pernas dela, com seu longo dedo do meio deslizando entre os lábios de seu sexo para escorregar em seu creme.

– Sim, parece que é verdade.

Ela soltou um gemido queixoso quando ele retirou o dedo e Marcus a acalmou com um murmúrio suave.

As mãos dele se moveram sem pressa até o cinto de seu roupão. Depois agarraram cada lado e ele o abriu, revelando seu poderoso abdômen e sua dura e pulsante ereção. Emoldurado pelo forro negro do roupão, seu corpo esguio era magnífico.

Elizabeth desviou o olhar para cima e o encarou. Ela disse aquilo que precisava que ele soubesse, aquilo que precisava que ele entendesse.

– Você pertence a mim.

Querendo penetrar a frieza de sua expressão, ela ergueu a mão, deslizou a ponta dos dedos por sua garganta e desceu até chegar ao peitoral. Ele engoliu um soluço e sentiu a pele esquentar sob o toque dela.

Elizabeth sorriu ao sentir o poder que tinha sobre Marcus. Ela nunca soube que poderia ser assim, nunca nem quisera que fosse assim, mas agora ele era dela. Esse fato mudava tudo.

Marcus a ergueu pela cintura e deu o passo que faltava para chegar à cama.

– Lady Westfield – ele rosnou, deitando-a e encostando seu pênis no sexo de Elizabeth, para depois penetrar fundo com apenas uma única investida.

Ela soltou um grito, contorcendo-se com a inesperada e dolorosa invasão, mas ele rapidamente a manteve no lugar. Marcus forçou seu corpo em cima dela, pressionando-a contra o colchão, deixando o roupão envolver seus corpos unidos. Sua boca capturou a dela num beijo devastador, mexendo a língua num ritmo que prendia todos os sentidos de Elizabeth.

Aquilo não era nenhuma sedução cuidadosa e planejada, como foram seus encontros anteriores. Aquilo foi uma declaração de posse no nível mais baixo possível, um atestado que a deixou momentaneamente atordoada e confusa. Ela conhecia o toque dele, seus sentidos reconheciam seu cheiro e a sensação de seu corpo, mas o homem em si era um estranho para ela. Tão decidido e brutalmente possessivo, pulsando quente e duro dentro dela.

Uma de suas mãos agarrou e apertou o seio dela, tirando-a de sua paralisia temporária. As coxas dele se apertaram contra as dela quando ele deslizou mais um pouco para dentro. Ela se debateu embaixo dele e virou a cabeça para poder respirar. Os lábios dele continuaram a se mexer, descendo pelo rosto, mordendo a orelha.

– *Você* pertence a *mim* – ele disse asperamente.

Uma ameaça. Ela congelou quando percebeu.

Ele queria sua submissão. O anel, seu nome, o desejo dela... não eram suficientes para acalmá-lo.

– Por que tomar aquilo que eu daria livremente? – ela sussurrou, imaginando se talvez fosse a única maneira que ele poderia possuí-la, a única maneira que ela se entregaria. Elizabeth tentou se lembrar de alguma vez que se oferecera sem que fosse forçada.

Ele gemeu e enterrou o rosto no pescoço dela.

– Você nunca me deu nada livremente. Paguei com sangue por tudo que você já me ofereceu.

As mãos de Elizabeth deslizaram por baixo do roupão e acariciaram os fortes músculos de suas costas. Ele se arqueou no toque dela, suando e esfregando desesperadamente os quadris nela até Elizabeth o acalmar com sua voz:

— Deixe-me dar aquilo que você quer.

Marcus apertou Elizabeth em seu peito com toda a força, mordendo o topo de seu ombro quando o clitóris raspou em seu pau numa carícia provocante.

— Maldita — ele sussurrou, deixando as marcas de seus dentes na pele dela.

Ele entrara no quarto com um único propósito, para aplacar sua mútua necessidade e consumar o casamento que custou tanto a acontecer. Era para ser como uma dança, cujos passos ele conhecia bem, um encontro cuidadosamente planejado sem a intimidade abandonada e indesejada. Mas ela o recebera nua, banhada apenas pela luz da lareira, com os cabelos soltos sobre o ombro e o queixo erguido com um orgulho de mulher sem pudores. Encarando-o, dissera que ele pertencia a ela. Por todos esses anos ela nunca gostara dele, mas agora, *agora*, após tudo que ele sofrera, Elizabeth decretava sua vitória.

E tinha mesmo vencido. Ele estava preso em sua armadilha, agarrado por suas finas coxas e seu interior cremoso, com os dedos massageando por suas costas.

Perdido em seu abraço, ele arqueou a coluna e beijou uma trilha escaldante que descia pela garganta até os seios. Lambeu e saboreou a pele clara, massageando os lados com as duas mãos, sentindo o peso enquanto se tornavam mais pesados e rijos. Os mamilos endureceram e se tornaram irresistíveis: ele mordeu um deles, apertando com os dentes antes de lambê-lo lentamente. Marcando-a. Assim como faria por toda a parte.

Apenas quando ela implorou, ele abriu a boca e a tomou completamente. Chupou vagarosamente com puxadas rítmicas da língua e dos lábios, estremecendo diante da sensação que atravessava o corpo dela até chegar nas contrações que apertavam seu pau. Ele poderia gozar assim, apenas com os espasmos de seus músculos. Incendiado por esse pensamento, Marcus aumentou a sucção. Fechou os olhos e seu corpo tremeu. Mexeu os quadris para esfregar o clitóris e, então, gemeu com o orgasmo dela, liberando seu próprio prazer em quentes jatos de sêmen.

Ofegando e apenas parcialmente satisfeito, Marcus soltou os seios e pousou a cabeça neles, imaginando se algum dia se cansaria dela.

Elizabeth mergulhou os dedos em seus cabelos.

– Marcus...

Ele se ergueu acima dela, colocando os braços em cada lado de seus ombros, e Elizabeth encarou seu marido, tentando entender seu estranho humor. Seu bonito rosto estava austero, os olhos buscavam os dela. E ela estremeceu, quase com medo. Ele parecia com raiva, com olhos cerrados e boca apertada. Então, ele se afastou, levando consigo o calor de seu corpo, e ela se sentiu abandonada. Como ele poderia ficar igualmente tão entusiasmado e tão distante?

Marcus pairou acima de sua esposa, observando-a esparramada e corada, as pernas abertas revelando tudo aquilo que ele cobiçava. Sua ereção, coberta pelo creme dela, esfriou, mas não diminuiu. Perdido naquela visão, seus olhos desceram e viram o sêmen que descia entre as coxas dela. Estendeu a mão, pegou um pouco com os dedos e espalhou entre os lábios de seu sexo, massageando o clitóris saliente.

Minha, minha, minha... toda minha...

Louco de alívio, prazer e desejo, ele continuou espalhando seu sêmen no sexo dela, observando-a se arquear e se contorcer, ouvindo as súplicas e clamores com um desinteresse fingido.

Cada centímetro de sua pele sedosa pertencia a ele, cada fio de cabelo, cada respiração. Para o resto de suas vidas, ele poderia tocá-la daquela maneira, poderia possuí-la o quanto quisesse.

Toda minha...

Esse pensamento o deixou duro como pedra, inchado e pesado como se não tivesse acabado de se derramar nela. Marcus aproximou-se novamente, tomou seu pau na mão e massageou o sexo dela com a ponta.

– Deixe-me entrar em você.

Esperando sua reticência, ele gemeu quando ela levantou os quadris imediatamente, envolvendo a cabeça sensível de seu pênis numa fornalha líquida. Ele impulsionou os quadris e a preencheu, caindo com os braços estendidos enquanto se afundava nela. Sentir aquele aperto em sua ereção era o paraíso. Desejou que pudesse ficar assim para sempre. Mas não podia. Apesar do quanto aquilo parecia ser o certo, na verdade era muito errado.

Agarrando os ombros dela para mantê-la no lugar, Marcus pressionou o rosto contra seu pescoço e começou a penetrá-la, com investidas famintas, batendo pele com pele. Envolvendo os quadris dele com as pernas, Elizabeth se ergueu de encontro com seus movimentos, devolvendo seu ardor, liberando-se completamente, gritando desavergonhadamente a cada vez que ele entrava. Marcus a invadiu com sua luxúria, e ela permitiu, como prometera que faria.

— Isso — ela gritou, cravando as unhas nas costas dele. — Marcus... isso!

Era como se estivesse se afogando num redemoinho que o puxava cada vez mais para o fundo, mas ele cerrou os dentes e lutou contra a sensação. Livrando-se dos braços dela, Marcus se levantou e plantou os pés firmes no tapete do chão. Agarrando a armação da cama com uma das mãos, ele saiu do corpo dela até que somente a ponta permanecesse dentro, sentindo cada nervo de seu corpo gritar em protesto.

Elizabeth queimava. Tudo queimava — a pele, o sexo, as raízes dos cabelos dela. Lágrimas de frustração escorriam de seus olhos.

— Não me negue!

— Eu deveria — ele retrucou. — Por anos eu fui negado.

Apoiando-se nos cotovelos, ela se ergueu e olhou para onde eles se uniam. Desta vez, ela não tinha nenhum poder. E iria admitir se fosse preciso.

— Isso é tão bom — ela quase perdeu a voz. — Eu faço qualquer coisa...

— Qualquer coisa? — ele a recompensou entrando mais um mero centímetro.

— Sim. Pelo amor de Deus, Marcus.

Ele enfiou fundo e depois tirou. Afastou os quadris, depois mergulhou. Penetrou só um pouco, depois saiu. Apenas provocando-a. E ela observou a exibição erótica, os músculos contraindo em seu estômago, as coxas se apertando enquanto usava seu grosso e lindo pênis para levá-la à loucura.

Ela queria gritar. Sua pele estava molhada de suor, seus membros tremiam, seu sexo gotejava.

— O que você quer de mim?

Continuando a variar o ritmo e a profundidade, ele não tirava os olhos dela.

– Quero tudo.

– Você já tem! Não me sobrou mais nada.

Então, ele a tomou sem reservas, como uma besta selvagem, agarrando a armação da cama para se apoiar, investindo com força suficiente para fazer o corpo dela subir pelo colchão. Ele a acompanhou, estocando forte e profundamente, pouco se importando com o conforto dela.

Sem poder, e sem querer, negá-lo, Elizabeth se entregou à turbulência da paixão de seu marido, explodindo num orgasmo com um grito de alívio.

Marcus manteve-se acima dela, assistindo ao seu abandono, absorvendo sua tremedeira, sentindo o corpo dela se apertar ao seu redor mesmo enquanto ele continuava penetrando.

Não se lembrava de nenhuma outra vez em que se sentira mais capturado pelo sexo. Seu corpo inteiro estava coberto por uma grossa camada de suor, seus quadris trabalhavam incansavelmente para prolongar o prazer dela e impulsionar a si mesmo para o orgasmo. Ele soltou um rugido animalesco de puro contentamento por fazer amor com sua esposa, uma mulher ferozmente passional que estava à altura de seu próprio desejo.

Sentimento, emoção, necessidade – tudo trabalhava em conjunto para levá-lo a um nível de sensações que nunca experimentara antes. Com o coração ardendo, ele sussurrou o nome dela quando se derramou em seu interior, torcendo desesperadamente para que aquilo fosse o suficiente, mas sabendo que nunca seria. O poço sem fundo de sua necessidade era aterrorizante. Mesmo agora, despejando-se nela, agarrando-a desesperadamente, cerrando os dentes até o maxilar doer, ele ainda queria mais.

Sempre iria querer mais, mesmo quando não houvesse mais nada para querer.

Ele rolou para o lado, como se ela o queimasse. Com o peito arfando, ele encarou a cobertura da cama, esperando os olhos conseguirem focar, esperando que o quarto parasse de girar. No momento em que parou, ele deixou a cama de sua esposa.

Mesmo sentindo o cheiro dela em sua pele, mesmo com o suave protesto dela, Marcus fechou seu roupão e saiu do quarto.

Ele não olhou para trás.

CAPÍTULO 17

Elizabeth acordou com um raio de sol que entrou por uma pequena fresta entre as cortinas e cobriu seu rosto. Espreguiçando, logo percebeu o quanto estava dolorida entre as pernas, um lembrete do quanto seu marido fora bruto ao fazer amor, e ainda mais bruto ao deixar o quarto.

Ela deslizou para fora da cama e ficou em pé por um momento, contemplando aquilo que agora sabia que era verdade. Marcus se casara por vingança, e conseguira se vingar duplamente, pois em algum momento entre aquela horrível noite no jardim em Chesterfield Hall e a noite de ontem, ela se apaixonara por ele. Um erro tolo e doloroso.

Resignada com o destino ao qual caminhara de olhos bem abertos, Elizabeth chamou Meg e os criados para trazerem água quente para seu banho, determinada a tirar o cheiro de seu marido de sua pele.

Chorara pela primeira e última vez por Marcus Ashford. Sob a luz do dia, já não conseguia entender por que pensara que seu casamento seria uma união mais profunda. Concluiu que a resposta era o sexo. Orgasmos demais mexeram com seu cérebro. Na verdade, o tédio dele já estava óbvio há varias semanas. Marcus não se esforçava para esconder. Mesmo assim, ele se comportara de maneira solícita e cortês até a noite anterior. Agora, Elizabeth não esperava que fosse mudar, já que havia conseguido sua vingança. Ela devolveria a mesma cortesia. Portanto, seu segundo casamento seria muito parecido com o primeiro, com pessoas distantes compartilhando o mesmo teto. Não era algo incomum.

Apesar de tentar se animar com esses pensamentos, por dentro ela se sentia doente e chorosa. Seu peito doía muito. Pensar em encarar Marcus a deixava nauseada. Após tomar o banho, olhou-se no espelho e não deixou de notar as leves sombras debaixo dos olhos que denunciavam a falta de sono e as horas chorando. Era melhor sair um pouco de casa. Ainda não sentia que era um lar, ainda era o bastião de Marcus, e as memórias que ela possuía do lugar não eram agradáveis. Respirou fundo e se dirigiu para o saguão.

Atravessando o corredor, olhou para o relógio e notou que ainda era muito cedo. Por causa da hora, Elizabeth ficou surpresa por encontrar a família de Marcus tomando café da manhã. Sentiu-se pequena diante da altura dos irmãos quando se levantaram para recebê-la. Os Ashfords eram um grupo agradável, mas no momento ela queria apenas ficar sozinha e cicatrizar as feridas.

— Bom dia, Elizabeth — disse a adorável Condessa Viúva de Westfield.

— Bom dia — ela respondeu com o melhor sorriso que pôde mostrar.

Elaine Ashford era uma bela e graciosa mulher de cabelos dourados e olhos de um verde-esmeralda que brilhavam quando ela sorria.

— Você acordou cedo.

Paul sorriu.

— Marcus ainda está dormindo? — quando Elizabeth assentiu, ele jogou a cabeça para trás e soltou uma risada alta. — Ele está lá em cima descansando da noite de núpcias, e você está aqui vestida impecavelmente e pronta para sair, é isso mesmo?

Elizabeth corou e ajeitou as saias.

Sorrindo com afeição, Paul disse:

— Agora podemos entender como nossa linda nova irmã conseguiu levar nosso irmão para o altar. Duas vezes.

Robert engasgou com os ovos.

— Paul — Elaine repreendeu, com seus olhos escondendo uma relutante diversão. — Você está constrangendo Elizabeth.

Sacudindo a cabeça, Elizabeth não conseguiu esconder um sorriso. Devido ao seu ferimento e a necessidade de esconder sua causa, ela tivera pouco tempo para voltar a conviver com a família de Marcus. Mas sabia que eles eram um grupo divertido e alegre com um senso de humor apurado, em parte por causa das provocações de Paul. Por ele ter resolvido provocá-la tão abertamente, Elizabeth sentiu-se aceita e isso aliviou um pouco da tensão que fazia seus ombros doerem.

Embora fisicamente tivesse a mesma altura e largura dos ombros de Marcus, Paul tinha cabelos pretos e olhos castanhos. Três anos mais novo que Marcus e igualmente bonito, Paul poderia causar um alvoroço na sociedade e entre suas debutantes, se quisesse. Mas ele não queria. Em vez disso, preferia permanecer em Westfield Hall. Elizabeth ainda não sabia por que escolhera viver isolado no campo, mas era um mistério que ela pretendia desvendar com o tempo.

Robert, o caçula, era praticamente a imagem espelhada de Marcus, com os mesmos cabelos claros e olhos verde-esmeralda que se destacavam charmosamente debaixo dos óculos. Ele era extremamente quieto e estudioso, fisicamente tão alto quanto os irmãos, porém muito mais magro e menos musculoso. Robert se interessava por ciência e mecânica. Ele podia tagarelar poeticamente sobre muitos assuntos chatos e entediantes, mas todos os Ashford ouviam-no com atenção nas raras vezes em que ele tirava o nariz dos livros e conversava com eles. No momento, esse nariz estava mergulhado no jornal.

Paul se levantou.

– Se vocês me dão licença, senhoras, eu tenho hora marcada com o alfaiate. Já que eu raramente venho à cidade, é melhor aproveitar a oportunidade para me atualizar com as últimas modas – ele olhou para Robert, ainda enterrado no jornal. – Robert. Venha comigo. Você precisa de roupas novas mais do que eu.

Robert ergueu o rosto e piscou os olhos.

– E para que eu me vestiria com a última moda?

Sacudindo a cabeça, Paul murmurou:

– Nunca conheci um sujeito tão bonito que se importa tão pouco com a aparência – ele andou até a cadeira de Robert e a puxou para trás levemente. – Você irá comigo, meu irmão, queira ou não.

Com um longo suspiro e um último olhar para o jornal, Robert seguiu Paul para fora da casa.

Elizabeth assistiu à conversa dos dois divertindo-se e gostando imensamente de seus dois novos irmãos.

Elaine subiu uma sobrancelha quando apanhou sua xícara de chá.

— Não deixe o mau humor dele perturbar você.

— Paul?

— Não, Marcus. Todo casamento necessita de uma adaptação. Ainda acho que vocês deveriam considerar uma viagem de lua de mel. Permitam a si mesmos um período sem as pressões aqui da cidade.

— Nós pretendemos fazer isso, assim que as sessões do parlamento terminarem — essa era a desculpa que Marcus sugeriu que usassem. Com o diário ainda representando um peso sobre sua cabeça, eles não podiam se dar ao luxo de deixar Londres. Esperar até o fim da estação parecia a desculpa que menos chamaria atenção.

— Mas você não está feliz com essa decisão, não é mesmo?

— Por que você acha isso?

Oferecendo um sorriso triste, Elaine disse:

— Você esteve chorando.

Horrorizada ao saber que seu tormento era conhecido, Elizabeth deu um passo para trás.

— Estou um pouco cansada, mas tenho certeza de que um passeio no ar da manhã irá me animar.

— Uma ótima ideia. Irei com você — Elaine se levantou da cadeira.

Presa numa situação em que recusar seria muito indelicado, Elizabeth soltou um longo suspiro e assentiu. Com um aviso estrito para que os criados não perturbassem o senhor da casa, Elizabeth e Elaine saíram.

Quando a carruagem começou a andar, Elaine notou:

— Você possui vários homens cuidando de sua proteção. Acho que anda mais protegida do que o próprio rei.

— Westfield é um pouco superprotetor.

— Realmente, isso é de seu feitio.

Elizabeth aproveitou a oportunidade para aprender mais sobre seu marido.

— Às vezes eu me pergunto, Marcus é parecido com o pai dele?

– Não. Paul se parece mais com o falecido conde, na aparência e na disposição. Robert é um pouco diferente, e nós o adoramos por causa disso. E Marcus é de longe o mais charmoso, mas também é o mais reservado dos três. Sempre foi difícil saber quais eram seus objetivos até que ele os alcançasse. Ele esconde muito bem os pensamentos por trás de seu jeito educado. Nunca o vi perder a cabeça, mas tenho certeza de que é capaz disso. Afinal, ele é filho de seu pai, e o Conde de Westfield era um homem de temperamento forte.

Suspirando internamente, Elizabeth reconheceu a verdade por trás daquelas palavras. Apesar das horas de intimidade física, ela conhecia pouco sobre o homem com quem se casara, uma criatura requintada de fala mansa e cujos pensamentos nunca eram compartilhados. Ela apenas enxergava suas emoções quando estavam sozinhos, fosse a fúria ou a paixão. De certa maneira, ela se sentia privilegiada por conhecer esses dois lados dele quando nem sua amada família conhecia.

Elaine se inclinou para frente e apanhou uma das mãos de Elizabeth.

– Assim que vi vocês dois juntos eu soube que você seria perfeita para ele. Marcus nunca pareceu tão envolvido por alguém.

Elizabeth corou.

– Nunca pensei que você fosse me aceitar depois do que aconteceu há quatro anos.

– Eu sempre acho que existe uma razão para tudo, minha querida. A vida sempre foi fácil demais para Marcus. Prefiro pensar que seu... *atraso* contribuiu para o crescimento dele nos últimos anos.

– A senhora é muito gentil.

– Você não diria isso se soubesse as coisas que eu disse sobre você naquela época. Quando Marcus deixou o país, eu fiquei devastada.

Cheia de culpa, Elizabeth apertou a mão de Elaine e ficou emocionada quando sua mão foi apertada de volta.

– Mesmo assim, você se casou com ele, e Marcus evoluiu muito desde a primeira vez em que a pediu em casamento. Não tenho ressentimento nenhum por você, Elizabeth.

Eu gostaria que Marcus sentisse o mesmo, Elizabeth pensou em silêncio e com muito pesar.

A carruagem diminuiu até parar. Antes que tivessem a oportunidade de descer, os empregados das lojas já se alinhavam para recebê-las. Ao verem o brasão na porta da carruagem, os vendedores ficaram ansiosos para ajudar a nova Condessa de Westfield e colher os frutos da generosidade de seu marido.

A manhã passou rapidamente e Elizabeth teve um descanso de sua melancolia junto a Elaine, apreciando seus conselhos e sugestões enquanto desfrutava a companhia maternal que nunca tivera em sua vida.

Elaine parou em frente a uma loja e suspirou diante do adorável chapéu exibido na vitrine.

— Você deveria experimentá-lo — Elizabeth sugeriu.

Elaine corou e confessou:

— Gosto muito de chapéus.

Após gesticular para que sua sogra entrasse, Elizabeth se dirigiu para a perfumaria ao lado, deixando seus dois seguranças na porta.

Uma vez lá dentro, ela parou em frente ao balcão de óleos e sais de banho e removeu a tampa de um frasco para provar o aroma. Não gostou da fragrância, então, devolveu o frasco e apanhou outro.

Uma voz masculina soou atrás dela:

— Eu soube de seu casamento, Lady Westfield. Deixe-me parabenizá-la.

Surpreendida, ela quase deixou o frasco cair, sentindo o estômago revirar quando reconheceu aquela voz única. Ela virou para encarar Christopher St. John, com o coração acelerado e olhos arregalados.

Sob a luz do dia, sem uma máscara ou peruca para esconder suas feições, ele tinha uma beleza esplêndida e angelical, com seus cabelos loiros e vívidos olhos azuis.

Arrebatada por seu charme excepcional, ela rapidamente recobrou os sentidos e mudou de ideia. Um anjo caído era uma descrição mais adequada. Os sinais de uma vida dura estavam espalhados em sua fisionomia. Sombras marcavam a pele debaixo daqueles olhos incríveis, denunciando uma existência que não tinha tempo para noites bem dormidas.

Seus lábios se curvaram com ironia.

— Será que ninguém lhe disse que não é educado ficar encarando assim?

– Você veio me esfaquear novamente? – ela perguntou indignada, tomando um passo para trás e se encostando no balcão. – Se for o caso, que seja rápido.

St. John jogou a cabeça para trás e riu, chamando a atenção da vendedora atrás do balcão que o olhava com óbvia admiração.

– Você é uma mulher arisca, não é mesmo? Entendo porque Nigel gostava tanto de você.

Os olhos dela se arregalaram com a intimidade com que ele citou seu falecido marido.

– E como você poderia saber como meu marido se sentia?

– Eu sei de muitas coisas – ele respondeu com arrogância.

– Ah, sim, eu me esqueci – ela se sentiu frustrada com a confiança dele diante do medo dela. – Você de alguma maneira ficou sabendo do diário de Hawthorne e desde então tem me ameaçado – Elizabeth agarrou o frasco de perfume com tanta força que suas mãos embranqueceram.

St. John baixou os olhos.

– Devolva o frasco antes que se machuque com ele.

– Não se preocupe comigo. É você quem poderia se machucar com isso – ela ergueu a garrafa como um aviso antes de deixá-la negligentemente no balcão, ignorando o nó em seu estômago. – O que você quer?

St. John encarou Elizabeth e seu rosto mostrava uma estranha mistura de emoções.

– Precisei da manhã inteira para me livrar daqueles lacaios que Westfield contratou para me seguirem.

Pela vitrine em frente à loja, ela enxergou as costas dos dois seguranças que estavam de guarda.

– Como você entrou aqui?

– Pela porta dos fundos. Tem sido muito difícil me aproximar de você com essa maldita escolta e Westfield protegendo-a em todas as horas.

– A intenção é essa.

Ele fez uma careta.

– Na primeira vez em que nos encontramos, tive apenas alguns momentos para falar com você. Não pude me explicar.

– Então, explique-se agora.

– Primeiro, você deve saber que eu nunca a machucaria – seu maxilar se apertou. – Estou tentando ajudá-la.

– Por que você faria isso? – ela zombou. – Estou casada com um homem que o levaria à forca, se pudesse.

– Você é a viúva de meu irmão – ele disse com a voz baixa. – Isso é tudo que importa para mim.

– *O quê?* – perdendo o equilíbrio diante da afirmação, Elizabeth estendeu os braços para trás numa tentativa de se apoiar e acabou derrubando vários frascos, que caíram ao chão e se quebraram, enchendo o salão com o cheiro enjoativo de flores e almíscar.

– Isso é mentira! – mas no momento em que disse essas palavras, ela soube que era verdade.

Após um exame mais atento, as semelhanças ficaram evidentes. O cabelo de Nigel possuía o mesmo tom loiro e seus olhos também eram azuis, embora não fossem tão brilhantes quanto os de St. John. O nariz era igual, assim como o formato do maxilar e do queixo e a altura das orelhas.

– Por que eu iria mentir? – ele perguntou simplesmente.

Ela examinou o pirata em detalhes. Sua boca não era igual. A de Nigel era menos larga, os lábios mais finos, a pele era mais suave. Nigel usava bigode e cavanhaque. O rosto de Christopher estava bem barbeado. Mas as diferenças eram mínimas. Se soubesse que deveria procurá-las, ela teria percebido as semelhanças muito antes.

Irmãos.

A cor sumiu de seu rosto.

Seus pulmões precisavam de ar, mas o espartilho dificultava a respiração. Ela sentiu uma tontura e suas pernas cambalearam, mas St. John a segurou antes que caísse. Ele a baixou numa cadeira, apoiando sua cabeça com a mão para abrir melhor suas vias aéreas.

– Relaxe – ele a acalmou com sua voz áspera. – Respire.

– Maldito seja – ela ofegou. – Você não tem tato? Como pode jogar uma informação dessas sem nenhum aviso?

– Ah, seu charme aparecendo mais uma vez – ele sorriu, e por um momento se pareceu muito com Nigel. – Continue respirando fundo. Não entendo como vocês mulheres aguentam esses espartilhos.

Os sinos sob a porta soaram pelo salão.

– A viúva chegou – ele alertou num murmúrio.

– Elizabeth! – Elaine gritou, aumentando o tom de voz enquanto se aproximava correndo. – Tire as mãos dela imediatamente!

– Peço desculpas, minha senhora – St. John respondeu com um sorriso charmoso mesmo do ponto de vista de Elizabeth. – Mas não posso fazer isso. Se eu soltá-la, Lady Westfield irá com certeza cair ao chão.

– Oh – exclamou a vendedora que se aproximou. – Christopher St. John.

– St. John? – murmurou Elaine, tentando lembrar-se de onde conhecia esse nome.

– Sim, o famoso St. John – acrescentou a vendedora.

– Você quer dizer o infame St. John – Elizabeth resmungou enquanto tentava se recompor.

Christopher riu.

Elaine franziu a testa. Sem saber como lidar com a situação, ela recorreu às suas boas maneiras.

– Obrigada, senhor St. John, por sua assistência. Tenho certeza de que o conde ficará muito agradecido.

Seus lábios se curvaram diante da ironia.

– Eu sinceramente duvido disso, milady.

Elizabeth se debateu contra o musculoso peitoral dele.

– Solte-me – ela exigiu.

Ele riu enquanto a endireitava, certificando-se de que estava firme antes de soltar os braços. Então, ele se virou para a vendedora e pagou por todos os frascos quebrados.

– Elizabeth, você está se sentindo mal? – Elaine perguntou com óbvia preocupação. – Talvez ainda seja cedo para você sair depois de sua doença.

– Eu deveria ter comido alguma coisa pela manhã. Senti um pouco de tontura por um momento, mas já passou.

St. John voltou para o lado delas, fez uma reverência e se despediu.

– Espere! – Elizabeth correu atrás dele. – Você não pode simplesmente ir embora depois de me contar algo assim.

Christopher baixou a voz, olhando sobre ela para a condessa.

– Sua sogra sabe de nossos assuntos?

– É claro que não.

— Então é melhor não discutirmos isso agora — ele apanhou seu chapéu e se dirigiu para a porta dos fundos. — Irei encontrá-la logo. Nesse meio-tempo, por favor, tenha cuidado e não confie em ninguém. Eu nunca me perdoaria se algo acontecesse com você.

Era pouco antes do almoço quando Elizabeth e Elaine retornaram para casa. Elas se separaram no segundo andar, cada qual se dirigindo para seus respectivos aposentos para trocarem de roupa. Elizabeth estava exausta, com fome e totalmente confusa pelas revelações de St. John, uma combinação que a deixara com uma forte dor de cabeça.

O que deveria fazer agora?

Enquanto caminhava para seu quarto, Elizabeth pensava no assunto. Ela não poderia compartilhar a informação de parentesco com St. John até que tivesse certeza de que era verdade. E se fosse, seu casamento seria um desastre. Marcus realmente odiava St. John e se casara com ela por razões que era melhor esquecer. O que ele faria se soubesse disso? Apesar de querer isso, ela não poderia imaginar que ele ficaria impassível. Certamente seria um choque para ele e Eldridge se descobrissem que o criminoso que eles tanto perseguiam possuía uma conexão tão pessoal com ela. E para William. Por todos esses anos, St. John foi considerado culpado por quase matá-lo. Mas seria mesmo verdade? Será que o pirata era mesmo tão gélido e insensível quanto ela fora induzida a acreditar? E Nigel... *Meu Deus, Nigel.* Trabalhando com Eldridge para caçar seu próprio irmão. Ou talvez estivesse ajudando St. John em suas atividades, o que fazia dele um traidor.

Ela precisava de tempo para pensar e contemplar as ramificações disso tudo. No momento, mal conseguia andar e seu estômago roncava. Mais tarde, quando estivesse com a mente mais limpa, ela pensaria em como contar para seu marido.

Fechou a porta assim que entrou no quarto. Andou até a poltrona ao lado da lareira pensando em desabar ali, mas foi surpreendida quando encontrou Marcus sentado nela.

— Meu Deus, Marcus! Você me assustou.

Marcus se levantou e Elizabeth se perguntou se era sua falta de sono que o fez parecer mais alto e mais ameaçador.

— Certamente não tão assustada quanto eu quando descobri que você havia saído de casa — ele disse.

Ela ergueu o queixo quando sentiu o coração disparar. Vestido para cavalgar, ele estava impossivelmente lindo, e ela odiou descobrir que ainda o desejava, mesmo após ter chorado a noite toda.

— Que grande preocupação com meu bem-estar. Infelizmente, você não estava nem um pouco preocupado com isso na noite passada.

Quando ela tentou passar por ele, Marcus agarrou o braço dela, puxando-a para perto.

— Não ouvi nenhuma reclamação ontem — ele rosnou.

— Talvez se tivesse ficado mais um pouco você teria ouvido.

— Se eu ficasse mais, não haveria nenhuma reclamação.

Ela puxou o braço com raiva para se desvencilhar e seu queixo tremia com as palavras dele, mostrando que ele entendia a dor que estava infligindo a ela.

— Deixe-me sozinha e leve sua arrogância com você. Eu devo me trocar para o almoço.

— Apesar de ser indesejado, eu ficarei — ele disse suavemente, embora houvesse um desafio em seus olhos.

— Não quero você aqui — a presença dele renovou a infelicidade que ela tentara esquecer pela amanhã inteira.

— E eu não queria que você saísse por aí sem mim. Às vezes não conseguimos aquilo que queremos.

— Eu sei muito bem disso — ela murmurou, tocando o sino e chamando sua dama de companhia.

Ele soltou um suspiro que demonstrava sua frustração.

— Por que você continua ignorando o perigo deliberadamente?

— Levei a escolta comigo, e como você pode ver, estou em casa e estou inteira. Você não se importou das outras vezes em que eu saí. Agora que estamos casados eu devo ser uma prisioneira?

— Você não saiu desde que foi esfaqueada. O perigo é maior agora, e você sabe muito bem disso.

Elizabeth sentou-se na cadeira de sua penteadeira e encarou seu olhar raivoso pelo espelho.

Marcus devolveu o olhar antes de pousar suas grandes mãos nos ombros dela e apertou tão forte que a fez estremecer. Ele abriu a boca como se fosse dizer algo, mas uma leve batida na porta o interrompeu.

Na meia hora seguinte, ele assistiu enquanto a dama de companhia ajudava Elizabeth a se vestir. Marcus não disse nada, mas sua presença deixou as duas mulheres desconfortáveis. Quando terminaram, ela estava certa de que desmaiaria por causa da fome e da tensão que irradiava de seu marido. Ela se sentiu muito aliviada quando chegaram ao primeiro andar e se juntaram ao resto da família para almoçar. Ela tomou seu lugar e comeu com o máximo de discrição que sua fome permitia.

— Estou aliviada por ver você se sentindo melhor, Elizabeth — Elaine disse. — Agradeço a Deus por aquele cavalheiro, St. John, ter lhe ajudado antes que caísse, embora ele nem parecesse...

— Você poderia repetir isso, mamãe? — Marcus disse com uma suavidade ameaçadora.

Elizabeth estremeceu e continuou comendo apressada.

— Com certeza sua esposa mencionou que quase desmaiou hoje de manhã, não? — Elaine disparou um olhar questionador para o outro lado da mesa.

— Na verdade, não mencionou nada disso — baixando o garfo e a faca com um cuidado pouco natural, ele ofereceu um sorriso sombrio e perguntou: — Você disse St. John?

Elaine piscou, obviamente confusa.

Elizabeth sentiu o estômago se revirar com apreensão. Ela deveria dizer alguma coisa, sabia disso, mas sua garganta estava tão apertada que não conseguia soltar nenhuma palavra.

A súbita batida de Marcus na mesa assustou a todos. Apenas o tilintar dos pratos quebrou o silêncio que se seguiu. Ele deslizou a cadeira para trás e se levantou, colocando as duas mãos na mesa. Seu rosto carrancudo fez Elizabeth se afundar em sua cadeira. Ela prendeu a respiração.

— Quando você pretendia me contar isso? — ele rugiu.

Os Ashford ficaram todos atônitos e de boca aberta.

Diante do horror deles, Elizabeth se levantou rapidamente. Paul e Robert fizeram o mesmo.

— Milorde — ela começou. — Se você prefere ter...

— Não tente se esquivar com essa súbita docilidade, Lady Westfield — Marcus deu a volta na mesa. — O que ele queria? Por Deus, vou matá-lo!

Ela tentou novamente.

— Posso sugerir o escritório?

Paul entrou em seu caminho. Marcus o encarou, depois andou até o armário e serviu uma grande dose de conhaque.

— Eu não contei imediatamente porque sabia que você ficaria nervoso.

Marcus a encarou como se ela fosse uma estranha, depois tomou seu drinque num gole só e saiu da sala. Ela ouviu a porta da frente bater com violência.

Paul soltou um assovio.

— Deus do céu — Elaine exclamou, afundando na cadeira. — Ele ficou *possesso*.

Robert sacudiu a cabeça:

— Eu não acreditaria se não tivesse visto com meus próprios olhos. Mal posso acreditar mesmo assim.

Todos os olhos se viraram para Elizabeth, que permaneceu de pé, tremendo. Ela respirou fundo.

— Eu peço desculpas. Acho que vocês não estão acostumados a vê-lo nesse estado. Sinto muito por terem de presenciar isso.

Robert franziu o rosto.

— St. John. Esse nome me parece familiar.

— Eu posso explicar — ela suspirou. — Marcus suspeita de que St. John é o responsável pelos ataques aos navios da Ashford Shipping, mas não existem evidências disso.

— Por acaso foi apenas uma infelicidade que ele estivesse tão próximo de você? — Elaine perguntou. — Achei estranho um senhor estar comprando sais e óleos de banho.

Elizabeth tentou pensar em alguma explicação.

— Ele era muito amigo de Hawthorne. Quando nos encontramos, ele sempre presta suas condolências.

Robert tirou os óculos e começou a limpar as lentes.

— E St. John está ciente das suspeitas de Marcus sobre ele?

— Sim.

— Então ele deveria ficar longe de você e manter suas condolências para si mesmo – Paul disse, agitado.

Elaine, bateu os dedos em sua taça de água.

— Você também parecia não gostar muito dele, Elizabeth.

— Ele é um estranho para mim.

— E para deixar Marcus ficar tão irritado assim... bom, eu nunca o vi desse jeito.

— Ele estava com muita raiva – Elizabeth concordou, cabisbaixa. Ela nunca o vira tão furioso. E sentiu-se doente por ele ter saído de casa por causa dessa fúria. Certamente, ela também estava brava com ele, mas esse abismo entre os dois parecia tão grande quanto nos tempos em que estava casada com Hawthorne. Ela se afastou da mesa.

— Por favor, se me permitem, vou me retirar.

Subindo as escadas, Elizabeth considerou os eventos do dia com o coração pesado. Marcus era importante para ela. Sabia disso quando escolhera se casar com ele, e embora tivesse tentado relevar isso quando ele a tratou tão friamente, o fato continuava imutável. Agora que a ligação entre eles, por mais tênue que fosse, estava ameaçada, ela entendeu a profundidade de suas emoções.

Pela manhã, a distância entre eles fora inteiramente culpa de seu marido. Agora, ela também contribuíra para esse distanciamento. Talvez se ele se importasse com ela, eles poderiam encontrar um meio-termo, mas, quatro anos atrás, ela destruíra qualquer afeição que ele pudesse ter.

E, então, Elizabeth finalmente entendeu que já havia perdido Marcus há muito tempo.

CAPÍTULO 18

Elizabeth acordou com uma pele úmida em suas costas e mãos quentes em seu corpo, uma agarrando seus cabelos e a outra acariciando sua coxa. Seus dedos dos pés se encolheram, os mamilos enrijeceram, seu corpo já estava ciente, embora sua mente ainda não.

Ela gemeu. Marcus havia estado fora por muito tempo, por toda a tarde até altas horas da noite. Elizabeth chorara até conseguir dormir, embora tivesse jurado que nunca mais faria isso. Agora, a sensação e o cheiro do corpo dele eram ao mesmo tempo um bálsamo e uma farpa. Seu pau, duro e quente, se acomodou no vale entre suas nádegas, numa promessa silenciosa de sua intenção amorosa.

– Calma – ele disse suavemente, raspando a boca em sua garganta, sentindo seus cabelos úmidos esfriarem sua pele repentinamente febril. Agarrando a parte de dentro da coxa, ele ergueu a perna dela e a ancorou com a própria perna, passando os dedos nos pelos encaracolados de seu sexo. O toque dele era gentil, persuasivo, sendo mais uma vez o amante que ela cobiçava e não o marido ferozmente possessivo que declarara sua posse na noite anterior.

Com sua habilidade cultivada com muita prática e conhecimento íntimo, Marcus separou os lábios de seu sexo com dedos reverentes e mergulhou um deles, circulando o clitóris e a abertura de seu corpo com a ponta do dedo calejado, cuja aspereza exacerbava seu prazer quase que insuportavelmente. Desesperada, ela se ondulou indefesa contra o corpo duro de Marcus.

– Por favor...

– Minha esposa – ele exclamou, lambendo a ponta da orelha de Elizabeth, soltando ar quente contra a pele umedecida pela língua. – Sempre ardente. Nua em sua cama, esperando por minha atenção.

Ele espalhou seu creme e depois a penetrou com o dedo, investindo dentro das paredes encharcadas de seu sexo com uma preguiça enlouquecedora. *Entrando e saindo*. Apenas um dedo, sem nem chegar perto de satisfazê-la, mas suficiente para fazê-la implorar por mais.

– Marcus! – ela tentava virar, mexer, tomar aquilo que queria, mas o braço dele a mantinha no lugar com força.

– Relaxe, então deixarei você gozar.

Elizabeth esforçou-se para encerrar uma tremedeira quando ele penetrou outro dedo, cujas investidas molhadas soavam alto sobre sua respiração ofegante. Ela subiu a perna, abrindo-se ainda mais, e Marcus puxou seus cabelos dobrando seu pescoço para trás.

Virando a cabeça, ela o beijou avidamente, travando uma luta com sua língua num frenesi de desejo. A vontade dela o surpreendeu, quebrando seu rígido controle. A mudança era perceptível: o corpo dele endurecendo atrás dela, seu pau inchando ainda mais entre os dois, seus quadris impulsionando para frente.

Ela engoliu um soluço quando o polegar dele esfregou seu clitóris, com uma pressão tão leve que apenas aumentou a angústia dela. Em suas costas, ela sentiu o rápido subir e descer de seu peitoral, em sua boca, ela sentiu sua respiração acelerada. Sua pele já estava coberta de suor e ela cavalgou os dedos dele com cada vez mais urgência.

– Por favor! – ela gritou, apertando-se ao redor de seus dedos em sua busca pelo orgasmo. – Eu preciso de você.

Marcus se ajeitou, retirando os dedos para agarrar seu pau. E então, ele a penetrou, com a larga cabeça abrindo o caminho dentro dela. Sua mão, molhada com o creme dela, tomou um seio e apertou o mamilo. E fundo ele entrou, numa possessão grossa e pulsante.

– Isso – ela sussurrou, debatendo-se para ir de encontro a ele, para apressá-lo, para receber toda sua extensão.

O gemido de Marcus em seu ouvido a inflamou por inteiro. Saber que ela podia dar tamanho prazer a ele ao mesmo tempo que se perdia no próprio êxtase era um poder intoxicante.

E ele continuava a pressionar dentro dela.

Mas não era suficiente. A curva das nádegas o impediam de alcançar a profundidade que ela desejava, e ela o queria *por inteiro*. Não apenas seu pau e a mão em seu seio, mas o corpo dele por cima dela, os olhos grudados um no outro. O abismo entre eles ainda estava lá, aumentado pelas horas que ele passara fora de casa, mas nisso não havia divisão. Nisso, eles podiam ser apenas um só.

— Você não está entrando fundo o bastante — ela reclamou, mexendo a bunda contra os quadris dele e apertando os pelos encaracolados na base de sua ereção.

Ele rosnou.

— Que gulosa.

— Você me deixou assim — ela segurou a mão de Marcus, amassando o próprio seio usando a palma da mão dele, atacando sua ereção com seus quadris. — Vire meu corpo — ela implorou, com a voz rouca de desejo. — Me foda até o fundo. Quero abraçar você.

Foi essa última declaração que o convenceu. Ele se retirou praguejando, virando-a de barriga para cima e se colocando por cima dela. Elizabeth abriu as pernas, receptiva, e gemeu alto quando ele enterrou até a base dentro dela.

Então, ele ficou parado, encarando-a debaixo da luz fraca da lareira. Iluminado por trás, ela não conseguia distinguir a expressão em seu rosto, mas seus olhos brilhavam com uma fome inquestionável.

Elizabeth sentiu uma pontada no coração. Marcus Ashford pertencia a ela, mas mesmo assim ele nunca seria realmente seu.

Ao menos, tinha o sexo. Sua paixão, sua luxúria. Teria que ser o suficiente, já que era tudo que ele daria a ela. A sensação de seu pau investindo em carícias profundas, os músculos contraídos de suas costas pairando sobre ela, o cheiro de sua pele, quente e molhada de suor, o som de seus gritos guturais de prazer.

Ela envolveu os braços ao redor dele e o abraçou como se nunca mais fosse soltar, absorvendo aquilo que podia, até que, finalmente, com lágrimas silenciosas, ela mergulhou num alívio abençoado junto a ele.

Deitado de costas, Marcus observava a cobertura da cama pela escuridão. Ao seu lado, Elizabeth dormia aninhada em seu corpo, abraçando-o com a coxa sobre sua perna e o braço sobre a cintura. A sensação quente e suave de suas curvas era o paraíso após a solidão de sua noite de núpcias. Na ocasião, o dia amanhecera sem que ele dormisse nem por um instante. Ele passara o tempo andando em círculos, lutando contra a vontade de voltar para ela, de abraçá-la, igual fizera nas noites de seu caso amoroso. Pensava que a distância física o ajudaria a encontrar objetividade em sua missão de protegê-la, mas quando acordou e não a encontrou, Marcus percebera o quanto esse esforço era inútil.

A briga que tiveram, e o abismo que isso criou, mostrou a ele a loucura que era tentar afastá-la. Maldição, ela era sua *esposa*! Esperara por todos esses anos para que fosse sua, e agora deveria se afastar?

Elizabeth se ajeitou e depois se sentou. Sem se importar com sua nudez, ela se acomodou nos calcanhares. Era uma visão tão adorável que Marcus quase se esqueceu de respirar. Querendo vê-la em toda sua glória, ele deslizou pela cama para acender a vela no criado-mudo.

— Se você sair por aquela porta, nunca mais volte — ela disse friamente.

Ele parou, lutando contra o impulso de retrucar. Embora *nunca* fosse aceitar a ameaça de bani-lo de sua cama, ele entendeu que fora seu próprio comportamento grosseiro que a fez responder na mesma medida.

— Eu só quero iluminar um pouco mais o ambiente. Ela permaneceu em silêncio, mas ele podia sentir seu alívio súbito e, então, fechou os olhos. Marcus tinha todo o direito de protegê-la, e seu objetivo era digno, mas a maneira como vinha executando isso tinha sido um erro terrível. Até onde ia o estrago que causara? *Ela não havia dito nada sobre St. John... ela não confiava nele...*

— Você ainda está bravo? — ela perguntou hesitante.

Ele suspirou alto.

– Ainda não decidi. O que aconteceu hoje? Conte-me tudo.

Atrás dele, ela se ajeitou desconfortavelmente e a pele dele se eriçou.

– St. John me abordou. E ele afirma que quer me ajudar. Acredito que ele...

– De que maneira ele ofereceu ajuda?

– Ele não disse. Sua mãe apareceu. Ele não conseguiu terminar de dizer o que queria.

– Meu Deus – ele exclamou, horrorizado com a ideia de St. John tão próximo de sua esposa e de sua mãe.

– Ele sabe quem está atrás do diário de Hawthorne.

– É claro que sabe – a voz dele soou mortal com uma raiva renovada. Ele deveria ter matado aquele pirata.

Saindo da cama, Marcus parou um momento para atiçar o fogo e acender a vela apagada. Depois voltou para Elizabeth e a olhou desconfiado.

– Você não é o tipo de mulher que desmaia sem motivo. Não se esqueça de que eu a vi atirar contra um homem sem pensar duas vezes. Você está escondendo algo de mim – ele ergueu uma sobrancelha numa pergunta silenciosa.

Ela o encarou.

– Por que você não me contou antes, Elizabeth?

– Eu não estava me sentindo bem.

Marcus cerrou os olhos. Ele sabia que Elizabeth às vezes podia ser rancorosa quando estava com raiva, mas não era estúpida. Apenas raiva não iria impedi-la de se proteger. Algo estava errado, ele podia sentir. Ela estava tentando esconder alguma informação e Marcus considerou todas as possiblidades. Talvez o pirata tivesse a ameaçado de alguma maneira. Se fosse o caso, Marcus deveria descobrir a causa e cuidar disso imediatamente. Mais do que vinha cuidando.

– Para onde você foi? – ela perguntou quando o silêncio se estendeu.

– Fui procurar por St. John, é claro.

Os olhos dela se arregalaram e depois desceram até seu torso. Seu queixo caiu de repente.

– Olhe para você! Está ferido.

– Ele revelou menos informações do que você, minha querida esposa. Mas tenho certeza de que agora entende que será uma tolice abordar você novamente.

– O que você fez? – seus dedos passaram suavemente pelo ferimento que marcava suas costelas.

Marcus deu de ombros, indiferente diante do olhar horrorizado de Elizabeth.

– St. John e eu apenas conversamos casualmente.

Ela apertou o machucado com força e ele estremeceu.

– Isto não acontece quando as pessoas *conversam* – ela argumentou. – E olhe para sua mão – ela examinou seus dedos inchados e lançou um olhar reprovador.

Marcus sorriu com o canto da boca.

– Então nem queira ver o rosto de St. John.

– Ridículo. Quero que você fique longe dele, Marcus.

– Eu ficarei – ele concordou. – Se ele ficar longe de você.

– Você não estava curioso sobre como ele ofereceu ajuda?

Marcus grunhiu.

– Ele não falou em nenhuma ajuda para mim. Ele está enganando você, meu amor. Tentando ganhar sua confiança para que você entregue o diário.

Elizabeth abriu a boca para continuar argumentando, mas pensou duas vezes. Quanto menos Marcus soubesse de St. John, melhor. Já era um milagre que nada mais sério tivesse acontecido. Ela se impressionou com a moderação de seu marido. Com certeza, Marcus não gostava de saber que o pirata continuaria com suas atividades, mas ele se forçou a esperar. Pelo quê, ela não sabia. Provavelmente Eldridge queria alguma coisa com St. John, ou já teriam se livrado dele há muito tempo.

Ela se assustou quando Marcus agarrou seu braço e a jogou na cama de cara no colchão. Ele subiu por cima dela, prendendo-a no lugar. Foi então que ela notou sua ereção, cuja ponta pressionava a curva de suas nádegas.

– Você é minha esposa – ele rugiu em seu ouvido. – Você deve me contar o que acontece em sua vida, deve compartilhar tudo comigo, mesmo as coisas banais, principalmente quando o assunto for tão sério. Não vou tolerar que minta ou que esconda nada de mim. Você está me entendendo?

Ela cerrou os lábios. Como ele podia ser tão bruto?

Marcus impulsionou os quadris para frente e seu pau deslizou entre as nádegas.

– Não vou tolerar que coloque sua própria vida em risco. Você nunca poderá sair de casa sem mim. Você consegue entender o quanto eu fiquei preocupado? Imaginando se você estava em perigo... imaginando se precisava de mim.

– Você está excitado – ela respondeu, surpresa.

– Você está nua – ele disse simplesmente, como se apenas isso fosse suficiente. – Você deve aprender a confiar em mim, Elizabeth – seus lábios se moveram sobre o ombro enquanto ele esfregava o corpo nela. – Tentarei ser digno de sua confiança.

Elizabeth apertou os lençóis e tentou esconder as lágrimas que surgiram de repente.

– Sinto muito por deixar você bravo.

Marcus raspou o nariz em sua garganta.

– Eu também lhe peço desculpas.

– Eu aceito, sob a condição que você compartilhe minha cama – Elizabeth gemeu quando ele passou a ereção novamente, com um movimento lento e deliberado que deixou uma trilha de umidade. Um calor cresceu instantaneamente. Com um suspiro desesperado, Elizabeth fechou os olhos. Ela deveria ter falado a verdade quando teve a chance. Agora ele iria ficar imaginando por que ela havia escondido isso dele.

– Minha cama é maior – ele disse lentamente, quase sem fôlego.

Elizabeth sentiu o coração cheio de ternura. O ímpeto de contar sobre seu parentesco com St. John era quase incontrolável. Mas agora não era o momento.

Ela ergueu os quadris impacientemente.

– Se trocarmos de quarto, você vai se apressar?

Subindo apenas o suficiente para permitir que ela ficasse de joelhos, ele a penetrou por trás com uma única investida poderosa.

– Doce Elizabeth – ele gemeu, encostando o rosto em seus ombros. – Podemos trocar de quarto amanhã.

Elizabeth esperava no lado mais afastado do jardim. Andando impacientemente, ela girou de repente quando ouviu passos se aproximando.

– Senhor James! Graças a Deus você veio.

Avery parou diante dela, franzindo o rosto.

– Por que você mandou me chamar? – olhou ao redor. – Onde está Lorde Westfield?

Ela agarrou seu braço e o puxou para trás de uma árvore.

– Eu preciso de sua ajuda e Westfield não pode saber disso.

– Perdão? Seu marido é o agente designado para ajudá-la.

Ela apertou ainda mais o braço dele para convencê-lo de sua urgência.

– Christopher St. John me abordou ontem. Ele afirma que é irmão de Hawthorne. Eu preciso saber a verdade.

Avery congelou em silêncio.

Olhando sobre seu ombro, ela olhou para o caminho atrás dele.

– Westfield ficou furioso quando soube desse encontro. Ele saiu de casa para procurar St. John – ela baixou o tom de voz. – Eles se agrediram.

A boca de Avery se curvou num raro sorriso.

– Bom. Então tudo correu bem.

– Como pode dizer isso?

– Lorde Westfield estava apenas querendo dar um recado. E ventilar um pouco de suas frustrações.

– Como você pode entender um comportamento tão bruto?

– Eu não acho que seja um comportamento correto, Lady Westfield, mas posso entender suas motivações. Seu marido é um excelente agente. Tenho certeza que não foi a esse encontro sem um planejamento cuidadoso. Ele nunca permitiria que suas emoções ditassem suas ações.

Elizabeth riu com desdém.

– Eu lhe asseguro que ele estava muito emotivo quando saiu de casa.

Avery tentou parecer tranquilizador.

– Acredito que Lorde Westfield é muito capaz de lidar com esse assunto, se você permitir que ele o faça.

– Não posso conversar com ele apenas com conjecturas – ela juntou as mãos como se implorasse.

– E o que você quer de mim que não pode pedir a seu marido?

— Preciso que você estude a história de St. John. Se o que ele diz é verdade, nós precisaremos repensar a ironia de dois irmãos trabalhando em lados opostos da lei. Hawthorne foi morto e meu irmão foi ferido enquanto investigavam St. John. Isso não pode ser coincidência — ela agarrou a mão de Avery. — E Lorde Eldridge não pode saber disso.

— Por quê?

— Porque ele certamente contaria a Westfield. Não sei como meu marido vai receber essa notícia. Preciso de tempo para resolver tudo isso.

— Você parece que acredita nessa informação.

Elizabeth assentiu tristemente.

— Não tenho razões para não acreditar. A semelhança entre St. John e Hawthorne é impressionante, e a história é tão fantástica que só pode ser verdade.

— Temo que você esteja fazendo um desserviço para Westfield.

— Um pouco mais de tempo — ela implorou. — É tudo que peço. Prometo contar a ele tudo que você descobrir.

Avery soltou um longo suspiro.

— Que seja. Irei investigar e não direi nada enquanto isso.

O coração de Elizabeth sentiu um alívio de gratidão.

— Obrigada, senhor James. Eu sempre o considerei um querido amigo.

Com o rosto corado, ele disse:

— Não me agradeça ainda. Talvez nós ainda nos arrependamos por eu ter concordado com isso.

Nas semanas seguintes, Elizabeth começou a se acostumar com a vida de casada com Marcus. Os Ashford permaneceram na residência por insistência dele. Marcus sentia-se mais tranquilo sabendo que ela não estava sozinha, e Elizabeth gostava da companhia enquanto ele cuidava de seus negócios.

Por insistência de Eldridge, eles compareceram a alguns eventos sociais, naqueles mais propícios a atrair St. John. O pirata havia conseguido se livrar dos agentes que o vigiavam e não era visto em Londres desde a tarde em que falara com ela. Seu súbito sumiço era um mistério que inquietava a todos.

A ameaça a Elizabeth nunca saíra da mente de Marcus. Guardas ficavam de vigia dentro e ao redor da casa, vestidos com o uniforme dos criados para não levantar suspeitas em sua família. A espera interminável deixava seu marido tão agitado quanto um animal enjaulado. Ela soube desde sua primeira dança juntos que ele era um homem que mantinha suas paixões acumuladas para si mesmo. Mas ele as liberava totalmente quando estava sozinho com ela no quarto.

Quando ficava bravo, ele gritava. Quando ficava satisfeito, ele ria. Quando ficava excitado, ele fazia amor com ela, independente da hora do dia ou o local onde estavam no momento. Por duas vezes, ele voltou do Parlamento no meio da tarde para seduzi-la. Elizabeth nunca se sentiu tão importante para alguém, tão necessária. Descaradamente possessivo, ele não hesitava em repreender qualquer homem que se mostrava amigável demais com ela.

De sua parte, Elizabeth descobriu que seu ciúme não arrefeceu com o seu direito de posse sobre ele. Era uma falha miserável em sua personalidade, numa sociedade onde galanteios não apenas eram generalizados, mas até esperados. O casamento apenas aumentou o apelo de Marcus para outras mulheres. Sua energia vibrante em sociedade agora havia diminuído e se transformado numa graça lânguida de um homem que frequentemente se satisfazia com uma mulher ardente. Isso o deixava irresistível.

Certa noite, durante um baile de máscaras, o ciúme de Elizabeth finalmente ultrapassou os limites. Quando Marcus se aproximou da mesa de bebidas, ela notou várias mulheres escolhendo o mesmo momento para encher as próprias taças. Desviando os olhos revoltada, Elizabeth viu a Duquesa Viúva de Ravensend vindo em sua direção.

— Você reparou na maneira como as mulheres olham para meu marido? – ela reclamou, após fazer uma rápida reverência.

A duquesa deu de ombros.

— Bailes de máscaras são a desculpa perfeita para abandonar qualquer resquício de decência que ainda exista na sociedade. Você notou a palmeira sacudindo no canto direito? Lady Grenville e Lorde Sackton abandonaram seus cônjuges para praticar um pouco de exibicionismo.

E Claire Milton voltou do jardim com gravetos nos cabelos. Você não deveria se surpreender se elas farejam Westfield como se fossem cadelas vira-latas.

– Não estou surpresa – ela disse secamente. – Mas não vou tolerar. Com licença, minha senhora – com passadas rápidas, ela entrou no salão ao lado para encontrar seu marido.

Ela o localizou perto da mesa de bebidas, com uma taça em cada mão e cercado de mulheres. Marcus deu de ombros inocentemente quando a viu, sorrindo com malícia debaixo da máscara que cobria seus olhos. Atravessando a pequena multidão, Elizabeth apanhou uma taça e enlaçou o braço com Marcus. Empinando o queixo, ela conduziu seu marido de volta para o salão, e todo o prazer da noite se foi.

A duquesa olhou para o rosto dela e se retirou com um sorriso.

Marcus riu.

– Obrigado, Lady Westfield. Até onde eu sei, esta foi a primeira vez em que fui resgatado.

– Você não queria ser resgatado – ela retrucou, odiando a indiferença dele diante do quanto ela estava nervosa.

Ele ergueu a mão para acariciar uma mecha de seu cabelo.

– Você está com ciúme! – ele exclamou.

Ela deu as costas, imaginando quantas mulheres ali o conheciam carnalmente igual ela conhecia.

Marcus deu a volta até conseguir encarar seu rosto.

– O que foi, meu amor?

– Não é da sua conta.

Sem se importar com as pessoas ao redor, Marcus tracejou a curva de seus lábios usando o polegar.

– Diga o que está incomodando você, ou não poderei fazer nada a respeito.

– Eu detesto todas as mulheres que ficaram com você antes de mim – corando, ela baixou a cabeça e esperou pela risada dele.

Ao invés de rir, sua voz grave e aveludada a envolveu com seu poder acolhedor.

– Você se lembra quando eu disse que intimidade e sexo podem ser duas coisas mutuamente excludentes? – ele baixou a cabeça até o nível dela e raspou a boca em sua orelha quando sussurrou: – Você é a única mulher que compartilhou minha intimidade.

Uma lágrima escorreu. Marcus a limpou.

– Quero levar você para casa – ele murmurou. Seu olhar esmeralda queimava por trás da máscara. – E ter intimidade com você.

Elizabeth foi embora com ele, desesperada para tê-lo só para ela. Naquela noite, Marcus foi muito carinhoso, adorando-a com seu corpo, entregando tudo que ela pedia. Seu ardor gentil provocou lágrimas em seus olhos. Quando terminaram, ele a abraçou como se fosse a coisa mais preciosa do mundo.

Eles se aproximavam a cada dia que passava. Ela estava começando a precisar dele, não apenas com uma cobiça sexual, mas para muito mais. Era uma paixão que levaria uma vida inteira para ser saciada.

Ela podia apenas rezar para que o destino permitisse isso.

CAPÍTULO 19

— Você não deveria ter vindo até minha casa.

Christopher St. John saltou para dentro da carruagem sem o brasão dos Westfield. A presença do pirata dominou o interior do veículo e acrescentou uma palpável energia ao ar, forçando Elizabeth a deslizar para a ponta do banco. Olhando pela janela, ela ainda estava surpresa com a elegância da pequena residência em que ele morava. A casa se destacava naquele bairro feio da cidade. Porém, os dois homens mal encarados na frente denunciavam as atividades suspeitas que aconteciam lá dentro.

Encarando-a, ele disse:

— Não é um lugar adequado para uma dama, e sua carruagem está atraindo uma atenção que não queremos.

— Você sabe que eu não tinha escolha. Assim que descobri seu endereço, eu tive que vir. Não tenho outra maneira de contatá-lo — ela ergueu uma sobrancelha. — Você, senhor St. John, tem muitas perguntas para me responder.

A boca inteira dele se curvou num sorriso desafiador, enquanto se recostava e ajustava o casaco.

— Essa formalidade não é necessária. Somos parentes, afinal de contas.

— Como se eu pudesse esquecer.

— Então, você acredita em mim.

— Mandei investigar sua afirmação.

St. John olhou ao redor, admirando a opulência do interior forrado de couro negro.

— É uma pena que tenha se casado com Westfield. Parece que ele nunca vai poder ter um descanso para seu bolso.

— Sugiro fortemente que você encontre outro jeito de se divertir, se não quiser me deixar com raiva. Não sou uma pessoa agradável quando estou brava.

St. John piscou incrédulo, depois jogou a cabeça para trás e começou a rir.

— Meu Deus, você realmente me agrada. Fique sabendo que sou leal à minha família e Westfield agora é um pouco como um membro dela, não é mesmo?

Esfregando entre as sobrancelhas num esforço inútil para acalmar uma dor de cabeça, Elizabeth resmungou:

— Westfield não sabe nada sobre isso e prefiro que continue assim.

St. John estendeu o braço e abriu um pequeno compartimento ao seu lado. Retirando uma taça, ele serviu uma dose de conhaque e ofereceu a ela. Quando Elizabeth recusou, ele guardou a garrafa.

— Percebi que você não havia contado sobre nós quando ele veio me visitar. Entretanto, pensei que já tinha dito desde então.

Estudando-o mais de perto, ela notou um machucado quase curado debaixo de seu olho esquerdo, além de uma rachadura em seu lábio.

— Esses ferimentos foram causados por Westfield?

— Nenhum outro homem teria a coragem.

Ela estremeceu.

— Peço desculpas. Eu não tinha intenção de contar sobre nosso encontro, mas esqueci de pedir à minha sogra que também guardasse segredo.

St. John fez um gesto para ela não se preocupar.

— Não tem problema algum. Na verdade, foi muito estimulante. Após anos apenas trocando ofensas, já era hora de nós dois chegarmos às vias de fato. Fiquei satisfeito por ele ter me encontrado. Eu estava curioso para saber como ele se sentia em relação a você. Aquele homem nunca teve uma fraqueza em sua vida. É uma pena que você seja uma fraqueza que eu não possa explorar.

— O que você tem contra Marcus?

– O sujeito é muito arrogante, muito mimado, muito bonito... muito tudo. Ele é riquíssimo, mas faz um estardalhaço quando eu tomo uma fração de sua fortuna.

Ela riu com desdém.

– E você por acaso comemoraria se alguém o roubasse?

Ele engasgou com o conhaque.

– Eu preciso saber tudo sobre Hawthorne – ela disse, inclinando-se para frente. – Não saber quem ele era está me enlouquecendo.

St. John tirou seu chapéu e agitou os cabelos loiros com sua grande mão.

– Nigel era seu marido. Prefiro que você se lembre do homem com quem passou um ano de sua vida.

– Mas eu não entendo. Se vocês eram próximos um do outro, como ele poderia trabalhar para Eldridge sem prejudicá-lo ou... ou...

– Agir como um traidor? – ele completou suavemente. – Elizabeth, eu rezo para que você não se preocupe com nada que vá além de suas lembranças com ele. Ele foi um bom marido para você, não é mesmo?

– Então eu deveria apenas ficar com a fachada e descartar todo o resto?

Ele suspirou e deixou o chapéu no assento ao lado.

– Sua investigação revelou alguma informação sobre nosso pai?

Elizabeth se recostou e mordeu os lábios.

– Ah, vejo que sim. Ele não era um homem equilibrado. Dizem que era um pouco louco...

– Eu entendo.

– Tem certeza? – ele baixou os olhos e mirou os sapatos requintados que usava. – Você soube da violência? Dos ataques? Não? É melhor assim. É suficiente dizer que nenhum procurador aceitava trabalhar com ele, mas meu pai era louco demais para cuidar das próprias finanças. Quando ele faleceu, Nigel descobriu que o título de nobreza estava falido.

– Como? Nós nunca precisamos de dinheiro para nada.

– Nós nos conhecemos quando eu tinha dez anos. Minha mãe tinha sido criada na vila, e quando sua condição se tornou óbvia, ela foi demitida de sua posição de criada da cozinha e retornou para sua família em desgraça. Nigel era dois anos mais novo do que eu, mas mesmo quando éramos crianças, nós sabíamos. Nós éramos parecidos demais, tínhamos os mesmos maneirismos. Nigel fugia para me encontrar. Tenho certeza de que foi difícil para ele continuar morando com nosso pai. Ele precisava do companheirismo e amizade do irmão. Então, quando eu soube de suas dificuldades financeiras, voltei para Londres e fiz o que precisava fazer. Fiz amizades com quem precisava fazer, fiz as coisas que eles me pediram, fui a lugares que eles me enviaram. Fiz tudo que era preciso para ganhar dinheiro.

Não havia orgulho em sua voz. Na verdade, seu tom não demonstrava nada.

— Nigel me perguntou como eu conseguia pagar suas dívidas, que eram enormes, acredite em mim. Quando soube de minhas atividades, ele ficou furioso. Ele disse que não poderia ficar parado desfrutando sua recém-conquistada fortuna e estabilidade enquanto eu me colocava em perigo. Mais tarde, quando eu percebi que estava sendo investigado, Nigel procurou Lorde Eldridge e...

— ... se tornou um agente — ela completou, sentindo o coração afundar ao descobrir que seus piores medos eram verdade. — Meu irmão tinha a missão de capturar você. Hawthorne me usou para se aproximar de William.

St. John se inclinou para frente, mas quando ela se afundou no assento, ele se afastou.

— É verdade que as informações que ele me passava da agência permitiram que eu escapasse de Westfield, mas Nigel genuinamente gostava de você, não tenha dúvida disso. Ele a teria pedido em casamento, independentemente de seu irmão. Ele a admirava e respeitava. Nigel falava muito sobre você e pedia para que eu cuidasse de você caso alguma coisa acontecesse com ele.

— Que ironia — ela murmurou. — Westfield prefere que eu não use minha pensão de viúva, porém, parte desse dinheiro pertence a ele em primeiro lugar, não é mesmo?

— De certo modo — ele admitiu. — O dinheiro da venda das mercadorias da Ashford Shipping foi usado para pagar as dívidas de Hawthorne.

Elizabeth sentiu a cor sumir de seu rosto. Isso era pior do que ela poderia ter imaginado.

— Há tanta coisa que eu ainda não entendo. Como meu broche foi parar com você?

– Eu estava por perto quando Barclay e Hawthorne foram atacados – ele disse com tristeza. – Fui eu quem enviou homens para buscarem ajuda para seu irmão. Apanhei o broche porque não sabia se podia confiar que alguém o devolveria a você.

– Por que você estava lá? A morte dele foi por sua causa?

St. John se encolheu.

– Talvez. No fim, todos nós devemos pagar por nossos pecados.

– O que está escrito no diário que é tão importante? Quem está atrás dele?

– Eu não posso contar, Elizabeth, por razões que não posso explicar.

– Por quê? – ela insistiu. – Eu tenho o direito de saber.

– Sinto muito. Para sua proteção, você não pode saber.

– Ele tentou me matar.

– Entregue o diário para mim – ele clamou. – É a única maneira de poupar você.

Elizabeth sacudiu a cabeça.

– Westfield o trancou num cofre. Eu não tenho a chave. O diário contém mapas de várias vias navegáveis, além das páginas codificadas. Ele acha que nele constam informações detalhadas das missões de Nigel. Se eu o entregasse a você, um pirata conhecido, seria considerado traição. Ele me questionaria, descobriria nosso parentesco, Eldridge ficaria sabendo...

– Westfield protegeria você. Eu lidaria com Eldridge.

Ela engoliu com dificuldade. Não poderia perder Marcus. Não agora.

– Depois do que aconteceu há quatro anos, meu marido não confia em mim. Se eu o traísse dessa maneira, ele nunca me perdoaria.

St. John praguejou em voz baixa.

– O diário é inútil sem Nigel. Ninguém poderá decifrá-lo. Se eu o tirar de suas mãos, você poderá viajar e aproveitar sua lua de mel. Então, eu poderia atrair o agressor e acabar com tudo isso.

– Você sabe mais sobre o diário do que está me contando – ela acusou. – Se fosse inútil, minha vida não estaria correndo risco.

– Aquele homem é louco – ele rosnou. – Louco, acredite em mim. Pense no ataque em seu baile de noivado. Acha que uma pessoa sã faria aquilo?

Ela apertou os lábios.

– Como você ficou sabendo que eu fui esfaqueada?

– Eu tenho homens vigiando você. Um deles estava lá no baile.

– Eu sabia! – havia *sim* mais alguém no jardim, alguém que afastou o agressor.

– Estou fazendo o melhor que posso para te ajudar...

– Você esteve ausente por várias semanas – ela zombou.

– Por sua causa – ele corrigiu. – Estive procurando pelo agressor.

– Então o encontre! E me deixe fora dessa confusão.

Ele devolveu a taça de conhaque ao compartimento.

– Estive vasculhando toda a Inglaterra, e durante esse tempo você foi atacada em duas ocasiões. Ele me conhece bem demais. Ele planeja os ataques quando eu estou fora da cidade – St. John agarrou as mãos dela com firmeza. – Descubra um modo de me entregar o diário e isso tudo irá acabar.

Sacudindo a cabeça, Elizabeth puxou as mãos de volta.

– Diga a verdade: o diário tem a ver com o assassinato de Nigel?

St. John permaneceu inclinado, apoiando os cotovelos nos joelhos enquanto a encarava com seus olhos brilhantes.

– De certo modo.

– O que isso quer dizer?

– Elizabeth, você já sabe demais.

Lágrimas de frustração encheram seus olhos. Não havia como saber se St. John estava sendo sincero ou simplesmente a enganando. Ela suspeitava fortemente que a informação no diário tinha algo a ver com ele. Se estivesse correta, seu marido usaria a informação para prender e julgar o pirata. Para Marcus, poderia ser a oportunidade de obter a justiça que tanto buscava.

– Preciso pensar sobre isso. É muita coisa para absorver de uma vez – ela suspirou. – Tive tão pouca felicidade em minha vida. Meu marido tem sido minha única alegria. As maquinações de você e seu irmão podem ser o fim disso.

– Sinto muito mesmo, Elizabeth – ele disse, com seus olhos cheios de arrependimento. – Machuquei muitas pessoas em minha vida, mas ter machucado você é um arrependimento sincero.

St. John abriu a porta da carruagem e começou a descer. De repente, ele voltou atrás. Abaixando-se na porta, ele beijou o rosto de Elizabeth, com lábios quentes e gentis. Depois, desceu da carruagem e apanhou a mão dela.

— Você sabe onde me encontrar. Venha até mim se precisar de algo. Qualquer coisa. E não confie em ninguém além de Westfield. Quero que me prometa isso.

Ela assentiu levemente e ele se afastou.

O cocheiro esperava pacientemente e era bem-treinado demais para mostrar qualquer emoção.

— Volte para a casa — ela ordenou, sentindo muita dor de cabeça e o estômago revirando de pavor.

Tinha a estranha sensação que St. John seria o fim de sua felicidade.

Marcus estudou Elizabeth da porta de seu quarto. Ela dormia, com seu bonito rosto tão inocente enquanto sonhava. Apesar da traição dela, seu coração se aqueceu ao ver sua amada dormindo pacificamente. Ao seu lado, no criado-mudo, havia dois frascos de remédio para dor de cabeça e um copo d'água cheio pela metade.

Ela revirou lentamente, como se a força do olhar de Marcus pudesse penetrar seu sono. Elizabeth abriu os olhos e focou nele, e a ternura instantânea no olhar dela rapidamente se transformou numa expressão cheia de culpa. Foi nesse momento que ele soube que a informação dos guardas era verdadeira. Ele se mantinha de pé apenas com sua força de vontade, pois tudo que queria era rastejar até Elizabeth e enterrar sua dor nos braços dela.

— Marcus — ela chamou com a voz suave e rouca que sempre o excitava. Apesar da raiva e tormento, ele sentiu seu pau acordar. — Venha para cama, meu querido. Quero que você me abrace.

Mesmo sem querer, seus pés se moveram em direção a ela. Quando finalmente chegou, ele já tinha se livrado do casaco e do colete. Então, parou ao lado da cama.

— Como foi o seu dia? — ele perguntou, com a voz cuidadosamente neutra.

Ela se espreguiçou e a perna puxou o lençol, deixando seu torso exposto debaixo da fina camisola. Ele endureceu, e odiou a si mesmo por causa disso quando seus pensamentos recaíram nos segredos que ela guardava. Nada acalmava sua reação diante disso. Mesmo agora, seu coração tinha dificuldades para conseguir perdoá-la.

Franzindo o nariz, ela disse:

— Para falar a verdade, foi um dos dias mais horríveis da minha vida — a boca de Elizabeth se curvou sedutoramente. — Mas você pode mudar isso.

— O que aconteceu?

Ela balançou a cabeça.

— Não quero falar sobre isso. Prefiro conversar sobre o seu dia. Com certeza foi melhor que o meu — puxando as cobertas, Elizabeth silenciosamente o convidou para se juntar a ela. — Podemos jantar em nosso quarto hoje? Não estou com vontade de me vestir novamente.

É claro que não. Quantas vezes ela teria se vestido e se despido num único dia? Ou talvez nem tivesse tirado a roupa. Talvez St. John meramente tenha subido a saia dela e...

Marcus apertou o maxilar e tentou afastar as imagens de sua mente.

Sentando-se na cama, ele tirou os sapatos. Depois, se virou para ela.

— Você gostou do passeio na cidade? — ele perguntou casualmente, mas ela não se deixou enganar.

Elizabeth o conhecia muito bem.

Ela vagarosamente sentou-se na cama e ajeitou os travesseiros numa pilha confortável.

— Por que não diz logo o que está em sua mente?

Ele tirou a camisa, depois se levantou para tirar a calça.

— Seu amante não conseguiu fazer você ter um orgasmo, meu amor? Está ansiosa para que eu termine o que ele começou? — Marcus deslizou na cama para deitar-se ao lado dela, mas Elizabeth já não estava mais lá. Ela havia escorregado para o outro lado e se levantado ao pé da cama.

Com as mãos nos quadris, ela o encarou.

— Do que você está falando?

Marcus se recostou nos travesseiros que ela havia arranjado.

— Soube que você passou um tempo com Christopher St. John hoje, numa das minhas carruagens com as cortinas fechadas. Ele se despediu beijando seu rosto e disse para procurá-lo para *qualquer coisa* que você precisasse.

Seus olhos violeta faiscaram perigosamente. Como sempre, ela ficou magnífica em sua fúria. Marcus mal conseguia respirar diante dela.

– Ah, é claro – ela murmurou, apertando sua boca sensual. – Apesar do seu apetite insaciável por mim, que frequentemente me deixa dolorida e exausta, eu ainda preciso buscar encontros sexuais por aí. Talvez seja melhor você me internar, o que acha?

Girando nos pés descalços, ela saiu do quarto.

Marcus ficou olhando ela ir embora, de queixo caído. Esperou para ver se ela voltaria, e quando não voltou, ele vestiu seu roupão e se dirigiu para o quarto dela.

Elizabeth estava de pé na porta dizendo para uma criada trazer o jantar e mais remédio para dor de cabeça. Após dispensar a criada, ela deitou-se na cama sem olhar para ele.

– Negue – ele rosnou.

– Não vejo a necessidade. Você já está decidido.

Ele andou a passos largos até a cama, agarrou Elizabeth pelos ombros e a sacudiu violentamente.

– Diga o que aconteceu! Diga que é mentira.

– Mas não é – ela disse com uma sobrancelha erguida, tão serena e segura que Marcus quis gritar. – Seus homens relataram os eventos com exatidão.

Ele ficou olhando para ela em choque, com as mãos em seus ombros começando a tremer. Com medo de cometer alguma violência, Marcus a soltou e agarrou as mãos atrás das costas.

– Você tem se encontrado com St. John, mas não quer me contar por quê. Que razão você teria para vê-lo? – a voz dele endureceu. – Para permitir que ele a beije?

Elizabeth não respondeu às perguntas. Ao invés disso, preferiu fazer ela mesma uma pergunta.

– Você me perdoaria, Marcus?

– Perdoar pelo quê? – ele gritou. – Diga o que você fez! Você começou a gostar dele? Por acaso ele a seduziu para ganhar sua confiança?

— E se for isso? — ela perguntou suavemente. — Se eu me perdi, mas agora quero você de volta, você me aceitaria?

Marcus sentiu tanta revolta ao imaginar Elizabeth nos braços de outro homem que, por um momento, pensou que ficaria violentamente enjoado. Virando-se, apertou os punhos com força.

— O que você está pedindo? — ele disse com os dentes cerrados.

— Você sabe muito bem o que estou pedindo. Agora que você sabe da minha duplicidade, você irá me descartar? Talvez você me mande embora. Sim, agora que você não me quer mais.

— *Não a quero mais?* Nunca deixei de querer você. A cada maldito momento. Dormindo. Acordado — ele se virou. — E você também me quer.

Ela não disse nada. Seu rosto adorável continuou uma máscara de indiferença.

Ele poderia mandá-la para o campo com sua família. Poderia se distanciar dela...

Mas pensar em sua ausência já o deixava maluco. Seu desejo por Elizabeth era uma agonia física. Seu orgulho desmoronava diante das demandas de seu coração.

— Você ficará comigo.

— Por quê? Para aquecer sua cama? Qualquer mulher pode fazer isso para você.

Ela estava apenas a alguns centímetros, mas sua atitude gélida a colocava a quilômetros de distância.

— Você é minha esposa e deve servir minhas necessidades.

— Isso é tudo que sou para você? Uma conveniência? Nada mais?

— Eu gostaria que você não fosse nada para mim — ele retrucou. — Deus, como eu gostaria que você não fosse nada para mim.

Para seu espanto, o rosto dela desmoronou diante de seus olhos. Ela saiu da cama e se jogou ao chão.

— Marcus — Elizabeth soluçava com a cabeça baixa.

Ele permaneceu congelado.

Ela abraçou as pernas dele, pousando o coração em seus pés, deixando as lágrimas escorrerem entre seus dedos.

— Eu me encontrei com St. John hoje, mas eu não o traí. Eu nunca faria isso.

Sentindo tonturas de tanta confusão, ele se abaixou lentamente até o chão e a tomou em seus braços.

– Deus... Elizabeth...

– Eu preciso de você. Preciso de você para respirar, para pensar, para *existir* – seus olhos, inundados com lágrimas, estavam vidrados no rosto dele. A mão dela subiu e tocou em seu rosto. Marcus retribuiu o carinho do toque, sentindo o perfume dela.

– O que está acontecendo? – ele perguntou, sentindo um aperto na garganta. – Não estou entendendo.

Ela pressionou a ponta dos dedos na boca dele.

– Vou explicar.

E então, ela explicou. Sua voz falhou de tempos em tempos e, quando terminou, Marcus parecia atordoado.

– Por que não me contou antes?

– Eu não sabia da história inteira até hoje. E quando voltei, eu não sabia como você reagiria. Eu fiquei com medo.

– Eu e você, nós estamos ligados para sempre – ele apanhou a mão dela e levou até seu coração. – Queira ou não, estamos nisso juntos. Nossa vida, nosso casamento. Talvez você não me quisesse antes, mas agora você me tem.

Alguém bateu na porta. Marcus praguejou, depois se levantou e puxou Elizabeth junto. Abrindo a porta, ele recebeu a bandeja do jantar.

– Diga para a governanta fazer as nossas malas.

A criada fez uma reverência e se retirou.

Elizabeth franziu o rosto, que estava rosado de tanto chorar.

– O que você pretende?

Deixando a bandeja de lado, ele agarrou a mão dela e puxou-a pela sala contígua até seu quarto.

– Vamos para o campo com a minha família. Quero você fora de Londres até que eu consiga entender toda essa confusão – Marcus fechou a porta atrás de si. – Nós estávamos nos concentrando em St. John. Eu me sentia seguro o bastante na cidade quando ele era a única ameaça aparente. Agora, não tenho ideia de quem possa ser o suspeito. Você não está segura aqui. Pode ser qualquer pessoa. Pode ser alguém que convidamos para nosso baile de noivado. Alguém conhecido que pode encontrá-la aqui – ele esfregou sua nuca.

– Mas e o Parlamento? – ela perguntou.

Marcus lançou um olhar incrédulo enquanto retirava o roupão.

– Você acha que eu me importo mais com o Parlamento do que com você?

– É algo importante para você, eu sei.

– Você é importante para mim – aproximando-se, ele abriu sua camisola e a deixou cair no chão.

– Estou com fome – ela protestou.

– Eu também – ele murmurou antes de levantá-la e carregá-la para a cama.

– Eu concordo, deixar Londres é uma boa opção – Eldridge andava nervosamente em frente às janelas, com as mãos atrás das costas e a voz em tom baixo e distraído.

– Não havia como saber – Marcus disse suavemente, entendendo o quanto era difícil receber a notícia sobre um traidor entre eles.

– Eu deveria ter reconhecido os sinais. St. John não poderia ter escapado da justiça por todos esses anos sem alguma assistência. Eu simplesmente não queria acreditar. Meu orgulho não permitia. E agora, talvez exista outro entre nós, talvez até mais.

– Eu digo que chegou a hora de ser mais persuasivo com St. John. Até agora, ele é a única pessoa que parece saber alguma coisa sobre Hawthorne e o maldito diário.

Eldridge assentiu.

– Talbot e James podem cuidar dele. Você deve cuidar de Lady Westfield.

– Mande me chamar se houver necessidade.

– Provavelmente chamarei – Eldridge afundou em sua cadeira e suspirou. – No momento, você é um dos poucos em que posso confiar.

Para Marcus, havia apenas um homem em que podia confiar para cuidar totalmente de Elizabeth, e quando deixou Eldridge, foi direto até ele e contou tudo.

William ficou olhando para o diário de Hawthorne em suas mãos e sacudiu a cabeça.

– Eu nunca soube disto. Nem sabia que Hawthorne possuía diários. E você – ele ergueu os olhos. – Trabalhando para Eldridge... Como somos parecidos, você e eu.

– Acredito que isso explica por que éramos tão bons amigos – Marcus disse com a voz neutra. Olhou ao redor, lembrando-se de quando esteve naquele mesmo escritório acertando detalhes do casamento. Há tanto tempo. Ele se levantou e se preparou para ir embora. – Obrigado por guardar o diário.

– Westfield. Espere um momento.

– Sim? – ele parou e se virou.

– Eu devo desculpas a você.

Cada músculo no corpo de Marcus se contraiu.

– Eu deveria ter ouvido a sua versão dos acontecimentos antes de julgá-lo – deixando o diário de lado, William se levantou. – Explicações são provavelmente inúteis agora, e no fim, são apenas desculpas para meu fracasso como seu amigo.

A raiva e o ressentimento de Marcus eram profundos, mas um pequeno lampejo de esperança o fez dizer:

– Mesmo assim, eu gostaria de ouvir suas explicações.

William ajeitou sua gravata.

– Eu não soube como agir quando Elizabeth mencionou pela primeira vez seu interesse por você. Você era meu amigo, e eu sabia que era um bom homem por dentro, mas também sabia que era um cafajeste. Conhecendo os medos da minha irmã, pensei que vocês dois não combinavam – ele deu de ombros, fazendo um sinal que não era de indiferença, mas de acanhamento. – Você não tem ideia de como é difícil ter uma irmã. O quanto você se preocupa e o quanto quer protegê-la. E Elizabeth é mais frágil do que as outras garotas.

– Eu sei – Marcus observou seu velho amigo começar a andar nervosamente, e sabia por experiência própria que quando William andava daquele jeito, ele estava falando muito sério.

– Ela era louca por você, sabe.

– É mesmo?

Rindo, William disse:

– Com certeza. Ela não parava de falar sobre você. E sobre seus olhos, seu sorriso e uma centena de outras coisas que eu não queria ouvir. É por isso que, quando acordei e li a carta dela cheia de manchas de lágrimas sobre sua indiscrição, pensei que fosse verdade. Uma mulher apaixonada acredita em qualquer coisa que seu amante diz. Assumi que não havia redenção para você quando ela fugiu daquele jeito – William parou e encarou Marcus. – Peço perdão por isso. Peço perdão por não ter corrido atrás dela e colocado um pouco de juízo em sua cabeça. Peço perdão por, mais tarde, quando eu soube que tinha feito uma injustiça, eu não ter procurado você para consertar as coisas. Permiti que meu orgulho ditasse minhas ações, e por isso eu perdi sua amizade, o único irmão que já tive. Peço perdão principalmente por isso.

Marcus suspirou internamente e andou até a janela. Olhou para o vazio, desejando que pudesse dizer algo engraçado para quebrar a tensão. Em vez disso, ele deu ao momento a atenção que merecia.

– Você não é o único culpado, Barclay. E nem Elizabeth. Se eu tivesse contado sobre a agência, nada disso teria acontecido. Mesmo sabendo o quanto ela desejava estabilidade, eu escondi esse fato dela. Eu queria ter tudo. Não percebi, até ser tarde demais, que aquilo que eu queria e aquilo que eu precisava eram duas coisas diferentes.

– Sei que a razão para você me procurar, Westfield, é minha dedicação a Elizabeth, mas quero que saiba que eu me dedico a você igualmente. Se algum dia precisar de alguma coisa, você pode contar comigo.

Marcus se virou, assentiu e aceitou a chance apresentada a ele.

– Muito bem – ele disse vagarosamente. – Podemos ficar quites *se* você me perdoar por ter roubado Lady Patrícia, embora acho que nós dois concordamos que a sua ofensa foi mais séria.

– Você também roubou Janice Fleming – William reclamou. Depois sorriu. – Embora eu tenha descontado naquela briga de socos.

— Sua memória está falhando, meu velho amigo. Fui eu quem deixou você no chão.

— Santo Deus, nem me lembrava mais disso.

Marcus ajeitou seu monóculo.

— Você certa vez também acabou no fundo do lago Serpentine.

— Você caiu primeiro! Eu estava tentando ajudar quando você me puxou.

— Você não ia querer que eu me afogasse sozinho. Para que servem os amigos, se não para sofrerem juntos?

William riu. Depois trocaram um sorriso maroto e concordaram com uma trégua silenciosa.

— É verdade. Para que servem os amigos?

CAPÍTULO 20

A tarde já morria no segundo dia de viagem quando eles chegaram ao antigo lar da família Ashford. A imponente mansão, semelhante a um castelo, era um testemunho da perseverança da linhagem de Marcus. Torres se erguiam a diferentes alturas pelo muro exterior de pedra que se estendia para os dois lados da entrada principal.

As três carruagens e o carro de bagagens desaceleraram até parar. A porta principal se abriu instantaneamente e vários criados desceram pela escadaria.

Ao sair da carruagem, Elizabeth olhou admirada para a mansão. Marcus pousou as mãos em sua cintura e parou ao seu lado. Sua voz soou grave e íntima em seu ouvido.

— Bem-vinda ao lar.

Ele beijou a parte sensível de seu pescoço onde o ombro encontra a garganta.

— Espere até você ver por dentro — ele disse com um óbvio orgulho.

Quando entraram no saguão, Elizabeth arregalou os olhos. O teto era altíssimo e segurava um grande candelabro de cristal preso numa corrente surpreendentemente longa. Castiçais iluminavam gentilmente alcovas nas paredes de cada lado, e o chão de pedra estava coberto por vários e imensos tapetes Aubusson.

Elizabeth ditou o ritmo da comitiva, caminhando vagarosamente enquanto admirava os arredores. O som de seus passos abafados ecoava pela vastidão do espaço. Em frente a eles, do outro lado do saguão, havia uma parede de portas francesas. Quando abertas, davam para o grande jardim dos fundos.

Mas o ponto central do saguão era a imensa escadaria que se curvava graciosamente para os dois lados e acabava no mezanino acima, de onde corredores se estendiam para as alas leste e oeste da mansão.

Paul olhou para ela com um sorriso orgulhoso.

– É impressionante, não é mesmo?

Elizabeth assentiu.

– Chamar de impressionante não faz justiça.

Eles subiram a escadaria do lado esquerdo enquanto os criados puxavam as bagagens pelo lado direito. Marcus parou em frente a uma porta e fez um gesto para Elizabeth entrar. Paul e Robert se despediram, prometendo encontrá-los de novo durante o jantar.

O quarto era imenso e lindamente decorado com tons suaves de marrom-claro e azul. Cortinas de seda emolduravam as grandes janelas com vista para a entrada da propriedade. Havia uma porta de cada lado do quarto. Pela porta da esquerda, ela podia ver uma sala contígua e um quarto masculino do outro lado, e na porta da direita havia um berçário.

Marcus ficou parado atrás dela.

– Gostou?

– É perfeito – ela admitiu.

Com um sorriso afetuoso e uma piscadela maliciosa, ele saiu pela sala contígua e se dirigiu para seu quarto.

Sozinha, Elizabeth examinou os arredores com mais cuidado, notando desta vez todos os detalhes. A pequena estante de livros ao lado da janela possuía todos os seus livros favoritos. A penteadeira possuía todos os seus itens habituais de higiene.

Assim como nas noites que passavam na casa de hóspedes, Marcus pensara em quase tudo.

Tirando o chapéu e as luvas, ela foi buscar seu marido. Entrando pelas portas duplas, Elizabeth encontrou Marcus sentado em frente à escrivaninha, sem o casaco e o colete. Ela se aproximou com um sorriso.

– Marcus – ela começou gentilmente. – Você precisa me impressionar assim todos os dias?

Dando a volta na escrivaninha, ele a abraçou com força, beijando-a com firmeza na testa.

— É claro que sim.

Ela o abraçou de volta quase desesperadamente, sentindo tanta gratidão que não conseguiu resistir contar a ele.

— Estou aliviado por você ter gostado da casa — ele disse enquanto raspava o nariz na pele dela. — Mais tarde mostrarei o resto e pela manhã os criados se apresentarão.

— Não é só a casa que me agrada, mas também sua atenção e cuidado com meu conforto — Elizabeth beijou todo o contorno de seu maxilar.

Ele a apertou ainda mais forte, depois a soltou. Voltando para a escrivaninha, Marcus afundou-se de volta nos papéis que havia tirado da gaveta.

Suspirando com a perda do abraço, ela desabou numa cadeira em frente à lareira.

— O que você está fazendo?

Os olhos dele permaneceram nos papéis.

— Juntando minhas contas para avisar meu contador que estou aqui. Eu geralmente cuido das finanças após o fim da estação, mas já que estamos aqui, vou começar já.

— Você não está decodificando o diário?

Ele levantou os olhos e hesitou por um momento antes de responder.

— Manter você e o diário no mesmo lugar seria uma imprudência.

Elizabeth se surpreendeu.

— Onde está? Com Eldridge?

— Não — Marcus respirou fundo. — Deixei aos cuidados de Barclay.

— O quê? — ela perguntou, levantando-se imediatamente. — Por quê?

— Porque ele é a única pessoa além de St. John que trabalhou com Hawthorne em assuntos da agência. E, no momento, ele é uma das poucas pessoas em quem eu posso confiar.

— E quanto ao senhor James?

— Eu teria escolhido Avery, mas ele está ocupado com ordens de Eldridge.

Elizabeth sentiu um frio no estômago.

— St. John.

Marcus cerrou os olhos.

– Sim. Devemos descobrir tudo que ele sabe.
– E quanto a Margaret? E o bebê? Já está chegando a hora de seu filho nascer, William não pode ficar envolvido nisso – sua mão pousou sobre seu coração acelerado. – E se eles forem atacados, assim como eu fui? Como você pôde fazer isso mesmo depois de eu ter implorado para não fazer?
– Barclay está preparado contra ataques desde a morte de Hawthorne – ele se levantou e deu a volta na escrivaninha.
– E mesmo assim meu quarto foi saqueado – ela retrucou.
– Elizabeth...
– Maldito. Eu confiei em você.
A voz dele soou grave e imponente.
– Você confiou em mim para protegê-la e é isso que estou fazendo.
– Você não se importa comigo – ela argumentou. – Senão você não teria feito algo que certamente me machucaria. Eles são tudo que eu tenho. Arriscá-los desse jeito...
– Eles não são tudo o que você tem! Você tem a mim.
Ela sacudiu a cabeça rapidamente.
– Não. Você pertence à agência. Tudo o que você faz é para eles.
– Isso não é verdade, e você sabe muito bem disso.
– Eu sei que estava errada e não deveria ter confiado em você – Elizabeth limpou uma lágrima com a mão. – Você não me disse nada de propósito.
– Porque eu sabia que você ficaria nervosa. Eu sabia que a princípio você não entenderia.
– Você está mentindo. Você não me contou porque sabia que era *errado*. E eu nunca vou entender. Nunca.
Elizabeth deu a volta no sofá em direção à porta.
– Eu ainda não terminei de falar, madame.
– Então, continue sozinho, milorde – ela disse sobre o ombro, praticamente correndo para seu quarto para esconder as lágrimas que fluíam livremente. – Pois eu não quero mais escutar.

William andava de um lado a outro em sua sala de estar.

Margaret suspirou, contorcendo-se no meio das almofadas da espreguiçadeira, tentando achar conforto para suas costas doloridas.

– Você não sabia de nada sobre esse diário?

– Não. Mas Hawthorne era um sujeito estranho. Não estou surpreso por descobrir que seu pai era louco. Tenho certeza que Hawthorne também não batia muito bem.

– E o que isso tem a ver?

– Algo não se encaixa nisso tudo. Eu li todas as anotações de Westfield. Ele já dedicou muito tempo estudando o diário e tudo que descobrimos são algumas descrições de lugares remotos sem nenhuma explicação. Não consigo entender o porquê.

Margaret pousou as mãos em sua barriga e sorriu ao sentir seu filho se mexer em resposta ao toque.

– Então vamos deixar o conteúdo do diário de lado por um momento e nos concentrar em Hawthorne. Como ele se tornou seu parceiro?

– Eldridge o designou para trabalhar comigo.

– Ele pediu por você em particular?

– Acho que não. Se me lembro bem, ele contou uma história sobre alguma desavença que tinha com St. John.

– Então, ele poderia ter sido designado para trabalhar com Westfield, que também investigava St. John.

William mergulhou as duas mãos em seus cabelos loiros.

– Talvez, mas Westfield trabalhava frequentemente com o senhor James. Na época, eu ainda não possuía nenhuma ligação forte com outro agente.

– E você e Westfield nunca souberam das atividades um do outro, embora fossem amigos próximos?

– Eldridge não...

– ... compartilha informações como essas, caso alguém seja capturado e torturado – Margaret estremeceu. – Eu agradeço a Deus por você não passar mais por esses perigos. Só Deus sabe como Elizabeth aguenta. Por outro lado, ela é muito mais forte do que eu. Será que Hawthorne se casou com Elizabeth esperando descobrir algo sobre as atividades de Westfield?

– Não – William sentou-se ao lado dela e tomou sua mão. – Ele não saberia sobre Westfield. Assim como eu não sabia. Acho que ele se casou com ela para ter certeza de que continuaria sendo meu parceiro.

– Ah, sim, isso seria esperto. Então, temos Hawthorne, trabalhando com você para investigar St. John, mas ao mesmo tempo com a intenção de sabotar você. Ele se casa com Elizabeth e mantém um diário codificado que até agora não revelou nada de importante. Mas, na verdade, é importante a ponto de colocar a vida de pessoas em perigo.

– Sim.

– Eu diria que a melhor opção é capturar St. John e obrigá-lo a dizer o que está escrito no diário.

A boca dele se curvou com tristeza.

– De acordo com Elizabeth, St. John afirma que apenas Hawthorne poderia decifrar o texto. Mas obviamente isso não pode ser verdade, então Avery está rastreando o pirata, que fugiu de Londres novamente. Ele é a chave.

– Eu me preocupo com Elizabeth, você sabe disso, mas não consigo deixar de desejar que Westfield tivesse deixado o diário com outra pessoa.

– Eu sei, meu amor. Se houvesse outra escolha, eu teria sugerido. Mas realmente, apesar de sua longa associação com James e Eldridge, eu era a única pessoa em quem ele podia confiar que se importa mais com Elizabeth do que com a agência. E nós dois estamos sendo cautelosos há tanto tempo. Eu não aguentaria ver nossos filhos crescerem com medo. Nós devemos acabar com isso – seu olhar suplicava para que ela entendesse.

Ela tocou seu rosto.

– Estou feliz por você ter descoberto a verdade sobre Hawthorne e St. John, pois isso pôde acalmar o sentimento de culpa que você carregou por todos esses anos. Talvez a morte de Hawthorne fosse inevitável, sendo sua vida tão entrelaçada com o crime – ela apanhou a mão dele e a colocou sobre sua barriga, depois sorriu quando os olhos azuis dele se arregalaram ao sentir o forte chute de seu filho.

– Você pode me perdoar por ter aceitado essa tarefa enquanto você carrega meu filho? – ele perguntou com a voz rouca, abaixando para beijar ardentemente sua testa.

— É claro, meu amor — ela o acalmou. — Você não poderia ter agido de outra maneira. E, de fato, considerando sua amizade perdida, acho que é um bom sinal de que Westfield o tenha procurado para pedir ajuda. Nós vamos desvendar esse quebra-cabeça juntos. Talvez assim possamos finalmente encontrar um pouco de paz.

— Qual é o problema, Elizabeth? — Elaine perguntou preocupada. — Não gosto de vê-la tão angustiada.

— Eu deveria estar em Londres agora, não aqui.

Elizabeth gemeu quando eles se sentaram para jantar e seus pensamentos estavam cheios de preocupação com William e Margaret. Marcus pode ter feito o que achava melhor, mas ele deveria ter discutido com ela e permitido que se acostumasse com a decisão. Ele deveria ter lhe dado a oportunidade de conversar com William e agradecê-lo pela ajuda. Sentiu um aperto no peito quando pensou em seu irmão, que a amava tanto.

— Sinto muito que você não esteja feliz aqui...

— Não, não se trata disso — ela respondeu rapidamente. — Eu amo este lugar. Mas existem... assuntos que requerem minha atenção.

Franzindo o rosto, Elaine disse:

— Não estou entendendo.

— Pedi a Westfield que fizesse algo importante para mim, mas ele ignorou meu desejo.

— Ele deve ter tido uma boa razão — Elaine disse, tentando acalmá-la. — Ele adora você.

Paul entrou na sala.

— Por que essa tristeza? — ele perguntou. Ao olhar para o rosto choroso de Elizabeth, ele fez uma careta. — Foi o Marcus? Ele gritou novamente com você, Beth?

Apesar de seu abatimento, ouvir Paul dizer o diminutivo de seu nome trouxe um sorriso relutante ao seu rosto. Ninguém nunca a havia chamado de qualquer outra coisa além de Elizabeth.

— Não. Mas eu quase gostaria que fosse isso — ela admitiu. — Ele tem se comportado tão educadamente comigo na última semana que eu mal posso aguentar. Uma boa discussão poderia ajudar a melhorar meu humor.

Paul riu.

— Bom, civilidade reservada é a especialidade de Marcus. Imagino que vocês tiveram alguma desavença?

— Essa é uma descrição leve, mas posso dizer que foi algo desse tipo.

Os olhos castanhos de Paul se acenderam.

— Acontece que eu sou um especialista em discussões entre amantes. A melhor maneira de se recuperar é não ficar cabisbaixa. Você pode ter uma grande satisfação com uma pequena vingança.

Elizabeth sacudiu a cabeça. Ela já havia negado sua cama nas últimas seis noites. A cada noite ele testava a maçaneta trancada em seu quarto. A cada noite ele se virava sem uma palavra. Durante o dia, ele se comportava com seu jeito habitual, educado e charmoso.

O que faltava eram os olhares ardentes e as carícias roubadas que diziam que ele a queria. A mensagem era clara. Ele não seria o único a ser negado.

— Acho que já fui até onde podia para provocar uma resposta — Elizabeth disse.

— Então, não desanime, Beth. Brigas de amor não duram muito.

Mas Elizabeth não podia concordar com aquilo. Ela iria se manter firme até que ele pedisse desculpas. Ele não podia simplesmente passar por cima dela em decisões importantes. Assuntos dessa magnitude devem ser discutidos.

E, honestamente, ela sabia ser tão teimosa quanto ele.

As brasas na lareira estalaram e Elizabeth teve um sobressalto, cada músculo em seu corpo ficou tenso com expectativa. Ela esperava quase sem respirar que Marcus testasse a porta. Assim que ele o fizesse, ela poderia relaxar e tentar dormir.

Se ele mantivesse sua rotina, ela teria que esperar apenas mais um pouco. Sentada na cama, ela agarrava os lençóis com dedos nervosos.

O laço de sua camisola parecia apertado demais em seu pescoço e ela engolia com dificuldade.

Então, a maçaneta começou a girar lentamente para a direita.

Ela não conseguia tirar os olhos e nem mesmo piscava.

A maçaneta soltou um leve clique quando alcançou o limite da tranca.

Ela apertou tanto o maxilar que até doeu.

A maçaneta foi solta e girou num instante para a posição original.

Elizabeth fechou os olhos e suspirou com uma confusa mistura entre frustração e alívio. Mas um instante depois, a porta se abriu e Marcus entrou, girando uma chave no dedo.

Mordendo os lábios, ela estava fervilhando, mas não disse nada. Ela deveria esperar que um homem acostumado a ter tudo que quer não jogaria limpo.

Ele andou até a cadeira mais próxima e a virou para ficar de frente à cama. Depois, sentou-se, cruzando as pernas e ajustando lentamente seu roupão. A chave traidora foi depositada em seu bolso.

— Você é o homem mais arrogante que eu já conheci.

— Você pode discutir minhas falhas outro dia. Agora, vamos falar sobre por que você está me mantendo longe de sua cama.

Ela cruzou os braços sobre o peito.

— Você sabe por quê.

— Eu sei? Então acho que me esqueci. Você poderia me lembrar? E seja rápida, por favor. Fiz o que pude para dar tempo a você, mas uma semana de espera já esgotou minha paciência.

Elizabeth rugiu.

— Não sou meramente um objeto para satisfazer suas necessidades sexuais! Se precisa tanto de sexo, dê um jeito nisso sozinho.

O rápido suspiro de Marcus foi o único sinal de que ela havia acertado seu ponto fraco.

— Se tudo que eu precisasse fosse satisfação sexual, eu já teria resolvido. Agora, me diga a razão para a porta trancada.

Ela ficou quieta por um bom tempo, pensando que seria melhor se ele descobrisse sozinho. Mas, então, o silêncio pesado foi demais para ela.

— Você me deve desculpas.

— Eu devo?

— Sim.

— Por favor, me diga o que eu fiz.

— Você sabe a razão. Foi errado envolver William depois que eu pedi que não fizesse isso.

— Não vou me desculpar por isso — seus longos e elegantes dedos se curvaram ao redor dos braços da cadeira.

Ela ergueu o queixo.

— Então, não temos mais nada para conversar.

— Ah, mas temos sim — ele disse lentamente. — Pois vou compartilhar sua cama hoje, minha amada esposa, e prefiro que seja uma experiência agradável.

— Eu tenho sentimentos, Marcus, e um cérebro. Você não pode simplesmente passar por cima dessas coisas e esperar que eu o receba de braços abertos.

— Eu cobiço seus sentimentos, Elizabeth, e respeito seu cérebro. Do contrário, não poderia ter me casado com você.

A cabeça dela se inclinou enquanto o observava, tão alto e largo na cadeira em que estava sentado.

— Se você diz a verdade, por que não discutiu sua intenção comigo e permitiu que eu desse minha opinião? Você me menospreza agindo sem meu conhecimento e depois escondendo suas ações.

— Eu não escondi nada. Quando você perguntou, eu contei. E eu sabia qual era sua opinião. Eu sou muito esperto — ele disse num tom de ironia. — Quando você me diz uma coisa, sou capaz de lembrar depois.

— Então, minha opinião é tão pouco importante que nem merece ser considerada?

Ele se levantou.

— Sempre irei considerar sua opinião e darei a ela o mesmo peso que a minha, mas sua segurança sempre virá em primeiro lugar. Sempre.

Sentindo-se em desigualdade, Elizabeth se levantou da cama. Embora Marcus fosse muito maior do que ela, ficar de pé enquanto ele estava sentado deu um pouco de conforto para continuar a discussão.

— E quanto à segurança de William? E de sua família?

Marcus cruzou o quarto até ela. Levantando a mão, ele passou a parte de trás do dedo gentilmente no rosto dela. Os olhos dele se fecharam, como se estivesse desfrutando daquele toque. Por sua vez, Elizabeth tremeu ao sentir seu cheiro, aquele aroma de sândalo e frutas cítricas que ela conhecia e amava tanto.

– Sim, eu me preocupo com ele. E lamento ter sido forçado a envolvê-lo na situação. Se algo acontecer a ele e sua esposa, eu passaria o resto da vida me culpando e lamentando a perda de um homem que já foi, e espero que volte a ser, tão próximo de mim quanto um irmão – ele baixou o tom de voz, quase sussurrando. – Mas eu sobreviveria. Não posso dizer o mesmo se algo acontecesse com você.

– Marcus... – surpreendida por suas palavras, ela tocou sua mão e a segurou contra o rosto.

– Não sei como eu vivi aqueles quatro anos sem você. Olhando para trás, lembrando da eternidade daqueles dias, da profunda ansiedade, da sensação de que estava faltando algo vital... – ele sacudiu a cabeça. – Eu não poderia passar por aquilo novamente. E aquilo foi antes. Antes que eu conhecesse as muitas facetas de seu sorriso, o calor de sua pele, os sons de seu prazer, antes de sentir como é acordar com você ao meu lado todos os dias.

De repente, ela se sentiu emocionada e soluçou.

Ele a abraçou gentilmente.

– Lamento que você tenha se sentido magoada por minha decisão, mas eu faria de novo, centenas de vezes. Isso é difícil para você, eu sei, e entendo que você não consiga compreender como eu me sinto. Eu sacrificaria minha própria vida para proteger a sua, pois nada disso valeria a pena sem você. E é por isso que vou entregar meu cargo, pois meu trabalho coloca você em risco.

– P-por quê... – ela engoliu em seco e o abraçou com força. – Eu nunca esperei que você fosse dizer essas coisas para mim. E-eu não sei como responder...

– Uma semana sem você foi suficiente para eu perceber que era melhor eu me explicar claramente para que não houvesse dúvida.

– Nunca pensei que você pudesse me amar. Não depois de tudo que eu fiz.

Marcus pousou o rosto no topo de sua cabeça.

— Eu costumava me perguntar por que isso tinha de acontecer justo com você. Já encontrei mulheres bonitas, inteligentes, engraçadas, ousadas. Por que justo Elizabeth? Por que não alguém que pudesse abrir seu coração para mim? Talvez fosse a emoção da caçada. Talvez fosse porque você cresceu num ambiente triste e eu desejo consertar isso — ele deu de ombros. — Só Deus sabe.

— Ainda não consigo parar de pensar que você deveria ter me contado sobre sua intenção — ela resmungou, embora sua raiva tivesse diminuído imensamente após sua declaração do quanto ela era importante.

— No futuro, espero ter mais tempo para convencê-la dos méritos das minhas opiniões, mas neste caso, eu não tinha esse privilégio.

Ela afastou o rosto e cerrou os olhos.

— E quanto tempo você acha que perderia?

Ele riu.

— Pelo visto, uma semana, e nós não tínhamos todo esse tempo.

Olhando no rosto de Marcus, vendo o calor em seus olhos e a adorável curva de sua boca, Elizabeth quis suspirar como uma garotinha apaixonada. O tempo e a intimidade infinita não diminuíam o efeito de sua beleza masculina. Ela não encontrava palavras tão belas, simples e corajosas, igual ele fizera. Mas faria o melhor que podia.

As mãos dela deslizaram entre eles e abriram seu roupão, revelando o corpo que fazia sua boca secar e seu sexo se contrair com ansiedade. As pontas dos dedos passearam por toda a pele quente do abdômen e desceram até as coxas.

— Você consegue sentir o que faz comigo? — ele perguntou, fechando os olhos enquanto se contorcia sob seu toque. Marcus lambeu os lábios e agarrou a cintura dela. Seu rosto corou de excitação. — Eu desejo você intensamente, Elizabeth — apanhando a mão dela, Marcus a levou até seu pau, que já estava ereto e pulsando. Ele ofegou quando ela fechou a mão ao redor.

Maravilhada, os olhos dela percorreram todo o corpo dele, que parecia indefeso sob suas carícias exploratórias.

Confiança, ele dissera para ela um dia. *Isto é confiança.*

Elizabeth podia confiar que ele sempre faria aquilo que fosse melhor para ela, mesmo que não concordasse com seus métodos. Afinal, ela não faria o mesmo para protegê-lo?

Cheia de sentimentos acumulados, ela ficou de joelhos e abriu a boca, dando o prazer que sabia que Marcus desejava.

Ah... como ela também adorava aquilo. Sua pele sedosa, a respiração entrecortada, aqueles longos dedos agarrando seus cabelos.

– Sim – ele gemeu enquanto impulsionava os quadris gentilmente. – Eu morreria por isso.

Um momento depois, Marcus a levantou e a levou para a cama, puxando sua camisola sobre a cabeça e jogando-a para o lado. Elizabeth afundou na maciez do colchão e foi coberta pela dureza do corpo dele, e, então, tudo se derreteu quando ele ergueu a perna dela e a penetrou profundamente.

A força de Marcus, a grande extensão de sua ereção, a pele úmida, a intimidade quase insuportável, tudo isso foi eclipsado pela intensidade de seu olhar.

Inundada de calor e consumida pela memória de suas palavras, Elizabeth envolveu o corpo dele com os braços e gritou de alegria. Suas lágrimas molhavam o ombro dele e se misturavam ao suor. Seu corpo foi envolvido debaixo dele, suspenso num orgasmo, preso no lugar pela entrada e saída rítmica que Marcus sabia que prolongaria seu prazer.

E quando ele se juntou a ela, quando estremeceu dentro dela e gritou seu nome, Elizabeth encostou os lábios em seu ouvido e jurou seu amor.

CAPÍTULO 21

– O Sr. Christopher St. John acabou de chegar, milady, pedindo que a senhora o receba – Elizabeth tirou os olhos do livro que estava lendo e encarou o mordomo com o queixo caído. Ela deixou o livro cair no sofá ao seu lado e se levantou.

– Onde você o deixou?

– No salão do primeiro andar, milady.

Marcus havia saído com o contador para avaliar algumas propriedades que precisavam de reparos. Elaine havia se retirado para uma soneca no meio da tarde, e Robert e Paul haviam saído para o vilarejo apenas uma hora atrás. Ela estava sozinha, mas não tinha medo. Assentiu para os dois guardas que estavam de pé em cada lado da porta do salão.

Respirando fundo, ela entrou. St. John se levantou, vestido esplendidamente e exibindo sua beleza angelical de sempre. Ele sorriu, e a breve reminiscência de Nigel a desconcertou momentaneamente.

Ao se aproximar, ela notou que ele parecia mais magro, suas olheiras pareciam mais escuras, e embora sua postura se mostrasse orgulhosa como sempre, Elizabeth podia sentir seu cansaço sob aquela fachada.

– Muita ousadia sua vir me procurar aqui.

St. John encolheu os ombros.

– Eu esperava que Westfield fosse entrar correndo pela porta. Estou aliviado por ver você. Não estou em condições de lutar – ele olhou por cima do ombro dela. – Onde está seu marido?

– Perto o bastante.

Suas sobrancelhas loiras se ergueram e seus lábios se curvaram.

– Desde que eu tenha tempo para falar com você, então, tudo bem.

– Eldridge está procurando por você.

O sorriso de Christopher sumiu imediatamente.

– Eu sei.

– Você diz que quer me ajudar, mas coloca minha vida em perigo ao manter seu silêncio.

Ele se virou, andando em direção à janela e empurrando a cortina para observar o caminho de entrada da propriedade.

– Eu nunca quis envolver você. Eu sabia que seu agressor era um homem vil, mas usar e ameaçar você... – ele rosnou. – Juro por Deus que preferia que o maldito diário tivesse permanecido escondido.

– Não posso dizer o mesmo. Talvez se eu não o tivesse recebido pelo correio, Marcus e eu nunca teríamos nos reencontrado.

Encarando-a, ele ofereceu um triste sorriso. St. John olhou ao redor, avaliando os guardas que permaneciam parados na porta.

– Estou vendo que Westfield mantém forte vigilância sobre você. Isso me tranquiliza um pouco.

– Vejo que você parece cansado – ela respondeu secamente.

– Obrigado por reparar – ele resmungou –, depois de eu ter me esforçado tanto para parecer apresentável. Preciso me lembrar de demitir meu alfaiate.

– Nem o melhor alfaiate do mundo consegue esconder os sinais de uma vida dura – ela retrucou. – Já considerou mudar de ocupação? A maneira como você vive está sugando sua vida.

A boca dele se apertou com desgosto.

– Não estou aqui para discutir meu estilo de vida.

Sentando-se, Elizabeth esperou até ele fazer o mesmo.

– Muito bem, então. O diário já não está mais comigo.

St. John praguejou com tanto ímpeto que deixou Elizabeth corada.

— Está com Eldridge?

Ela hesitou por um momento, tentando decidir se era prudente contar mais.

— Não — ela finalmente disse. Seus dedos nervosos eram a única indicação de sua inquietude.

— Graças a Deus. Mantenha-o longe dele.

— Ele deixou Westfield com a tarefa de decifrá-lo. Eldridge está mais interessado em encontrar você.

— Sim, tenho certeza disso. Estou surpreso de que ele tenha esperado tanto tempo, para falar a verdade. Até me atrevo a dizer que ele queria todos os seus agentes afoitos antes de liberar a caça. Ele é um homem meticuloso.

Elizabeth estudou St. John cuidadosamente.

— Por que você veio até aqui?

— Quando eu soube que Eldridge estava atrás de mim, compreendi o quanto a situação havia se tornado delicada. Não sei o que fazer. No fim, existe apenas uma solução, mas é quase impossível de ser colocada em prática.

Ela abriu a boca para falar quando uma súbita agitação lá fora lhes chamou a atenção. Levantando-se imediatamente, ela correu com St. John até a janela. Na frente da propriedade, uma carroça do vilarejo cambaleava precariamente em três rodas.

— Fique aqui — ela ordenou, sabendo que Marcus gostaria de falar com o pirata, talvez até prendê-lo.

Elizabeth gastou apenas um momento para ter certeza de que poderia oferecer ajuda, depois voltou correndo para o salão. Estava vazio. Ela ficou parada, piscando incrédula.

— Para onde ele foi? — ela perguntou para os dois guardas.

Eles entraram correndo e vasculharam o local rapidamente.

St. John havia sumido.

Marcus encostou os ombros na cabeceira da cama e ajustou o corpo de sua esposa, que dormia por cima dele. Mesmo o protesto mal-humorado não conseguiu provocar um sorriso em seu rosto. Marcus acariciou as costas dela para que voltasse a dormir, enquanto ele próprio não conseguia cair no sono.

Por que St. John aparecera em sua casa? Se o objetivo era o diário, ele não aceitaria apenas a palavra de Elizabeth dizendo que não estava mais com ela. Porém, ele não perguntou mais nada antes de desaparecer pulando a janela. Era típico dele arranjar antecipadamente o acidente com a carroça. E saber que nenhum dos irmãos estaria na casa significava que ele os estava vigiando.

Marcus apertou os braços ao redor de Elizabeth e o rosto dela se aconchegou em seu peito. O alerta do pirata foi muito claro: *Você não está segura. Mesmo em sua própria casa.*

Só de pensar nisso, seu corpo ficou tenso. Ele se concentrou para ouvir os sons ao redor. Apesar do silêncio, Marcus não conseguia relaxar. Os cabelos de sua nuca estavam eriçados.

Ele já havia aprendido a confiar em seus instintos há muito tempo, então, girou Elizabeth e a acomodou nos travesseiros. Os braços dela tentaram alcançá-lo, acostumada com seu hábito de acordá-la para o sexo. Beijando-a rapidamente na boca, Marcus se desvencilhou e saiu do conforto da cama.

– O que você está fazendo – ela reclamou, ainda sonolenta.

O beicinho que ela fez era tentador e Marcus tomou um momento para apreciá-lo. Houve um tempo quando ele apenas podia sonhar em tê-la em sua cama. O anel em seu dedo refletiu a luz da lareira e Marcus apertou o maxilar. Ele nunca permitiria que algo ou alguém ameaçasse Elizabeth.

Vestindo a calça, ele sussurrou:

– Segure essa vontade por enquanto, meu amor – Marcus apanhou sua espada, que estava encostada convenientemente numa cadeira próxima, e desembainhou a lâmina. Elizabeth ergueu a cabeça dos travesseiros. Com um dedo nos lábios, ele a alertou para fazer silêncio, depois cruzou o quarto com os pés descalços. Marcus respirou fundo antes de abrir uma pequena fresta na porta que dava na sala contígua.

Pelo espaço entre a porta e o batente, ele podia enxergar o quarto de Elizabeth. Por debaixo da porta, o brilho de uma vela estava claramente visível. Mais uma vez, seus instintos estavam certos. Alguém estava lá.

Marcus arregaçou as mangas e deixou seu quarto. St. John não havia desistido. Ele estava de volta, assim como Marcus suspeitara que faria.

Ele quis posicionar um guarda na sala contígua, mas Elizabeth ficou horrorizada por alguém ficar tão perto enquanto eles faziam amor. Ela não quis ceder e, conhecendo sua força de vontade, Marcus aceitou. Agora ele podia apenas sacudir a cabeça diante de sua fascinação com sua esposa, que superava qualquer outra consideração. Movendo-se rapidamente, ele alcançou a porta e testou a maçaneta. Estava trancada. Praguejando, voltou para seu quarto para apanhar a chave.

Elizabeth estava vestindo a camisola.

Marcus fechou o rosto.

– *Fique aqui* – ele disse apenas movimentando os lábios.

– *O que está acontecendo?* – ela respondeu da mesma maneira.

Ele apenas mostrou a chave, depois retornou para a sala contígua. Notou imediatamente que a luz debaixo da porta havia sumido. Por causa da escuridão, levou um momento até alcançá-la. A brisa gelada que soprava em seus pés descalços denunciava que a janela estava aberta do outro lado. Ele não era tolo o suficiente para entrar num quarto escuro. Saindo para o corredor mal iluminado, Marcus apanhou uma vela da alcova e acendeu o castiçal no gabinete.

Quando se virou, viu que a porta do quarto de Elizabeth estava entreaberta. Ele a abriu com um pontapé, segurando o castiçal numa das mãos e a espada na outra. As cortinas estavam escancaradas, permitindo ao pálido luar jogar sombras ao redor. A brisa suave balançava as cortinas, formando uma presença fantasmagórica que o fez apertar os punhos. Devido à altura do segundo andar, Marcus duvidava que alguém pudesse entrar ou sair pela janela. O que significava que o intruso ainda estava lá dentro, ou tinha escapado pelo corredor enquanto ele buscava a chave.

Elizabeth.

Tudo estava quieto, mas seus nervos ainda gritavam em alerta.

– Milorde? – murmurou uma voz grave atrás dele. – O que está acontecendo?

Marcus se virou e encarou um dos guardas. Atrás dele estava Elizabeth, com o rosto preocupado e mordendo os lábios. Por um momento, sua garganta se fechou ao pensar nela atravessando o corredor inseguro.

Mas não havia outra coisa que ela pudesse ter feito, e mais uma vez seu coração se aqueceu de admiração. Ela era uma mulher prática, e também corajosa. Marcus tomou um instante para se recompor e depois disse:

— Alguém invadiu o quarto de Elizabeth. Espere com ela até eu ter certeza de que o intruso se foi.

O guarda assentiu rapidamente e Marcus vasculhou o quarto. Estava vazio, mas a sensação de inquietude ainda o incomodava.

— Acorde os outros guardas — ele ordenou quando voltou ao corredor. — Vasculhe os outros quartos e as saídas. Descubra como ele conseguiu entrar. E a partir de agora, quero que um de vocês permaneça em minha sala contígua.

Entregando o castiçal para o guarda, Marcus agarrou o cotovelo de Elizabeth e a conduziu de volta para seu quarto.

— Está na hora de pararmos de nos esconder, Marcus.

— Não.

— Você sabe que é isso que eu devo fazer — ela parou abruptamente e o encarou.

Marcus apertou o maxilar e sacudiu a cabeça.

— É perigoso demais.

— O que mais podemos fazer? Veja o risco para sua família, para sua casa.

Marcus apanhou o rosto dela com mãos gentis.

— *Você* é a minha família, você é o meu lar.

— Por favor, não seja obstinado.

— O que você pede é demais, Elizabeth.

— Eu peço por liberdade — os olhos dela brilhavam. — Estou cansada disso. Não progredimos em nada com essa espera eterna. Precisamos tomar a iniciativa e forçar o próximo movimento dele. E, então, acabar com isso.

Ele abriu a boca e ela pousou o dedo em seus lábios.

— Não argumente mais. Eu entendo sua posição. Apenas considere. É só o que lhe peço.

Saber que ela estava certa não aliviou seu tormento, e quando voltaram para a cama, ele a abraçou com força, precisando do contato físico para aquecer o medo gélido que apertava seu peito.

— Por favor, não se preocupe — ela sussurrou, raspando os lábios macios contra a pele de seu peito pouco antes de cair no sono. — Eu confio em você.

Marcus continuou abraçando-a, amando Elizabeth por acreditar nele o bastante para propor algo tão perigoso. Certa vez, ela dissera que nunca confiaria nele, e Marcus acreditou nisso sem questionar. Agora, descobrir que ele havia conseguido tocá-la tão profundamente era um bálsamo calmante para suas feridas, que cicatrizavam a cada dia que passava.

Mas ele não tinha nada além de raiva de si mesmo. Não conseguia entender como ela podia mostrar uma fé tão inabalável quando tudo que ele fazia era falhar em cada curva do caminho.

Para Elizabeth, os três dias que se seguiram ao incidente em seu quarto foram cheios de tensão. Marcus mergulhou em seu escritório, onde trabalhava incansavelmente para encontrar todas as vulnerabilidades em sua linha de defesa. As noites eram piores. Por causa do guarda posicionado do outro lado da porta do quarto, ela não conseguia relaxar o bastante para desfrutar do sexo e Marcus se recusava a tomá-la quando estava tão relutante.

— Odeio vê-la tão mal-humorada, minha querida Beth — Paul disse numa tarde, quando ela planejava as refeições na mesa de jantar.

— Não estou de mau humor.

Ele ergueu uma sobrancelha.

— Então está entediada? Eu não a culparia. Você não sai de casa há dias.

Franzindo o nariz, ela quase confessou o quanto sentia falta de Marcus, mas isso não seria adequado, então simplesmente balançou a cabeça.

— Você gostaria de visitar o vilarejo?

— Não. Obrigada — Marcus não permitiria que saísse da mansão, mas essa não era sua única consideração. O almoço seria servido logo e essa parecia a única hora em que podia desfrutar de sua conversa charmosa. Ela disse a si mesma que era bobagem sentir falta dele quando estavam tão próximos fisicamente, mas não conseguia evitar e, surpreendentemente, não queria mudar. Antes, ela se horrorizava por necessitar tanto dele. Hoje, era uma ligação que gostava de desfrutar.

– Tem certeza? – Paul pressionou.

Dispensando-o com um sorriso afetuoso, Elizabeth se dirigiu para o saguão. Só mais alguns minutos e ela poderia chamar Marcus. Seus passos se tornaram mais leves quando pensou em seu marido e o sorriso que ele ofereceria quando ela o chamasse na porta do escritório. Perdida em pensamentos, ela não percebeu o braço que agarrou seu cotovelo e a puxou para o vão entre as escadas. Os papéis com os planos das refeições que estava levando até a cozinha caíram e se espalharam pelo chão de mármore.

Seu protesto assustado foi interrompido por um beijo apaixonado. Seu marido a prendera contra a parede usando seu grande e musculoso corpo. As mãos dela, que se ergueram para empurrar quem quer que fosse, agora envolviam o pescoço de Marcus.

– Minha doce esposa – ele sussurrou entre os beijos.

Com o coração acelerado pelo susto, ela ofegou tentando recobrar o fôlego.

– O-o que você pretende?

– Eu preciso de você – Marcus mordiscava a garganta dela. – Já se passaram três malditos dias.

Fechando os olhos, ela suspirou. O calor de sua pele, a óbvia ereção pressionando a calça, as mãos grandes que se moviam febrilmente em suas curvas...

– Por que você não pode ficar sempre nua? – ele reclamou. – Tecidos demais separam minhas mãos de você.

Elizabeth olhou ao redor. Raios de sol vindos do jardim entravam pelas portas francesas exibindo seu ardor para quem quer que passasse por ali. Estavam apenas escondidos de quem estivesse no saguão.

– Você deve parar.

– Não consigo.

Ela riu quase sem fôlego, tão apaixonada com sua atenção que realmente desejava que estivesse nua. O sangue martelava em suas veias, seu corpo se derretia e se aconchegava no corpo dele.

– O que você está fazendo?

– Compensando minha ausência – Marcus afastou-se apenas um pouco, com a mão em sua cintura e a outra tentando inutilmente sentir seus seios por cima do espartilho.

– Nós podemos ser vistos – ela alertou.

– Você não conseguirá me dissuadir – Marcus lambeu os lábios dela.

– Você não vai me atacar aqui.

– Não posso? – ele agarrou o corpete de seda e os laços se abriram. – Estou quase desesperado.

– Marcus – ela deu um tapa em sua mão.

– Eu quero você. A expressão em seu olhar era prova de que falava sério.

– Agora? – ela mordeu os lábios, orgulhosa de ver que ele não tinha controle sobre seu desejo. – Não entendo seu humor. Você não pode esperar?

Ele sacudiu a cabeça e a simples recusa encheu o coração dela de alegria.

– Eu também quero – ela confessou.

Marcus a agarrou com mais força, e o calor inebriante de seus olhos a fez corar.

– Nunca pensei que pudesse querer também – ele baixou a voz. – Mas você quer, não é?

Assentindo, Elizabeth beijou o queixo dele.

– Eu sofro por você. Senti tanto a sua falta.

– Sempre estive aqui – ele a puxou para perto até onde as saias permitiam.

– Eu sou egoísta, Marcus. Quero sua atenção por inteiro.

– Você a tem – seu sorriso era malicioso. – Agora, você gostaria de ter o resto de mim também? Podemos encontrar um local mais privado.

– Posso prender você? Posso amarrá-lo? Mantê-lo apenas para mim por horas, dias?

Marcus arregalou os olhos.

– Está falando sério? – ele não conseguiu esconder o interesse sensual que aumentou a curva de seu sorriso.

A imagem em sua mente deixou Elizabeth molhada.

– Oh, sim.

– Você tem cinco minutos para encontrar uma cama e se despir. Se demorar mais do que isso vou cortar esse vestido com minha espada.

– Você não se atreveria – ela protestou, rindo. – Eu adoro este vestido.

– Já se passaram quinze segundos.

Elizabeth se virou e saiu.

– Não se esqueça de apanhar meus papéis – ela disse sobre o ombro.

Erguendo as saias, ela subiu as escadas apressada. No meio do caminho, viu o mordomo surgindo da galeria do andar superior. Ele desceu para encontrá-la.

– Milady, a correspondência chegou.

Ela apanhou a carta na bandeja de prata, reconhecendo o familiar brasão dos Langston estampado na cera.

– Obrigada.

Rompendo o selo, Elizabeth passou os olhos no breve conteúdo, depois releu com cuidado.

– Margaret deu à luz antecipadamente – ela gritou. – É um menino!

– Dois minutos – Marcus disse arrastando as palavras no andar inferior.

Ela congelou instantaneamente.

– Você me ouviu? Eu preciso ir até lá.

– Escute aqui, Lady Westfield – a suavidade em sua voz não a enganava enquanto ele subia as escadas com um olhar predatório. – Você queria minha atenção. Eu juro que você conseguiu. Seu sobrinho terá que esperar.

Elizabeth riu alto.

– Você terá que me apanhar primeiro – ela o desafiou quando voltou a subir apressadamente. Entrou no corredor segurando a preciosa carta numa das mãos e as saias na outra. Marcus estava correndo logo atrás.

Elaine observava a agitação do andar inferior. Ela falou para Paul, que se sentava ao seu lado.

– Eu nunca o vi tão feliz. O casamento fez maravilhas com ele.

– É verdade.

Ela o encarou com um sorriso afetuoso.

– Você, meu querido, será o próximo.

CAPÍTULO 22

Por causa da necessidade de sigilo, já passava da meia-noite quando o transporte alugado chegou a Chesterfield Hall. Descendo da carruagem nos fundos da mansão, Elizabeth e Marcus entraram pela porta de serviço.

— Toda essa prudência é mesmo necessária? — Elizabeth reclamou quando tremeu com o frio da noite.

Marcus jogou o casaco sobre seus ombros e a envolveu com os braços, tentando compartilhar seu calor.

— Eu me recuso a correr riscos com sua vida. Você é preciosa demais para mim.

Eles subiram até o antigo quarto de Elizabeth usando a escada dos criados.

— Quão preciosa? — ela perguntou suavemente, andando à sua frente no corredor.

— Você é inestimável.

Fechando a porta atrás deles, Marcus retirou os dois casacos dos ombros de Elizabeth antes de virá-la para que ficassem de frente um para o outro. Ele baixou a cabeça, olhando-a profundamente nos olhos. Seu beijo foi suave e generoso, seus lábios tinham um afeto óbvio.

— Você me ama, Marcus?

Elizabeth havia prometido a si mesma nunca perguntar a ele sobre seus sentimentos em relação a ela. Marcus mostrava todos os dias, de várias maneiras diferentes, o quanto ela era importante. Mas por algum motivo, a necessidade de ouvir as palavras não podia ser recusada.

Ele sorriu.

— Você precisa mesmo perguntar?

Elizabeth afastou o rosto para analisar sua expressão.

— Você se incomoda tanto em me dizer?

Sua boca se abriu para falar, mas uma leve batida na porta os interrompeu.

— Entre — ele disse, sem conseguir esconder seu alívio.

A cabeça loira de William apareceu no vão da porta entreaberta.

— Lady Barclay soube que você chegou. Ela gostaria que Elizabeth conhecesse seu sobrinho agora. Você, Westfield, terá que esperar até de manhã.

— É claro que irei agora — Elizabeth ficou na ponta dos pés esperando que Marcus a beijasse. — Esta conversa ainda não terminou, milorde.

Ele raspou o nariz no dela.

— Estarei esperando, Lady Westfield.

William permaneceu no quarto após Elizabeth sair.

Marcus estudou seu cunhado cuidadosamente, notando as olheiras debaixo dos olhos.

— Você parece exausto.

— O futuro Conde de Langston possui um apetite voraz e Lady Barclay se recusou a chamar uma ama de leite. Tentei persuadi-la, mas não tive êxito. Ela se mantém firme.

— Parabéns — Marcus estendeu a mão e William a sacudiu com veemência. — Você é um homem de muita sorte.

William passou as mãos nos cabelos.

— Você não deveria ter voltado a Londres.

— Concordo, mas assim como sua esposa, Elizabeth não aceitava discutir o assunto. Infelizmente, ela agora está disposta a servir de isca para encerrar a situação — Marcus suspirou. — Ela possui uma deplorável falta de medo.

— É verdade, sempre foi assim. Não fique tão amuado, Westfield. Posso ver que você não está de acordo com a decisão dela, já que veio até aqui de madrugada e não voltará para sua residência. Você não quer que ninguém saiba do retorno dela.

– Você me culparia por isso? Ela é minha esposa. Você deve saber como me sinto. Você mesmo não conviveu com esse mesmo medo nos últimos quatro anos?

– Era um pouco parecido – William admitiu. – Não havia diário para nos preocupar, nem o conhecimento de que havia um espião dentro da agência. O perigo é maior agora, não estou cego nem indiferente. Eu amo Elizabeth, como você bem sabe, mas agora eu tenho um filho. Chegou a hora de concluir esse capítulo em nossas vidas para que todos nós possamos seguir em frente.

– E quanto aos meus filhos? Se algo acontecer com Elizabeth eu ficarei sem nada. Vocês dois pedem o impossível para mim.

– Westfield... – William suspirou longamente. – Você e eu estaremos preparados quando chegar a hora.

– Quando a hora chegar para o quê? – Elizabeth perguntou da porta.

– Para você engravidar – William disse com um sorriso que escondeu a verdadeira natureza da conversa.

Elizabeth arregalou os olhos.

– Vocês estavam conversando sobre filhos? – ela olhou para Marcus. – *Nossos* filhos?

Ele sorriu diante da ideia. Todos os dias ele se forçava a acreditar que ela era dele. Era um presente com o qual não conseguia parar de sonhar.

William a envolveu num rápido abraço.

– Seu filho é lindo – ela disse com um suave sorriso. – Ele já havia adormecido quando entrei no quarto. Estou ansiosa para segurá-lo em meus braços quando nós dois estivermos menos cansados.

Beijando sua testa, ele bocejou antes de se retirar.

– Até amanhã.

A porta se fechou com um leve clique e Elizabeth encarou Marcus.

– Nós nunca conversamos sobre filhos.

– Não há necessidade – ele se aproximou. – Eles virão na hora certa.

Ela desviou os olhos e mordeu os lábios.

Marcus franziu o rosto diante da súbita mudança em sua expressão.

– Qual é o problema, meu amor?

– Não quero falar sobre isso.

Rindo, ele correu a ponta do dedo em sua garganta, sentindo o calor que provocou com seu toque se espalhar pelo corpo dela.

– Você diz isso muitas vezes, depois me força a adivinhar seus pensamentos. Mas já é tarde, então, peço para me poupar o trabalho.

Elizabeth fechou os olhos.

– Podemos apenas nos deitar? Estou cansada.

– Fale comigo – ele pediu, beijando uma sobrancelha. Então, baixou o tom de voz de um jeito sedutor. – Conheço maneiras para arrancar de você. Gostaria disso?

– Eu acho que... – ela baixou a cabeça e o tom de voz. – Acho que talvez eu não seja capaz de gerar filhos.

Ele se afastou, surpreendido.

– De onde você tira essas noções ridículas?

– Pense um pouco. Fui casada por um ano inteiro com Hawthorne e...

– Ele não colocou nenhum esforço nisso – Marcus disse com desdém.

– E você fez muito mais do que apenas se esforçar nesses últimos meses – ela argumentou. – Mesmo assim meus ciclos são regulares como um relógio.

Franzindo as sobrancelhas, Marcus ficou olhando Elizabeth, que mantinha a cabeça baixa. Sua tristeza tangível o fez perder o ar dos pulmões.

– Ah, minha querida – ele alcançou suas costas e começou a abrir seu vestido. – Você se preocupa à toa.

– A cada mês que se passa eu temo fracassar como sua esposa – ela pousou o rosto contra o veludo do casaco dele.

– Que estranho. A cada mês que se passa eu fico mais agradecido por ter você ao meu lado.

– Por favor, não brinque.

– Nunca. Eu tenho dois irmãos. A linhagem dos Ashford não corre nenhum perigo.

– Mas você com certeza quer sua própria prole, e é meu dever providenciar isso.

– Já chega – ele a girou para tirar o vestido mais facilmente. – Quero apenas você. Por toda minha vida, tudo que eu sempre quis foi apenas você.

– Marcus... – a voz dela falhou, assim como o coração dele ao ouvi-la.

– Eu te amo – ele disse com a voz rouca. – Sempre amei – debaixo de suas mãos, ele a sentiu chorando. – Se o destino quiser que sejamos apenas você e eu, então eu morreria o homem mais feliz do mundo. Nunca duvide disso.

Ela se virou e o abraçou, beijando-o em meio às lágrimas.

– Eu não mereço você – ela soluçou, acariciando os cabelos dele.

Marcus absorveu o ataque dela com um forte abraço, sem conseguir dizer mais nada depois de pronunciar as palavras que ele jurara que nunca diria, nem pensaria nisso. Ela acabou o empurrando até ele cambalear para trás. As mãos dela deslizaram para dentro do casaco dele, retirando-o pelos ombros, depois abrindo os botões de marfim do colete.

– Elizabeth.

Ela agarrava suas roupas e os botões da calça desenfreadamente até que a única coisa que ele podia fazer era ajudá-la. Marcus a entendia, talvez melhor do que ela própria entendia a si mesma. Elizabeth estava encurralada, presa por emoções que ela tentava evitar desde que o conhecera, mas agora ela fazia o contrário e se entregava totalmente a essas emoções. E Marcus daria o alívio que ela buscava e aceitaria o que ela entregasse de volta, pois ele a amava com todas as forças de seu corpo.

– Tire isto – ela gritou, quase rasgando seu corpete. – Tire isto de mim.

Marcus agarrou as abas soltas e abriu a peça. Ela terminou de retirar, depois, ainda com o espartilho e o chemise e uma pilha de sobressaias, sua esposa o derrubou ao chão, subiu por cima dele e passou uma perna sobre seus quadris. Marcus riu, adorando-a em sua concentração e necessidade quase brutal. Depois, ele ofegou e impulsionou a cintura quando ela agarrou sua ereção e o recebeu dentro de si, envolvendo seu pau num mar sedoso e ardente.

– Deus – ele gemeu, perguntando-se, como sempre fazia, se o prazer algum dia diminuiria para um nível que fosse ao menos tolerável. Se ficasse apenas nisso, se a sua semente nunca criasse raízes, Marcus não se importaria. Sabia disso dentro de sua alma.

Elizabeth parou, ofegante, com o peito e a cintura apertados por suas roupas de baixo. Olhou para seu marido, deitado embaixo dela, tão lindo em seu desalinho. Marcus Ashford, conhecido por sua inabalável obstinação, estava corado, olhos arregalados, boca aberta. Incapaz de resistir, ela segurou sua nuca e o beijou. O sabor dele, sombrio e perigoso, e a sensação de sua língua, sedosa e quente, a fez estremecer e se apertar envolvendo a ereção que pulsava dentro dela.

Ele gemeu em sua boca e a abraçou gentilmente. Marcus impulsionava os quadris em longos movimentos, golpeando fundo dentro dela com a cabeça de seu pau.

— Marcus... — cheia de um desejo voluptuoso e ardente, ela se ergueu e remexeu os quadris, depois se abaixou em sincronia com a investida para cima de Marcus, recebendo-o tão fundo que estremeceu com o prazer que sentiu. Cada toque, cada rugido de sua garganta mostravam a ela o quanto Marcus a amava e aceitava, o quanto ele precisava dela. Apesar de todos os seus defeitos.

A intensidade do olhar dele era como uma carícia tátil. Ele adorava observá-la, disso ela sabia. Adorava ouvir seus gemidos e sentir sua necessidade. O corpo dela se ondulava sobre o dele, como se estivesse separado de sua mente e perdido em seu desejo. O aperto inabalável do espartilho alterou a experiência, deixando-a consciente de tudo ao mesmo tempo que se sentia num sonho vertiginoso.

— Sim — ele implorou com a voz rouca. — Tome aquilo que você quer. Deixe-me entregar para você.

As pontas dos dedos dela pousaram no abdômen dele, e debaixo do tecido da camisa ela sentia os músculos que se contraíam com suas investidas. Então, seus olhos se encontraram.

— Me abrace.

Marcus a puxou para baixo, beijou sua boca, impulsionando a língua no mesmo ritmo que impulsionava seu pau. Ela estava tão molhada, tão excitada, cada estocada ecoava alto pelo quarto.

Eu morreria por você, ele dissera um dia, e ela sabia que era verdade, pois ali, em seus braços, ela sentia que estava renascendo.

Elizabeth acordou tarde no final da manhã e encontrou a cama vazia. Ela se banhou e se vestiu, ansiosa para encontrar Marcus antes de passar o resto do dia com Margaret e o bebê.

Ao descer a escadaria, ela notou que Lorde Eldridge e Avery estavam conversando com seu marido no saguão dos visitantes. Ela parou por um momento, preparando-se para o que estava por vir, então continuou.

Vendo sua aproximação, Marcus a encontrou na base da escadaria.

— Bom dia, meu amor — seu olhar, ao mesmo tempo afetuoso e agradecido, dizia muito.

— Aconteceu alguma coisa? — ela perguntou.

— Vou sair com Eldridge. St. John foi visto em Londres, e tem outras coisas que preciso fazer.

Elizabeth sorriu brevemente para Lorde Eldridge e Avery.

— Bom dia, milorde. Senhor James — ela os cumprimentou.

Os dois cavalheiros fizeram uma reverência.

Voltando a atenção para Marcus, ela analisou sua expressão e notou as linhas endurecidas ao redor dos lábios.

— Tem mais alguma coisa? Algo que está escondendo de mim?

Ele sacudiu a cabeça.

— Eu simplesmente fico preocupado por deixar você sozinha. Avery ficará aqui, embora eu preferisse vigiá-la pessoalmente. Sempre que eu viro as costas, algo ruim acontece e...

Pousando os dedos em seus lábios, Elizabeth o silenciou.

— Eu ficarei bem com o senhor James. E William está aqui.

— Nem mesmo a guarda real poderia me acalmar.

— Então, fique — ela disse simplesmente. — Envie o senhor James com Eldridge.

— Não posso. Eu renunciei ao meu cargo, e existem coisas que preciso resolver antes de ficar livre.

Elizabeth cobriu a boca com as mãos. Lágrimas encheram seus olhos e ameaçaram se derramar de seus cílios. Ele havia mantido sua promessa.

— Diga que são lágrimas de felicidade.

— Eu te amo — ela disse num suspiro.

A boca dele se curvou num sorriso íntimo.

— Eu retornarei assim que puder. Enquanto isso, fique longe de problemas. Por favor.

Ao sair de Chesterfield Hall, Marcus e Eldridge montaram em seus cavalos.

— Você contou alguma coisa para Lady Westfield? — Eldridge perguntou assim que entraram na estrada.

— Não. Isso iria apenas preocupá-la sem razão.

— Você não acha que receber uma ameaça de morte seja motivo de preocupação?

Marcus riu.

— St. John já teria me matado, se essa fosse mesmo sua intenção. Ele sabe que ameaças a Lady Westfield têm muito mais peso. Porém, existe a possibilidade de que eu diminuísse a guarda dela para aumentar a minha própria. Uma tentativa tola, mas para ele, não custava tentar.

Marcus estava tão confiante em sua avaliação que quando ouviu o tiro e sentiu a dor lancinante em seu ombro, ele foi pego completamente de surpresa.

Os cavalos empinaram, Eldridge gritou e Marcus foi jogado com força ao chão. Aturdido, ele não poderia se defender da meia dúzia de homens que o cercaram. Ele somente entendeu, com uma horrível clareza, o quanto estava errado quando Talbot se aproximou com uma espada na mão. *Ele trabalha bem com Avery James*, Eldridge dissera. Cego para a traição, ele havia deixado Elizabeth sob os cuidados do próprio homem que desejava mal a ela.

Agora, ele estava de costas e notou o verde das árvores servindo de pano de fundo para o aço da lâmina que descia rapidamente com uma precisão mortal.

Mas no fim, seu maior medo não era o de sua morte iminente, mas sim a de sua amada esposa, que precisava dele. E Marcus não estaria lá para socorrê-la.

CAPÍTULO 23

– Você está linda.

Margaret corou.

– Deus do céu, Elizabeth. Como você pode dizer uma coisa dessas? Eu estou horrível. Não tive uma noite inteira de sono desde o nascimento, meu cabelo está desgrenhado, eu estou...

– Brilhando – Elizabeth interrompeu.

Olhando com adoração para seu filho, Margaret sorriu.

– Eu não sabia que era possível amar alguém tanto quanto eu amo meu filho – virou os olhos para Elizabeth, que estava de pé ao lado da porta. – Você entenderá quando tiver um filho com Westfield.

Elizabeth assentiu tristemente e segurou a maçaneta.

– Vou deixar você sozinha para alimentar meu sobrinho.

– Você não precisa sair – Margaret protestou.

– Nós chegamos tão tarde ontem. Ainda estou cansada. Vou tirar um cochilo e mais tarde eu volto.

– Onde está Lorde Westfield?

– Resolvendo alguns assuntos. Acho que vai voltar logo.

– Então, muito bem – Margaret assentiu. – Volte quando estiver mais descansada. Sinto falta de uma companhia feminina.

Bocejando, Elizabeth se retirou para seu quarto, sentindo o coração pesado de preocupação. Marcus parecia perturbado. Apesar de negar, ela não conseguia deixar de pensar que algo estivesse terrivelmente errado.

Ela parou no corredor quando viu sua porta entreaberta. Entrando cuidadosamente, Elizabeth avistou uma familiar figura mexendo nas gavetas de sua escrivaninha. Ele virou o rosto para encará-la.

Foi então que viu a adaga em sua mão.

Elizabeth congelou e engoliu em seco.

– O que pretende fazer, senhor James?

Preparando-se para a dor de ser atravessado pela espada, Marcus teve um sobressalto quando ouviu um tiro. Talbot se contorceu, arregalando os olhos com horror. Um vermelho profundo encharcou seu casaco, espalhando-se a partir do buraco em seu peito. O golpe da espada perdeu o impulso e ele se desequilibrou, forçando Marcus a rolar para o lado enquanto Talbot caía ao chão. Morto.

Cercado por uma terrível luta, Marcus levantou-se rapidamente, olhando para a batalha que se desenrolava ao redor. Uma dúzia de homens, nenhum dos quais ele reconhecia, lutava com ímpeto mortal. Uma nuvem de poeira da estrada arranhou sua garganta e cerrou seus olhos. Aço golpeava aço numa cacofonia macabra, e embora seu braço esquerdo estivesse inutilizado, o direito ainda funcionava. Marcus desembainhou a espada instantaneamente e se preparou para se defender.

– Abaixe-se.

Virando-se com a espada em riste, ele encontrou St. John.

– Você não está em condições de lutar – o pirata bradou, jogando para o lado uma pistola fumegante.

– Desde quando James e Talbot trabalham para você?

St. John continuou se aproximando.

– Eles não trabalham para mim. Isso não quer dizer que eu não tenha olhos e ouvidos dentro da agência. Entretanto, os homens que você mencionou não são meus associados.

Marcus congelou e seus pensamentos rapidamente entenderam a realidade. Ele se virou, procurando por Eldridge, e não o encontrou em lugar algum. Porém, notou Talbot novamente, e chegou à única conclusão possível. Nada era o que parecia.

Rindo, St. John disse:

— Então, agora você enxerga a verdade. Eu teria contado. Porém, tenho certeza de que você não acreditaria.

Um homem caiu a seus pés, e ambos pularam rapidamente para fora do caminho.

— Permita que meus homens cuidem disto, Westfield. Devemos tratar do seu ferimento, ou você irá sangrar até a morte, e devemos encontrar Lady Westfield.

A ideia de trabalhar com St. John era irritante e Marcus cuspiu a bile que cobria sua língua. Todo esse tempo, todos esses anos...

Gradualmente, a agitação na estrada foi se acalmando, mas o sangue de Marcus fervia e martelava em seus ouvidos. Ele tirou o casaco arruinado e o deixou no chão manchado de sangue. St. John foi rápido e eficiente ao amarrar seu ombro ferido enquanto Marcus observava os lacaios do pirata arrastarem os corpos para longe com uma assustadora indiferença.

— Desde quando você está ciente disso tudo? — Marcus perguntou cheio de mau humor.

— Há anos.

Apertando a atadura até Marcus estremecer, St. John assentiu olhando para seu trabalho e deu um passo para trás.

— Consegue montar em um cavalo?

— Levei um tiro, não sou um inválido.

— Certo. Então, vamos. Posso explicar no caminho.

— Onde está o diário, milady? — Avery perguntou.

Elizabeth não tirou os olhos da adaga.

— Num lugar seguro.

— Nenhum de nós está seguro.

– Do que você está falando?

Ele se aproximou rapidamente e ela se encolheu.

– Agora não é hora de ser leviana. Preciso que pense rápido e confie em mim ou você não sobreviverá.

– Eu não entendo.

– Também não sei se eu entendo. Vi vários homens se aproximarem no jardim dos fundos e se espalharem pela mansão.

– Um cerco? – ela gemeu horrorizada. – Temos criados aqui, Lorde e Lady Barclay... Oh, Deus. O bebê.

Avery agarrou seu cotovelo e a conduziu até a porta.

– Lorde Langston não se encontra, assim como Westfield e Eldridge. Os bandidos podem sequestrá-la sem nenhum esforço. Eles já saquearam seu quarto uma vez e conhecem o caminho.

– Quem poderia ser tão ousado?

Uma pessoa em que eles confiavam estava de pé na porta, bloqueando a saída.

Avery parou e ficou visivelmente tenso. Ele fez um gesto com o queixo em direção à porta.

– *Ele* seria.

Marcus olhou através dos arbustos e praguejou. Seu coração acelerava em pânico quando pensava em sua esposa. Dentre todas as suas lutas em que encarou a morte, será que sentira tanto medo quanto agora?

Contou quatro homens na frente e três nos fundos. Se ele não estivesse machucado, seria um trabalho simples, mas agora podia contar apenas com um braço. Enfraquecido pela perda de sangue e o pânico por Elizabeth, Marcus sabia que não conseguiria lutar contra todos eles. Então, apenas observou numa impotência frustrante enquanto os homens de St. John se preparavam para fazer o trabalho sujo, esgueirando-se escondidos pelo perímetro, esperando uma abertura para atacar.

– Eldridge sabia quase desde o princípio – St. John disse em voz baixa, chamando a atenção de Marcus. – Ele notou a semelhança entre Hawthorne e eu imediatamente. Confirmou suas suspeitas e confrontou Hawthorne, ameaçando revelar sua intenção de traição ao se juntar à agência.

— A menos que... ?

— A menos que nós trabalhássemos com ele. Eldridge forneceria as informações, nós as usaríamos, e ele ficaria com metade dos lucros.

— Meu Deus — Marcus voltou a olhar a mansão, mal registrando o exterior de tijolos e as trepadeiras. Quatro anos de sua vida foram dedicados a uma mentira. — Eu confiei nele — Marcus disse sombriamente.

— E Hawthorne não confiou. Por isso ele criou o diário.

— Que contém...?

— Nada — St. John encolheu os ombros diante da expressão de Marcus. — Hawthorne sabia que nós éramos descartáveis, então, ele negociou com o diário, que supostamente deveria conter um testemunho da culpa de Eldridge e a localização dos saques que escondemos dele. Na verdade, não tínhamos nada, mas o diário garantiu nossa segurança. Se algo acontecesse conosco, os crimes de Eldridge seriam revelados e ele perderia aquilo que pensa ser uma fortuna.

— Você salvou a si mesmo, mas arriscou a vida da minha esposa? — Marcus rosnou. — Pense em tudo que ela sofreu, e tudo que está sofrendo agora.

— Eu fui o responsável por invadir o quarto dela. Mas os ataques não partiram de mim. Eles foram um alerta para mim. Eu teria matado Eldridge há muito tempo, mas ele jurou que Lady Westfield pagaria com a vida se ele fosse morto por minhas mãos. Também ameaçou revelar a traição de Hawthorne. Eu não poderia permitir que isso acontecesse. Então, nós esperamos, ele e eu, pelo dia em que a balança mudaria de posição e libertaria um de nós para matar o outro.

Permanecendo agachado, Marcus observou quando o último homem de Eldridge foi eliminado, todos com as gargantas cortadas para não fazerem barulho. Com a mesma precisão exibida na estrada, os lacaios de St. John silenciosamente arrastaram os corpos para fora da mansão até o matagal ao lado.

— Por que ele simplesmente não o matou quando o diário apareceu? Uma vez ao alcance dele, por que ainda precisaria de você?

— Ele teme que eu seja o único homem vivo que possa decifrar o código de Hawthorne — St. John riu ironicamente. — Ele permitiu que você tentasse. Imagino que se conseguisse, ele o mataria e culparia a mim. Ele não pode simplesmente me matar, pois o povo iria se revoltar.

Eles deixaram a proteção dos arbustos e correram em direção à mansão.

— Está silencioso demais — Marcus murmurou quando entraram pela porta da frente. Um frio percorreu sua espinha, junto do suor que molhava sua pele e suas roupas. Eles se moviam cautelosamente, sem saber das armadilhas que os esperavam.

— *Westfield*.

Os dois homens pararam imediatamente. Virando as cabeças, eles encontraram o intenso olhar azul-claro de William, que estava parado numa porta próxima.

— Você quer me contar o que está acontecendo? — ele perguntou, mas suas palavras casuais não conseguiram esconder a tensão em seu corpo ou o olhar de puro ódio em relação a St. John.

Ao girar o corpo para encarar seu cunhado, Marcus revelou o ferimento no ombro.

— Meu Deus. O que aconteceu com você?

— Eldridge.

Os olhos de William se arregalaram. Ele digeriu a notícia com um visível estremecimento.

— *O quê?* Eu não posso... *Eldridge?*

Marcus permaneceu impassível, mas William o conhecia bem o bastante para entender a resposta silenciosa. Ele soltou um longo suspiro e se recompôs, deixando as perguntas para depois em favor de questões mais urgentes.

— Você não pode continuar. Precisa de um cirurgião.

— Eu preciso de minha esposa. Eldridge está aqui, Barclay. Nesta casa.

— Não! — William olhou horrorizado para o andar superior, depois apontou para St. John. — E você o considera digno de sua confiança?

— Não sei mais em quem confiar, mas ele acabou de salvar minha vida. Vai ter que servir por enquanto.

Pálido e obviamente confuso, William tomou um instante para recompor seus pensamentos, mas para Marcus um instante era demais. Eldridge estava na dianteira. Elizabeth corria perigo, e ele estava quase louco de agonia. Deixando os outros para trás, Marcus descartou a cautela e subiu as escadas correndo.

– Lorde Eldridge? – Elizabeth, confusa, franziu o rosto quando o viu. – Onde está Westfield?

– Lorde Westfield está ocupado. Se desejar revê-lo, você terá que entregar o diário e me acompanhar.

Ela ficou parada, tentando entender qual era sua intenção. Então, notou os respingos negros em seu casaco de veludo cinza. Seu mau pressentimento se intensificou. Elizabeth fechou os punhos e deu um passo adiante.

– O quê... você fez?

Eldridge hesitou por um segundo e Avery aproveitou para se lançar e derrubá-lo no chão.

Os dois homens atingiram o assoalho com força e rolaram para o corredor, batendo na parede oposta. Com a mente confusa e o peito apertado, Elizabeth considerou brevemente se o barulho acordaria o bebê. Foi esse pensamento que a trouxe de volta ao presente.

Ela procurou desesperadamente algo, qualquer coisa que pudesse usar como arma.

– Corra! – Avery gritou, segurando as mãos de Eldridge que empunhavam uma adaga.

Aquela única palavra a forçou a se mover. Erguendo as saias, Elizabeth passou pelos dois homens que travavam uma luta mortal e correu pelo corredor em direção ao quarto de Margaret. Ao virar o canto, ela atingiu uma barreira intransponível. Com um grito de terror, Elizabeth caiu, agarrando-se desesperadamente ao corpo que caiu com ela.

– Elizabeth.

O ar sumiu de seus pulmões quando os dois atingiram o chão.

Esparramada em cima de seu marido, ela ergueu a cabeça e avistou os sapatos de William enquanto ele corria para os quartos.

– Deixe Eldridge comigo – St. John disse suavemente enquanto passava por eles.

Elizabeth voltou a olhar para seu marido, mas quase não o enxergou em meio à corrente de lágrimas que desciam por seus olhos. Com mãos gentis, Marcus a rolou para o lado. Ele estava horrivelmente pálido, de boca aberta, mas o afeto e o alívio em seus olhos eram inegáveis.

— Ele disse que você tinha sido capturado! — ela disse chorando.

— Eu fui quase assassinado.

Ela notou a atadura manchada de sangue enrolada em seu ombro e torso.

— Oh, meu Deus, você está ferido!

— E você está bem? — ele perguntou com dificuldade, levantando-se e depois ajudando Elizabeth a se levantar.

Ela assentiu, ainda chorando copiosamente.

— O senhor James salvou minha vida mantendo Eldridge preso para que eu escapasse, mas eu o encontrei vasculhando meu quarto. Ele queria o diário, Marcus. E tinha uma adaga...

Marcus a abraçou, aliviando sua tremedeira com seu braço saudável.

— Tudo bem. Vá para seu irmão, meu amor. Não saia do lado dele até eu voltar para você. Entendeu?

— Para onde você vai? — ela agarrou a cintura de sua calça. — Você precisa de ajuda. Está sangrando — Elizabeth endireitou as costas. — Deixe-me levá-lo até William, depois posso considerar...

Ele a beijou profundamente.

— Eu adoro você, minha esposa corajosa. Mas me permita acabar com isto. Meu orgulho masculino lhe implora.

— Não seja arrogante agora! Você não está em condições de perseguir criminosos. E eu posso mirar uma pistola melhor do que muitos homens.

— Eu não vou discordar disso — seu tom de voz ficou mais firme. — Entretanto, desta vez eu temo que precisarei exercer meus direitos de marido e lhe dar uma ordem, apesar do quanto eu sei que você ficará brava. Vá, meu amor. Faça o que estou mandando. Voltarei logo, e então você poderá me passar um sermão e brigar comigo o quanto quiser.

— Eu não dou sermões.

Golpes de espadas ecoaram pelo corredor, e o olhar de Marcus endureceu o bastante para fazê-la estremecer. Com o gentil empurrão dele, Elizabeth começou a seguir pelo corredor com as pernas bambas.

– Tenha cuidado – ela implorou. Mas quando olhou para trás, ele já não estava mais lá.

Marcus observou Elizabeth se retirar e agradeceu a Deus por ela. Tudo aquilo em que acreditara, tudo que considerara sólido e imutável, tudo isso fora destruído num único golpe. Exceto Elizabeth. Querendo desesperadamente se abrigar nos braços dela, mas precisando por um fim à sua sede, ele se virou e correu em direção aos sons do conflito.

Virou em um canto, apertando o maxilar com uma resignação sinistra quando encontrou St. John lutando graciosamente, golpeando com a espada com tanta rapidez que era quase impossível discernir os movimentos. Eldridge era seu oponente, já sem a peruca, com cabelos desarrumados e o rosto avermelhado pelo esforço físico. Era uma batalha perdida para ele, mas o líder da agência não era problema de Marcus. Certamente ele tinha suas desavenças, mas sua esposa estava viva, e o irmão de St. John estava morto.

Sua atenção estava voltada a Avery, que estava de pé ao lado, empunhando uma adaga. Marcus esperou, sem ser visto, querendo dar a oportunidade para Avery fazer a coisa certa. Os dois trabalharam juntos por vários anos, e Marcus o considerava, até uma hora atrás, como um amigo. Ele não conseguiu evitar o fio de esperança que ao menos essa confiança não tivesse sido completamente equivocada.

St. John se esquivou, depois impulsionou para frente apoiando-se no pé direito. Eldridge já estava cansado e não conseguiu evitar o golpe. Marcus assistiu enquanto a lâmina perfurava sua coxa e ele caiu de joelhos.

Cerrando os dentes, o pirata se aproximou do derrotado, e então, sua mão se fechou ao redor da garganta dele.

– Você não pode me matar – Eldridge sussurrou. – Você precisa de mim.

Foi nesse momento que Avery decidiu agir, aproximando-se por trás do distraído St. John com o braço erguido e a adaga pronta para golpear.

– Avery – Marcus gritou.

Avery girou e se jogou para frente, forçando Marcus a recuar. Desviando a adaga com sua espada, Marcus deu outro passo para trás.

– Não faça isso – ele alertou. Mas Avery não desistia.

– Não tenho escolha.

Marcus tentou evitar o confronto, rezando para Avery despertar de seu pânico e acabar com a luta. Ele mirava em áreas menos vulneráveis, golpeando apenas para ferir, mas não matar. Porém, exausto por seu próprio ferimento e com as opções esgotadas, Marcus desferiu um golpe fatal.

Ofegando, Avery desabou no chão, batendo as costas na parede, com um fio vermelho escorrendo pela boca. Suas mãos se encheram de sangue quando segurou o lugar onde Marcus o atingira. Do outro lado, com Eldridge a seus pés, a espada de St. John afundou tão profundamente em seu coração que atravessou o corpo e atingiu o assoalho.

Suspirando, Marcus se abaixou.

– Ah, Avery. Por quê?

– Milorde – Avery disse com dificuldade. – Você sabe a resposta. A prisão não é para sujeitos como eu.

– Você poupou minha esposa, eu poderia ter ajudado.

Uma bolha translúcida avermelhada se formou entre os lábios de Avery e estourou quando ele falou.

– Eu... eu passei a gostar muito dela.

– E ela de você – Marcus retirou um lenço e limpou o suor da testa de Avery. Os olhos do agente se fecharam com o toque do tecido.

Marcus olhou para Eldridge. A cena era surreal e desoladora.

– Havia mais... homens – Avery ofegou. – Ela está segura?

– Sim, ela está segura.

Avery assentiu. Sua respiração falhava, e então parou de se mover. Seu corpo mergulhou no abraço da morte.

Marcus se levantou com dificuldade. Estava cansado e de coração partido. Olhou para St. John, que disse suavemente:

– Você salvou minha vida.

– Considere minha dívida paga pelo mesmo serviço que você me fez. O que pretende fazer com Eldridge?

– O pobre homem foi vítima de um assalto na estrada – St. John retirou sua espada do cadáver. – Meus homens tomarão as providências para que ele seja encontrado no momento adequado e da maneira adequada. Se não tiver mais nada a dizer, irei cuidar disso imediatamente.

Marcus não conseguiu evitar sentir uma pontada de culpa e tristeza. Ele admirava Eldridge e ficaria de luto pelo homem que um dia pensou que era.

– Leve o diário com você – ele resmungou. – Nunca mais quero ver esse maldito livro na minha frente.

– Meus homens darão um jeito nesses dois – o pirata gesticulou para os cadáveres com a ponta da espada. – Nós estamos livres, Westfield. Tenho certeza de que o rei acreditará na história quando a ouvir tanto de você quanto de Barclay. Então, as sementes ruins terão desaparecido da agência, e a ameaça de Eldridge de me assombrar após a morte será anulada.

– Sim, acredito que seja verdade – porém, Marcus encontrou pouco consolo com esse fim. Ele sabia que viveria assombrado por este dia por toda sua vida.

– Marcus?

Ele se virou na direção da voz hesitante de sua esposa. Elizabeth estava a poucos metros dele, segurando uma pistola ao lado do corpo. A visão dela, tão pequena, mas tão determinada, aliviou o aperto em seu peito. Marcus deixou a cena desoladora para trás e encontrou o alívio nos braços de sua amada.

EPÍLOGO

Londres, abril de 1771

O clima estava perfeito para um passeio no parque e Marcus desfrutava o dia. Sua montaria estava inquieta e empinava impaciente, mas mesmo assim, ele segurava as rédeas com uma mão enquanto usava a outra para tocar a aba do chapéu ao cumprimentar as pessoas. Era o início da nova estação, a primeira que passava inteiramente com Elizabeth como sua esposa, e seu humor não era nada menos do que eufórico.

— Boa tarde, Lorde Westfield.

Marcus virou a cabeça para a carruagem conversível que se aproximava.

— Lady Barclay — ele sorriu.

— Posso perguntar onde se encontra Lady Westfield?

— É claro que sim. Eu gostaria que ela estivesse aqui, mas a deixei cochilando em casa.

— Ela está doente? — Margaret perguntou, franzindo as sobrancelhas debaixo de seu grande chapéu.

— Não, ela está muito bem. Cansada e um pouco dolorida no momento. Afinal, acabamos de voltar para a cidade, como você já sabe. A viagem pode ser cansativa — é claro, ele também não a deixara dormir muito.

Elizabeth se tornava mais bonita a cada dia, e também mais irresistível. Marcus frequentemente pensava no retrato de sua mãe, aquele que ficava em cima da lareira em Chesterfield Hall. Ele desejara ver tamanha felicidade em seu semblante. Agora, podia dizer que seu contentamento superava em muitas vezes o da mãe.

E pensar que um ano atrás ele apenas queria saciar sua luxúria e acabar com seu tormento. O primeiro desejo nunca aconteceria, não enquanto respirasse, mas o último era agora apenas uma memória distante. Ele agradecia a Deus diariamente por ter conseguido acabar com todos os medos dela. Juntos, eles encontraram paz, e esse era um estado de espírito que ele cultivava.

— Fico aliviada por saber que não é nada sério. Meu filho está ansioso para encontrar sua tia novamente, e ela prometeu nos visitar nesta semana.

— Então tenho certeza de que ela aparecerá.

Eles conversaram por alguns momentos, mas quando seu cavalo se agitou, Marcus se despediu. Ele percorreu um caminho pouco usado e permitiu que sua montaria corresse, depois virou em direção a Grosvenor Square, esperando que já tivesse permitido que Elizabeth dormisse bastante, pois estava impaciente demais para continuar gastando tempo daquele jeito.

Ao chegar em casa, ele viu um homem saindo de lá, e uma pesada preocupação tomou conta dele.

Jogou as rédeas para o cavalariço e correu para dentro.

— Boa tarde, milorde — cumprimentou o criado enquanto recebia as luvas e o chapéu de Marcus.

— Aparentemente não tão boa, já que o médico esteve aqui.

— Lady Westfield está doente, milorde.

— A viúva? — mas ele sabia que não era esse o caso. Sua mãe parecia muito saudável pela manhã, enquanto Elizabeth não se sentia bem fazia uma semana. Preocupado além da conta, subiu os degraus da escada de dois em dois. A mãe dela havia adoecido e nunca mais se recuperado, um fato que ele não conseguia esquecer, já que as cicatrizes daquela perda os manteve separados por anos.

Ele entrou no quarto cuidadosamente e sentiu o cheiro de doença, que pairava no ar apesar das janelas abertas. Sua esposa estava deitada imóvel no sofá. Estava pálida e coberta de suor, embora vestisse apenas uma camisola e a temperatura do quarto não estivesse quente.

Aquele doutor era um idiota. Apesar de sua falta de conhecimento médico, parecia óbvio para Marcus que Elizabeth estava muito doente.

Uma criada andava pelo quarto, arranjando flores numa tentativa de encher o quarto com um aroma agradável. Entretanto, bastou um olhar de Marcus para que ela saísse apressada.

– Meu amor. – Ele se ajoelhou ao lado do sofá e retirou as mechas de cabelo molhado de sua testa. A pele estava úmida e Marcus precisou resistir ao impulso de abraçá-la com força.

Elizabeth gemeu suavemente ao sentir o toque de seu marido. Abrindo os olhos, ela encarou Marcus, reconhecendo para si mesma, como sempre fazia, que nunca se cansaria de olhar para ele.

– O que está sentindo? – ele perguntou, usando um tom de voz carinhoso.

– Eu estava pensando em você. Onde você foi?

– Fui dar uma volta no parque.

– Seu safado. Atormentando as mulheres de Londres com sua presença – o cinismo que antes marcava as feições dele havia desaparecido, revelando um rosto de rara beleza masculina. – Tenho certeza de que você atiçou todos os corações das mulheres.

Ele fez um bravo esforço para sorrir em meio a sua preocupação.

– Você nunca mais ficou com ciúme. Não sei como eu deveria me sentir quanto a isso.

– Seu arrogante. Eu confio que você vai se comportar. Principalmente no futuro próximo, quando eu não poderei estar com você.

– Não poderá... Meu Deus – ele a puxou do sofá e a abraçou. – Por favor, me poupe desse sofrimento – ele implorou. – Diga o que está errado. Ficarei arrasado com sua doença. Encontrarei os melhores especialistas, buscarei cada livro médico, chamarei...

Ela pressionou seus dedos frios nos lábios dele.

– Uma parteira será suficiente.

– Uma parteira? – seus olhos se arregalaram e depois dispararam para sua barriga. – Uma *parteira*?

– Você certamente se esforçou bastante – ela provocou, adorando ver seus olhos se encherem de emoção. – E não deveria se assustar tanto.

– Elizabeth – Marcus a apertou gentilmente. – Não tenho palavras.

– Diga que você está feliz. É tudo que peço.

– Feliz? Meu Deus, eu já estava muito mais que feliz quando éramos apenas nós dois. E satisfeito. Agora... agora não existem palavras para o que estou sentindo.

Elizabeth mergulhou o rosto no pescoço de seu marido e sentiu seu cheiro, encontrando um conforto instantâneo apenas por sentir sua presença. Ela havia suspeitado da gravidez por semanas, quando os seios se tornaram mais firmes e o corpo ficava constantemente cansado. Esconder sua indisposição matinal não foi fácil, mas ela havia conseguido até hoje. Finalmente, chamou o médico quando teve certeza de que receberia a notícia desejada.

– Sei precisamente o que você quer dizer – ela murmurou. – Nunca conseguirei dizer o quanto me emociona saber que você me ama, mesmo quando parecia que não teríamos filhos.

Ajeitando-se mais confortavelmente em seu colo, Elizabeth pensou no quanto sua vida era diferente agora daquela de um ano atrás. Ela dissera que queria tranquilidade, mas o que realmente queria era entorpecimento, um descanso de saber que alguma coisa vital estava faltando. Ter vivido com tanto medo, tão certa de que amar Marcus iria enfraquecê-la ao invés de fortalecê-la... Não conseguia entender como fora capaz de pensar assim antes.

– Eu te amo – ela murmurou, perfeitamente feliz pela primeira vez desde que era uma criança. Segura em seus braços, Elizabeth dormiu e sonhou com o futuro.

Conheça mais títulos de nosso catálogo...

Uma estagiária ambiciosa. Um executivo perfeccionista. E um relacionamento ardente e totalmente perigoso!

Esperta, dedicada, prestes a cursar um MBA, Chloe Mills tem apenas um único problema: seu chefe, Bennett Ryan. Ele é exigente, insensível, sem consideração – e completamente irresistível. Um belo cretino. Bennett acaba de retornar da França para assumir um cargo importante na empresa de comunicações de sua família. Mas o que ele não poderia imaginar era que a pessoa que o ajudava enquanto ele estava no exterior era essa criatura linda, provocadora e totalmente irritante que agora ele tem de ver todos os dias. Ele nunca foi do tipo que se envolve em relacionamentos no ambiente de trabalho, mas Chloe é tão tentadora que ele está disposto a flexibilizar essa regra – ou quebrá-la de uma vez – para tê-la. Por todo o escritório! Mas o desejo que um sente pelo outro cresce tanto que Bennett e Chloe terão de decidir o que estão dispostos a perder para ganhar um ao outro.

Um charmoso playboy britânico. Uma garota determinada a finalmente viver. E uma ligação secreta revelada em cores quentes...

Após ser traída, Sara Dillon se muda para Nova York em busca de agitação e paixão sem compromisso. É assim que ela encontra um sexy e irresistível britânico dançando em uma boate que não deveria significar nada além de uma noite de diversão. Mas a maneira – e a velocidade – com a qual ele acaba com suas inibições está prestes a transformar essa relação em algo arrebatador.

A cidade inteira sabe que Max Stella ama as mulheres. Isso não significa que ele tenha encontrado uma que realmente desejasse manter por perto. Apesar de atrair muito com seu charme de *bad boy* da Wall Street, é só quando Sara aparece em sua vida que ele começa a se perguntar se existe alguém para estabelecer uma relação fora do quarto.

Encontrando-se em lugares onde qualquer um pode vê-los, o que assusta Sara mais do que ser pega em público é ter Max muito próximo...

CHRISTINA
LAUREN

Autora best-seller do
The New York Times
com *Cretino irresistível*
e *Estranho irresistível*

Playboy
IRRESISTÍVEL

UNIVERSO DOS LIVROS

Uma linda nerd. Um incorrigível Don Juan. E uma aula de química só para maiores...

Quando Hanna Bergstrom escutou de seu irmão que ela precisava ter uma vida social e se libertar um pouco da faculdade, ela jurou que iria cumprir essa tarefa: sair mais, fazer amigos, começar a namorar. E quem melhor para transformá-la na garota dos sonhos de todo homem do que o lindo melhor amigo de seu irmão, o investidor e playboy assumido Will Sumner?

Will ganha a vida assumindo riscos, mas a princípio ele não bota fé na transformação daquela garota desajeitada... até que numa noite selvagem, sua inocente pupila o seduz e acaba ensinando uma lição sobre o que é ficar com uma garota ardente e... inesquecível. Agora que Hanna descobriu o poder de seu próprio *sex appeal*, resta a Will provar que ele é o único homem que ela precisa.

Uma forte atração. Nenhum tempo para ficarem sozinhos. E uma misteriosa disputa entre quatro paredes...

O intenso relacionamento entre Chloe Mills e Bennett Ryan de *Cretino Irresistível* continua ainda mais ardente e sensual.

Agora que a carreira de Chloe está decolando, ela não tem tempo para mais nada e insiste em recusar as investidas de Bennett para passarem um tempo a sós. Ele nunca foi do tipo que aceita um não como resposta e essa disputa resulta em uma ardente relação de amor e obsessão.

"O sex-seller *Cretino Irresistível* é ainda mais quente que 50 tons."
ELLE Magazine francesa